W0066172

HEYNE
BÜCHER

Das Buch
Odysseus und sein Heer haben den Trojanischen Krieg glorreich beendet und befinden sich mit sieben Schiffen auf der Heimreise. Nachdem sie auf ihrer Reise schon viele Abenteuer bestanden und ihre Heimat fast erreicht haben, werden sie durch einen Orkan von ihrer Route abgebracht und treiben nun orientierungslos auf dem Meer. Um die Nahrungsvorräte aufzufüllen und möglicherweise einen Hinweis auf den Heimweg zu bekommen, steuern die Schiffe jede Insel an, die auf ihrem Weg liegt. Doch überall erwarten sie neue Widrigkeiten.
Auf spannende Weise erzählt Wolfgang Hohlbein Homers großes Epos nach. Wie in seinen anderen historischen Romanen *Hagen von Tronje* (01/10037) und *Das Siegel* (01/10262) lässt er die sagenhafte Welt der Vergangenheit vor den Augen seiner Leser einzigartig lebendig erstehen.

Der Autor
Wolfgang Hohlbein, 1953 in Weimar geboren, hat sich in kurzer Zeit zu einem der erfolgreichsten deutschsprachigen Autoren emporgeschrieben. Zusammen mit seiner Frau Heike gewann er mit *Märchenmond* (01/10647) den »Phantastik-Wettbewerb« des Ueberreuter Verlags. Außerdem erhielt er den »Preis der Leseratten« des ZDF und den »Fantasypreis« der Stadt Wetzlar. Er lebt mit seiner Familie in der Nähe von Düsseldorf.

WOLFGANG HOHLBEIN

ODYSSEUS

Roman

WILHELM HEYNE VERLAG

MÜNCHEN

HEYNE ALLGEMEINE REIHE
Nr. 01/13009

Umwelthinweis:
Das Buch wurde auf chlor- und säurefreiem
Papier gedruckt.

Taschenbucherstausgabe 10/99
Copyright © 1997 by Carl Ueberreuter Verlag, Wien
Wilhelm Heyne Verlag GmbH & Co. KG, München
Printed in Denmark 1999
Umschlagillustration: Attila Boros/Agentur Kohlstedt
Umschlaggestaltung: Atelier Ingrid Schütz, München
Satz: (3307) IBV Satz- und Datentechnik GmbH, Berlin
Druck und Bindung: Nørhaven, Viborg

ISBN 3-453-15905-5

http://www.heyne.de

Die Irrfahrt beginnt

Seit sieben Tagen war das Meer wieder so glatt wie ein Spiegel, und auf dem azurblauen Himmel, der sich darüber spannte, war nicht die allerkleinste Wolke zu sehen.

Seit sieben Tagen regte sich nicht der mindeste Windhauch.

Die Flotte lag still. Die Segel des guten halben Dutzends Schiffe hingen schlaff im Wind. Dann und wann knarrte Holz oder spannte sich ein Tau, und manchmal, wenn eine einzelne Welle herangerollt kam, hob und senkte sich die ganze Flotte wie ein Schwarm hölzerner, schreiend bunter Riesenfische, die ein vergessliches Götterkind auf der hohen See zurückgelassen hatte. Auch die Ruder hatten sich seit drei Tagen nicht mehr bewegt, weil die Männer, die dahinter saßen, nicht mehr die Kraft hatten, sie zu heben. Über den nebeneinander dümpelnden Schiffen lag eine Stille, als wäre es eine Flotte von Toten, die den Styx überquert und sich dabei verirrt hatte, nicht die sieben gewaltigsten Kriegsschiffe Ithakas, mit annähernd siebenhundert der tapfersten Kämpfer Hellas' beladen.

Vielleicht ist dieser Vergleich nicht einmal so falsch, überlegte Odysseus düster. Natürlich war die endlose Wasserwüste vor ihnen nicht der Styx, aber das war das einzige, was er mit Bestimmtheit darüber wusste. Andererseits konnte sie gut und gerne zu ihrer aller Grab werden, wenn die Götter nicht bald ein Wunder geschehen ließen.

Verärgert wandte er sich um, spie im hohen Bogen ins Wasser und stieg steifbeinig von seinem Aussichtsplatz im Bug des Schiffes hinunter auf das Deck. Er hatte Durst und seine Augen brannten vom langen, angestrengten Starren. Was er auf dem Rückweg zu dem kleinen hölzernen Aufbau im Heck des Schiffes sah, hob seine Laune auch nicht.

Kaum einer der Männer hatte noch genug Energie, sich auf den Beinen zu halten, geschweige denn die zentnerschweren Riemen zu heben und das Schiff damit von der Stelle zu rudern. Die meisten hatten versucht, irgendwo ein Stückchen Schatten zu finden oder sich irgendeinen Stofffetzen über den Kopf zu ziehen, um wenigstens der ärgsten Sonnenhitze zu entgehen, und die wenigen, die sich noch aufrecht hielten, hockten apathisch da und hatten kaum die Kraft, seinen Gruß zu erwidern. Und auf den anderen sechs Schiffen sah es nicht besser aus, wie Odysseus wusste. Am Morgen hatte es den ersten Toten gegeben, einen Mann, der einfach eingeschlafen und nicht wieder aufgewacht war, und es würde nicht der letzte bleiben, wenn nicht das Wunder geschah, um das er die Götter gebeten hatte, und es bald regnete.

Nein, dachte Odysseus übellaunig, während er das Schiff durchquerte. Wenn dieser Haufen zerlumpter, zu Tode erschöpfter Männer der Stolz Ithakas sein sollte, dann musste er sich überlegen, ob er nicht das falsche Königreich sein Eigen nannte.

Natürlich war er sich darüber im Klaren, dass solche Gedanken ungerecht waren, denn die Männer hatten wirklich alles gegeben, wozu sie imstande waren – aber zum Hades, er war müde und erschöpft und enttäuscht und hatte Durst und ganz einfach eine Stinkwut im Bauch, und all dies zusammen gab ihm wohl das Recht, ungerecht zu sein – zumal er keinen dieser Gedanken laut ausgesprochen hätte. Trotzdem verspürte er nicht übel Lust, dem Mann, der quer vor der Tür zu seiner Kabine lag und schnarchte, als wolle er den Hauptmast zersägen, mit einem Tritt daran zu erinnern, wer hier eigentlich Kapitän und König war.

Stattdessen stieg er vorsichtig über den Schlafenden hinweg, stieß sich kräftig den Schädel an der niedrigen Tür und unterdrückte einen Fluch, als er nach dem grellen Sonnenlicht draußen im ersten Moment fast blind war und mehr auf sein Lager fiel, als er sich setzte.

Dass er nicht allein in der Kabine war, merkte er erst, als er nun doch ungehemmt fluchte und ein halblautes Lachen zur Antwort bekam. Halb erschrocken, halb verärgert setzte er sich auf, öffnete weit die Augen und sah, wie sich einer der Schatten neben der Tür bewegte. Metall klirrte leise und ein verirrter Sonnenstrahl spiegelte sich auf matt gewordenen Augen, die so müde und entzündet waren wie seine eigenen.

»Bist du das, Eurylochos?«, fragte Odysseus.

»Ich bin es«, antwortete Eurylochos. »Wer sonst würde es wagen, unangemeldet und ungefragt in Euer Gemach zu kommen, o edler Odysseus, König von Ithaka und größter aller Helden?«

Odysseus legte den Kopf auf die Seite und starrte den Schatten neben der Tür an. »Höre ich da eine Spur von Sarkasmus in deiner Stimme, lieber Freund?«, fragte er.

»Aber nicht doch.« Eurylochos lachte, ein Laut, der sonderbar düster klang, fast wie eine Drohung. »Nie würde ich es wagen, dem großen Odysseus, Bezwinger Trojas und Sieger über den gewaltigen Zyklopen, Herrscher über Ithaka und –«

»Und der Mann, der dich gleich an einen Strick binden und die nächsten fünf Tage hinter dem Schiff herschwimmen lassen wird«, unterbrach ihn Odysseus drohend. »Was willst du, Eurylochos? Wenn du gekommen bist, um herauszufinden, wie groß meine Geduld ist, hast du dir einen schlechten Zeitpunkt ausgesucht.«

»Vielleicht den letzten überhaupt«, sagte Eurylochos, und plötzlich war in seiner Stimme ein Ton, der Odysseus aufhorchen ließ. »Es wird allmählich Zeit, dass du eines deiner Wunder tust, Odysseus. Die Männer beginnen zu sterben.«

»Einer von siebenhundert«, antwortete Odysseus. »Das ist nicht mehr, als zu erwarten war, bei einer Fahrt wie der unseren.«

»Du weißt genau, dass es nicht so ist«, widersprach Eurylochos scharf. »Morgen früh werden es zehn sein und am Tag danach hundert. Die Hitze und der Hunger bringen die Männer um. In vier Tagen ist dies eine Flotte von Totenschiffen.«

Für einen Moment riefen Eurylochos' Worte eine unsinnige Wut in Odysseus wach. Er ballte die Faust, starrte den müde neben der Tür zusammengekauerten Hauptmann an und überlegte sich eine scharfe Antwort. Aber dann senkte er den Blick wieder. »Ich weiß«, sagte er. »Aber was können wir schon tun? Solange die Flaute anhält, liegen wir fest. Wir können nur zu den Göttern beten, uns Wind zu schicken.«

»Den Göttern?« Eurylochos lachte. »Seit wir von Ilions Küste fortgesegelt sind, scheinen sie ein wenig schwerhörig zu sein, was unsere Gebete angeht, findest du nicht?«

»Sprich nicht so«, sagte Odysseus streng. »Möglicherweise hören sie besser, als du glaubst.«

Eurylochos lachte wieder auf. »Seit wann glaubst du an die Götter des Olymp, Odysseus?«, fragte er. »Wir sind allein. Laß uns wie vernünftige Männer miteinander reden.«

Odysseus lächelte. »Ich habe nicht gesagt, dass es sie gibt«, sagte er. »Aber ich habe keinen Beweis, dass es sie nicht gibt. Man muss vorsichtig sein.«

Eurylochos schnaubte. »In wenigen Tagen werden wir herausfinden, ob du Recht hast«, behauptete er. »Wir müssen etwas tun, Odysseus. Wir müssen von hier weg.«

»Aber sicher«, sagte Odysseus ärgerlich. »Schwimm doch schon mal los. Wenn du Ithaka erreicht hast, schick uns ein Schiff, das uns abholt.« Plötzlich spürte er abermals Wut und diesmal gab er sich nicht mehr die Mühe, sie zu unterdrücken. »Glaubst du nicht, ich hätte mir seit sechs Tagen nicht selbst den Kopf zerbrochen, wie von hier fortzukommen ist, Eurylochos?«, fauchte er. »Solange kein Wind kommt, sind wir dazu verdammt, hier zu bleiben. Vielleicht bis wir sterben.« Und vielleicht war es so bestimmt, fügte er in Gedanken hinzu. Vielleicht war das, was ihnen nun geschah, nichts als die Strafe der Götter dafür, dass sie Troja verbrannt hatten. Vielleicht hätten sie auf all die Warnungen hören sollen, die sie bekommen hatten. Vielleicht hätten sie diesen Krieg niemals beginnen sollen, nur um einer Frau willen!

Hilflos ballte er die Fäuste, ließ sich wieder auf sein Lager zurücksinken und starrte zur hölzernen Decke über seinem Kopf empor. Seine Wut schlug in Verzweiflung um, dann in Trostlosigkeit. Eine Trostlosigkeit, wie sie nur ein Mann verspüren konnte, der vom höchsten Gipfel des Triumphes in die tiefsten Abgründe der Hoffnungslosigkeit gestoßen worden war. Es ist einfach nicht gerecht, dachte er. Keiner der fast siebenhundert Männer in seiner Begleitung hatte seine Heimat in den letzten zehn Jahren gesehen, sondern nur den sonnendurchglühten Sand des Hellespont und die gewaltigen Mauern Trojas, die sie zehn Jahre lang vergebens berannt hatten und gegen die sie wahrscheinlich noch heute anrennen würden, wäre Kalchas, der Seher, nicht auf die Idee mit dem Pferd verfallen – ein Einfall, der möglicherweise auch nicht sonderlich fair, aber sehr wirkungsvoll gewesen war. Sie hatten gesiegt. Und wie sie gesiegt hatten! Nach zehn Jahren Schmach und Niederlage hatten sie Troja geschleift und sie hatten sich für jede Stunde gerächt, die seine Verteidiger sie verspottet und verhöhnt hatten, hatten den Schweiß und die Tränen eines Jahrzehnts mit Strömen von Blut fortgewaschen.

Und jetzt waren sie hier – in einem Teil des Meeres, von dem sie nicht wussten, wo er war, unter einem Himmel, an dem des Nachts Sternbilder standen, die keiner von ihnen je gesehen hatte, die nächste Küste vielleicht ein paar Tagesfahrten, vielleicht eine Ewigkeit entfernt.

Dabei hatte alles so gut begonnen – sie waren als Sieger losgesegelt, den Rauch von Trojas brennenden Ruinen im Rücken, sie hatten die Kikonenstadt Ismaros geschleift, deren widerspenstige Bewohner und wohlgefüllte Schatzkammern allen Danaern schon immer ein Dorn im Auge gewesen war, und nicht einmal der Orkan, der die gewaltige Flotte der Danaer in alle Winde verstreut hatte,

hatte seinen, Odysseus', Schiffen, wirklichen Schaden zugefügt, Ein paar gebrochene Masten, ein paar ausgeschlagene Planken – welcher Preis war das für einen Sieg wie den ihren? Und selbst danach war ihnen das Glück hold geblieben. Sie hatten die Insel des schrecklichen Zyklopen erreicht und diesem ein noch schrecklicheres Ende bereitet, und als wären sie dadurch zu Lieblingen der Götter geworden, waren sie weitergesegelt und von König Äolos, der allerorts als eigenbrötlerischer alter Starrkopf galt, über die Maßen freundlich aufgenommen und beköstigt worden. Und dann, vor nunmehr elf Tagen, mit dem ersten Licht des neuen Morgens, war die vertraute Küstenlinie Ithakas vor ihnen auf dem Horizont erschienen. Eine Stunde später hatten sie die ersten Schiffe gesichtet, die ihnen entgegenkamen, die heimkehrenden Helden zu feiern, eine weitere Stunde darauf war die Silhouette der Hafeneinfahrt vor dem Bug seines Schiffes erschienen und eine weitere halbe Stunde darauf hatte sie der Orkan, der jäh aus dem Nichts hereinbrach, mit der Geschwindigkeit eines durchgehenden Pferdes aufs Meer zurückgeschleudert. Als er sich nach vier Tagen legte, waren sie hier gewesen – wo immer dieses Hier sein mochte. Von ihren anfänglich zwölf Schiffen waren noch sechs dagewesen, das siebente am nächsten Morgen zu der reichlich demolierten kleinen Flotte gestoßen, die übrigen fünf offensichtlich gesunken oder vom Sturm so weit fortgetrieben worden, dass sie sie aufgeben konnten.

Was haben wir falsch gemacht? dachte Odysseus. Waren sie zu hochmütig gewesen? Hatten sie die Geduld der Götter – von deren Nichtexistenz er im Gegensatz dessen, was er Eurylochos gegenüber behauptete, ganz und gar nicht überzeugt war – über die Maßen strapaziert, vielleicht eine Stadt zu viel geschleift, dem Schicksal einmal zu oft ins Gesicht gelacht? Oder hatten sie einfach nur Pech gehabt? Odysseus wusste es nicht, obgleich er während der letzten sieben Tage über beinahe nichts anderes als diese eine Frage nachgedacht hatte.

Müde setzte er sich auf, griff nach dem Wasserschlauch und trank einen winzigen Schluck. Das Wasser war warm und schal, aber es war alles, was sie noch hatten. Der Wein, den sie in Ismaros requiriert hatten, hatte schon vor drei Tagen in den Fässern zu gären begonnen. Sie hatten ihn ins Meer geschüttet, um dem Gestank zu entgehen.

Odysseus dachte an die Laderäume der Schiffe, die mit Trojas und Ismaros' Gold gefüllt waren und die Schiffe schwer werden ließen. Sie hätten besser daran getan, sie mit Brot und Dörrfleisch zu füllen statt mit Schätzen. Gold ließ sich so schwer essen.

»Worüber denkst du nach?«, fragte Eurylochos plötzlich. »Über eine Möglichkeit, hier wegzukommen – oder tust du dir einfach nur leid?«

Odysseus ignorierte den Ärger, den Eurylochos' respektlose Worte in ihm wachriefen. Von all den Königen und Helden, die mit ihm gegen Trojas Mauern angerannt waren, war der schwarzhaarige Hauptmann vielleicht sein einziger Freund. Vielleicht war er der einzige Mensch auf der Welt überhaupt, der so mit ihm sprechen durfte, sein Weib Penelope und sein Sohn Telemach einmal ausgenommen. Aber die beiden waren so unendlich weit weg. Vielleicht würde er sie niemals mehr wiedersehen.

»Wenn es gar nicht mehr anders geht, müssen wir rudern«, sagte Eurylochos plötzlich.

Odysseus machte sich nicht die Mühe, ihn anzusehen. »Die Männer haben kaum mehr die Kraft, auf eigenen Beinen zu stehen«, sagte er müde. »Wie, glaubst du, sollen sie die Schiffe rudern?«

»Nicht alle«, entgegnete Eurylochos. »Wenn wir die Hälfte der Schiffe zurücklassen, können sich immer zwei Männer ein Ruder teilen. Es muss gehen. Sie werden es schaffen, weil sie wissen, dass sie sonst sterben!«

Einen Moment lang dachte Odysseus ernsthaft über Eurylochos' Vorschlag nach. Dann schüttelte er resigniert den Kopf. Auf jedem ihrer sieben Schiffe befanden sich schon jetzt gut doppelt so viele Männer, als eigentlich normal gewesen wäre. Die Enge war nach dem Durst und der Hitze das nächstgrößere Problem. »Zweihundert Männer auf einem Schiff, das nur für fünfzig Platz bietet?« Er seufzte. »Das ist unmöglich, mein Freund. Nach zwei Tagen würden sie anfangen, sich gegenseitig umzubringen.«

»Was willst du dann?«, fragte Eurylochos zornig. »Willst du aufgeben? All die Männer, die dir ihr Leben anvertraut haben, einfach ihrem Schicksal überlassen? Das ist nicht der Odysseus, den ich kenne, der so etwas sagt.«

Vielleicht gibt es diesen Odysseus auch nicht mehr, mein Freund, dachte Odysseus. Möglicherweise ist er müde geworden in all den Jahren. Möglicherweise hat es ihn auch niemals gegeben.

Für lange Zeit herrschte Schweigen in der kleinen, stickigen Kabine am Heck des Schiffes, nur dann und wann unterbrochen vom Klatschen einer Welle, die sich am Schiffsrumpf brach, dem gelegentlichen Ächzen von Holz oder dem leisen Stöhnen eines Mannes. Schließlich stand Odysseus auf, stieg umständlich über Eurylochos' Beine hinweg, der eingeschlafen war und nun, da seine Züge sich entspannt hatten, noch müder und erschöpfter aussah, und trat wieder auf das Deck hinaus.

Die Sonne stach wie mit kleinen heißen Nadeln in seine Augen, und er merkte erst jetzt, wie kühl und schattig es im Vergleich drinnen in der Kabine gewesen war. Einen Moment lang überlegte er ernsthaft, zurückzugehen, aber dann schob er die Tür mit einer entschlossenen Bewegung hinter sich zu und ging wieder zu seinem einsamen Aussichtsplatz unter dem schlaff vom Mast hängenden Bugsegel des Schiffes.

Lange Zeit stand er da und blickte aufs Meer hinaus, ohne es wirklich zu sehen. Wo die kaum erkennbare Horizontlinie war, da glaubte er den vertrauten Schatten Ithakas zu sehen, wo Himmel und Meer in fast nicht zu unterscheidendem Blau miteinander verschmolzen, die Türme seiner Burg, die er vor zehn Jahren verlassen hatte und in deren Mauern sein Weib und sein Sohn – der mittlerweile ein Mann sein musste – auf ihn warteten, dort, wo die einsame Möwe kreiste, die zerklüfteten Gipfel des Neriton, wo die –

Möwe?!

Odysseus fuhr so heftig hoch, dass einige der Männer auf dem Deck hinter ihm erschrocken die Augen aufrissen oder sich aufsetzten. »Eine Möwe!«, rief er. »So seht doch – das ist eine Möwe!«

Und als hätte das Tier seine Worte verstanden und käme näher, um sich begutachten zu lassen, glitt es ein Stück in die Tiefe und mit weit ausgebreiteten Schwingen auf die reglos daliegende griechische Flotte zu.

Odysseus' Ruf war gehört worden, und nun drängten sich mehr und mehr Männer im Bug des mächtigen Schiffes, hoben Arme und Hände und deuteten zu der einsamen Möwe empor, die jetzt den Hauptmast umkreiste. Bald wurde man auch auf den anderen Schiffen auf das Tier aufmerksam, und schon kurze Zeit darauf hallte das Meer, das die kleine Flotte bisher wie ein gewaltiges schweigendes Leichenhaus umgeben hatte, unter dem Geschrei von fast siebenhundert Männern wider. Denn jeder an Bord der sieben Schiffe wusste, was die Möwe zu bedeuten hatte: nichts anderes als Land, das wohl noch hinter dem Horizont, aber nicht mehr sehr weit entfernt liegen konnte. Möglicherweise war es nur eine Insel – aber welche Rolle spielte das schon? Wo diese Möwe herkam, da musste Land sein, und Möwen flogen nicht sehr weit.

Der Möwe wurde der Lärm und die Unruhe bald zu viel. Mit einem schrillen Schimpfen schwang sie sich hoch empor in den Himmel und flog davon, bis sie zu einem kleinen weißen Punkt zusammenschrumpfte und bald ganz verschwunden war. Auf den Schiffen aber hielt das Schreien und Lachen noch lange Zeit an, und viele Männer begannen auf der Stelle zu beten und die Götter zu preisen, die ihnen im Augenblick der höchsten Not diesen Boten geschickt hatten. Selbst Odysseus, der dafür bekannt war, wie rasch ihm das Wort Zufall von den Lippen kam, wurde für eine Weile sehr schweigsam und blickte immer wieder in den Himmel hinauf.

Sie erreichten das Land an diesem Tag nicht mehr. Die Männer, denen der Anblick der Möwe neuen Mut gemacht hatte, ruderten zwar wieder, aber die Tage der Entbehrungen und Furcht hatten ihren Preis gefordert. Selbst die Euphorie, in die so mancher bei dem Gedanken an die nahe Rettung verfiel, gab ihnen nicht genug Kraft, die Schiffe auf nennenswerte Geschwindigkeit zu bringen, und als die Sonne sank, war das Land noch nicht zu sehen.

Aber in dieser Nacht sahen sie Lichter, wie kleine gelbe Katzenaugen, die über den Horizont lugten, und dieser Anblick gab ihnen abermals neue Kraft. Für manchen war die Anstrengung zu viel, und als die Sonne aufging, hatte fast ein Dutzend ihrer Kameraden ihr Leben ausgehaucht. Odysseus befahl, die Männer mit aller gebührenden Ehrfurcht aufzubahren, um sie später an Land bestatten zu können, wie es Helden zukam.

Die Gnade der Götter, die ihnen zuteil geworden war, war knapp bemessen, denn das rettende Land entpuppte sich als eine gut hundert Manneslängen hohe, lotrecht aus dem Meer aufsteigende Steilküste, deren Fuß mit spitzen Riffen und Klippen gesäumt war, so dass sich die Wellen schon weit vor der Küste schaumig brachen und Odysseus es nicht wagte, auch nur eines seiner Schiffe bis an die Steilwand heranfahren zu lassen.

Und das war alles, was sie sahen: den Morgen hindurch, bis zur Mittagsstunde und auch bis weit in den Nachmittag hinein. Der Mut der Männer, kaum wieder ein wenig gestärkt, sank erneut, und selbst Odysseus begann sich zu fragen, ob sie nicht den Tod im offenen Meer nur mit dem unter dieser nicht enden wollenden Steilküste eingetauscht hatten. Nach und nach schickten die anderen Kapitäne zu ihm, jeder mit Fragen und Vorschlägen, und Eurylochos selbst schlug schließlich vor, sich an ein langes Seil binden zu lassen und zu versuchen, die tödliche Barriere aus Riffen schwimmend zu durchqueren. Er war ein guter Kletterer, und die Wand war zwar steil, aber so zerklüftet, dass er eine gute Chance hatte, sie zu ersteigen.

Odysseus dachte eine Weile über diesen Vorschlag nach. Die Lichter, die sie in der Nacht gesehen hatten, bewiesen, dass es hinter dieser Küste Menschen gab, so dass sie allerschlimmstenfalls vielleicht die Schiffe zurücklassen und versuchen konnten, auf dem von Eurylochos vorgeschlagenen Wege wenigstens das nackte Leben zu retten. Aber selbst dieser Ausweg blieb nur den allerwenigsten. Kaum einer der Männer hatte noch die Kraft, die Brandung zu durchschwimmen; geschweige denn, die Felsen zu ersteigen. Und auch wenn es ums nackte Leben ging – die Vorstellung, die Schiffe zurückzulassen, widerstrebte ihm zutiefst. Sie waren die Besieger Trojas. Sie hatten den Verlockungen der Lotophagen widerstanden und den schrecklichen Zyklopen besiegt – er würde sich nicht von einer Felswand schlagen lassen!

Doch begann die Situation während des Nachmittags kritisch zu werden. Ihre Flotte, ohnehin nicht besonders schnell, wurde immer langsamer, und einmal kam eines der Schiffe den Riffen zu nahe und seine Backbordruder zersplitterten an den Felsen, die unter der Wasseroberfläche lauerten. Es gab Verwundete und Tote, und nicht wenige der Männer waren abergläubisch genug, dieses Missgeschick als böses Omen zu werten.

Gegen Sonnenuntergang zu gewahrte der Mann, den Odysseus in den Mast hinaufgeschickt hatte, eine Durchfahrt im Fels, und eine halbe Stunde später lag eine gewaltige, zur Hälfte mit Wasser gefüllte Schlucht vor ihnen, ein granitener Schlauch, hundert Manneslängen hoch und so schmal, dass die Schiffe nur eines nach dem anderen hindurchfahren konnten. Er war nicht besonders lang, und an seinem jenseitigen Ende war das Wasser eines still daliegenden Sees zu erblicken, gesäumt von Grün und Braun, das den schwarzen Fels ablöste. Trotzdem zögerte Odysseus lange, den Befehl zum Einlaufen zu geben.

»Warum warten wir, Odysseus?«, fragte Eurylochos, dem das Zögern seines Königs nicht entgangen war. Er deutete mit einer Kopfbewegung auf die Felsenschlucht. »Ich sehe das Grün von Gras und Büschen hinter den Felsen, und sicher gibt es reichlich Wild dort drüben. Und Schatten.«

»Gewiß«, bestätigte Odysseus halblaut. »Ich frage mich nur, was noch.«

Eurylochos runzelte die Stirn. Sie standen zwar allein im Bug, aber doch nicht so weit von den anderen entfernt, dass niemand ihre Worte hören konnte. So senkte er die Stimme, als er weitersprach. »Du befürchtest einen Hinterhalt?«

»Dieses Land – wenn es ein Land und keine Insel ist – ist bewohnt«, erklärte Odysseus. »Hast du die Lichter vergessen, die wir gesehen haben, Eurylochos? Wir wissen nicht, ob die Menschen, die hier wohnen, uns freundlich gesonnen sind.« Er beschattete die Augen mit der Hand und deutete auf den schmalen Streifen freien Himmel, der sich wie ein stahlblaues Seidenband über der Schlucht spannte. »Möglicherweise bin ich zu misstrauisch nach allem, was uns zugestoßen ist, mein Freund. Aber diese Schlucht ist eine Falle. Zehn alte Frauen, die mit Steinen werfen, können unsere ganze Flotte zerstören, sind wir erst einmal darin.«

Odysseus sah es Eurylochos an, dass er heftig widersprechen wollte. Aber dann schüttelte er nur den Kopf und blickte wieder nach vorne, zu dem lockenden Grün am Ende der Schlucht. »Du siehst zu schwarz, Odysseus«, behauptete er. »Wenn dieses Land bewohnt ist und wenn sie uns gesehen haben, dann werden sie in ihren Hütten sitzen und vor Angst zittern.«

»Vielleicht ist es gerade das, was ich fürchte«, antwortete Odysseus. »Wie würdest du reagieren, Eurylochos, wenn eine Flotte von Kriegsschiffen vor dem Hafen Itha-

kas erschiene, bemannt mit aberhunderten von Kriegern?«
Er zögerte und ehe er weitersprach, drehte er sich einmal
um seine Achse und blickte jedes der sechs Schiffe, die
sie begleiteten, einen Moment lang an. »Das Beste wäre,
wir würden hier ankern und nur wenige Männer auf einem Boot dort hinein schicken, um das Land zu erkunden.«

»Das kannst du nicht!«, widersprach Eurylochos impul-
siv. »Die Männer würden dir den Gehorsam verweigern,
Odysseus, wenn du diesen Befehl geben würdest!«

»Ich fürchte, du hast Recht«, sagte Odysseus kopfschüttelnd. »Und ich könnte es ihnen nicht einmal verdenken.
Auch ich sehne mich nach nichts mehr, als wieder festen
Boden unter den Füßen zu haben und den Geruch von frischem Gras in der Nase. Aber ich kann etwas anderes tun«,
fügte er mit veränderter Stimme hinzu. »Gib Befehl, die
Schiffe einzeln und in großen Abständen in die Schlucht
einfahren zu lassen, so dass sich immer nur eines zwischen
den Felswänden befindet. Dieses Schiff hier soll sicher ver-
ankert werden und die Männer auf die anderen Schiffe
verteilt. Es bleibt hier.«

Eurylochos nickte, wandte sich um und ging, um Odysseus' Befehl an die Mannschaft weiterzuleiten.

Was Odysseus befohlen hatte, wurde getan. Eine Stunde
später glitt das erste Schiff in den steinernen Kanal hinein,
Odysseus, Eurylochos und einhundert ausgesuchte Krieger mit bereitgehaltenen Waffen und Schilden hinter dem
Schiffsgeländer, fünfzig weitere Männer, die Bogen im Anschlag, hinter ihnen stehend und die Ränder der Schlucht
über ihnen im Auge behaltend.

Sie fuhren sehr vorsichtig, denn auch hier gab es Felsen
und Riffe, die wie steinerne Speerspitzen unter der Wasseroberfläche in den Kanal ragten, und trotz aller Vorsicht
brach eines der Ruder ab und verletzte den Mann, der es
bedient hatte, schwer.

Davon abgesehen jedoch verlief die Durchfahrt ruhig,
und als die Felsen vor ihnen endlich zur Seite wichen, of-

fenbarte sich ihnen ein Bild, das sie für alle überstandenen Unbilden entschädigte.

Was von außen wie ein relativ kleiner See ausgesehen hatte, entpuppte sich als winziger Teil eines riesigen, an drei Seiten von himmelhohen Felswänden umschlossenen natürlichen Hafens, groß genug, nicht nur sechs, sondern sechshundert Schiffe auf einmal aufzunehmen. Genau vor dem Bug des Schiffes erstreckte sich ein flacher, schneeweißer Sandstrand, der schon nach wenigen Schritten in grasbewachsenes Land und dann in einen dichten, schattigen Wald überging. Ein breiter, kristallklarer Fluss ergoss sich rauschend in den See und die gewaltigen Felswände, die den steinernen Kessel einfassten, spendeten wohltuenden Schatten.

Der Mann im Mast schwenkte eine Fahne – das Zeichen für das nächste Schiff, in den Kanal einzufahren –, während die Ruder ein letztes Mal klatschend ins Wasser tauchten und das Schiff so rasch auf den Strand zutrugen, dass der Kiel scharrend über den Sand fuhr und das Schiff mit einem harten Ruck zum Halten kam. Die Männer begannen vor Freude zu jubeln, einige sprangen kurzerhand über Bord und schwammen das letzte Stück zum Land, ohne einen Befehl abzuwarten. Odysseus versuchte erst gar nicht, Ordnung in das Chaos zu bringen, das sich unter der Mannschaft ausbreitete, denn auch er verspürte eine immer stärker werdende Stimme, die ihm zuflüsterte, es den Männern gleichzutun und endlich an Land zu gehen, wo Schatten und klares kaltes Wasser lockten und es vielleicht auch Wild genug für alle gab. So sprang er mit einem Satz über Bord, watete die letzten Schritte den Strand hinauf und ließ sich mit einem erleichterten Aufschrei im Schatten der ersten Bäume niedersinken.

Die nächsten Minuten tat er nichts anderes, als einfach dazuliegen und das Gefühl zu genießen, festen, sicheren Boden unter sich zu fühlen, keine schwankenden Schiffsplanken, die zu lange ihrer aller Heimat gewesen waren, kühle, nach Wald und Schatten riechende Luft zu atmen, keine heißen Schwaden, die zäh wie Sirup waren und nach Krankheit und Tod stanken, weiches Moos unter den Fingern zu spüren, nicht das Metall von Waffen oder Holz, das von Salzwasser zerfressen und hart und spröde geworden war. Vielleicht, dachte er, gab es die Götter des Olymp doch. Und vielleicht hatten sie im allerletzten Moment ein Einsehen mit ihm und seinen Männern gehabt.

Und doch ...

Mit jedem Augenblick, der verging, wurde das bohrende Gefühl in Odysseus stärker, in eine Falle zu tappen.

Die Lästrygonen

Als die Sonne sank, hatte das letzte Schiff den natürlichen Hafen erreicht. Die Männer waren von Bord gegangen, und längs des sanft geschwungenen Sandstrandes begannen Dutzende von Feuern aufzulodern, kaum dass sich das erste Grau der Dämmerung am Himmel zeigte. Die Männer waren ausgelassener Stimmung; von einer Fröhlichkeit, die schon fast an Hysterie grenzte und nicht einmal durch die schreckliche Bilanz getrübt werden konnte, die Odysseus und seine Hauptleute an diesem Abend zogen: Allein an diesem einen Tage hatten Hitze und Entbehrungen an die dreißig Männer gefordert, dazu kamen noch einmal zehn, die so schwach oder so schwer verwundet waren, dass sie den nächsten Morgen kaum erleben würden. Der Strand hallte wider von Gesang und Gelächter, und als die Sonne vollends sank, strahlte der Himmel über dem See im roten Widerschein zahlloser, hoch prasselnder Feuer, und in den Geruch von Salzwasser und Wald mengte sich das köstliche Aroma gebratenen Fleisches. Sie hatten einige Rehe und ein paar Dutzend Hasen und Rebhühner schießen können, ehe der Lärm des Heeres auch das letzte Leben aus der Nähe der Küste vertrieben hatte – viel zu wenig, um an die siebenhundert hungrige Mäuler zu stopfen, aber allein das Wissen, dass es hier Wild und essbare Früchte in Hülle und Fülle gab, schien die Männer ihren Hunger und ihre Erschöpfung vergessen zu lassen. Sie hatten frisches Wasser genug und einen Schlafplatz im Schatten, und für diesen ersten Abend schien das genug. Odysseus hatte all seine Macht einsetzen müssen, überhaupt genügend Männer zu finden, um eine Nachtwache rings um das Lager aufzustellen, und vielleicht war er an diesem Abend der Einzige, der nicht ausgelassener Stimmung und frohen Mutes war.

Das Schlimme war, dass es offensichtlich keinen Grund für diese Bedrückung gab. Bei all seiner Besorgnis und Vorsicht schien es doch wahrscheinlich, dass Eurylochos Recht hatte und allein ihr Anblick und der ihrer Schiffe ausreichte, die Bewohner dieser Küste in helle Furcht zu versetzen. Eurylochos, der ihn am Strand vermisste und ihn suchen kam, fand ihn allein auf einem moosbewachsenen Felsblock sitzend, ein Stück abseits des Lagers an einer Stelle, von der aus er den Strand und den größten Teil des Hafenbeckens übersehen konnte. Der Hauptmann schien zu spüren, was in Odysseus vorging, denn er sagte kein Wort, sondern ließ sich stumm und mit untergeschlagenen Beinen neben ihm nieder und reichte ihm ein Stück Fleisch, das so heiß war, dass er es in ein Tuch hatte einschlagen müssen, um sich nicht die Finger zu verbrennen.

Odysseus griff dankbar danach, biss vorsichtig hinein und begann langsam zu kauen. Er war hungrig wie jeder der anderen Männer; trotzdem regte sich für einen Moment sein schlechtes Gewissen, während er den Fleischgeschmack auf der Zunge spürte, denn diese zweite Portion, die Eurylochos für ihn besorgt hatte, ging jetzt einem der anderen ab. Vielleicht war es sogar Eurylochos' Ration selbst, die er sich für ihn aufgespart hatte. Aber dann siegte sein Hunger über alle Skrupel, und er biss kräftig in das Fleisch und vertilgte es bis auf die letzte Faser.

»Was hast du, Odysseus?«, fragte Eurylochos, als dieser fertig gegessen hatte. »Noch immer Angst, dass sich die Küste als Hinterhalt erweisen könnte?«

Odysseus antwortete nicht gleich. Sein Blick glitt über die still daliegende Wasserfläche und die Durchfahrt, durch die sie gekommen waren, und verweilte einen Moment auf den Schiffen. Mit ihren aufgerollten Segeln und den halb ins Wasser gesenkten Rudern und in der Dunkelheit, die ihre Farben verschlang und ihre Konturen verwischte, sahen sie wie bizarre riesige Insekten aus. Käfer, die sich im unsichtbaren Netz einer ebenfalls unsichtbaren, aber sehr giftigen Spinne verfangen hatten.

Er verscheuchte den Gedanken. »Ja«, gestand er, ohne Eurylochos dabei anzusehen. »Aber das ist es nicht, was mir Sorge bereitet, mein Freund. Wir sind genug, uns jeden Angreifers zu erwehren, und wer immer über diesen Teil der Welt herrscht, wird sich sehr gründlich überlegen, ob es nicht besser wäre, uns zum Freund zu haben statt zum Feind.« Er seufzte. »Ich wäre froh, wäre ein feindliches Heer unsere einzige Sorge.«

Eurylochos nickte. »Du sorgst dich darum, wie wir von hier fortkommen.«

»Und nach Hause«, bestätigte Odysseus. »Ich bin des Herumirrens müde, mein Freund. Ich will zurück nach Ithaka, in meinen Palast und zu meinem Weib. Zu meinem Sohn, Eurylochos.« Er sah den Hauptmann ernst an. »Ich habe ihn seit weit über zehn Jahren nicht gesehen. Er muss ein Mann geworden sein, in dieser Zeit. Ich will endlich nach Hause!«

»Das will jeder dieser Männer«, antwortete Eurylochos mit einer Geste auf das Lager hinab. »Du bist nicht der Einzige, der Weib und Kinder zurückgelassen hat. Aber warum zerbrichst du dir schon wieder den Kopf über morgen, Odysseus? Noch vor Tagesfrist sah es so aus, als würde keiner von uns den heutigen Abend erleben, und nun sind wir an Land und haben Wasser und Nahrung. Du solltest dich freuen, am Leben zu sein. Stattdessen suchst du nach dem nächsten Problem, mit dem du dich herumplagen kannst.« Er seufzte. »Wirst du es denn nie lernen, einfach einmal den Augenblick zu genießen, Odysseus?«

»Nein«, antwortete Odysseus ernst. »Nicht, solange ich König bin. Ich bin für jeden Einzelnen dieser Männer verantwortlich, Eurylochos. Sie sind mir gefolgt, als ich sie zu den Waffen rief und in die Ferne. Jetzt bin ich es ihnen schuldig, sie wieder nach Hause zu bringen.«

Eurylochos wollte antworten, doch in diesem Moment erscholl im Wald hinter ihnen ein halblautes, helles Knacken; ein Laut, wie ihn ein menschlicher Fuß verursachen mochte, der auf trockenes Geäst trat, und Odysseus fuhr wie von einer Natter gebissen hoch. Eurylochos meinte für einen Moment, einen huschenden Schatten zu sehen, war sich aber nicht ganz sicher. Trotzdem zog er wie Odysseus sein Schwert aus dem Gürtel und befahl mit einer knappen Geste die am nächsten stehende Wache heran.

Im Schein der Fackeln, die die beiden Männer mitgebracht hatten, drangen sie in den Wald ein. Das Unterholz war so dicht und mit dornigen Zweigen versehen, dass sie sich mit ihren Klingen einen Weg hindurchbahnen mussten und trotzdem nur sehr langsam vorankamen. Aber sie sahen schon nach kurzer Zeit, dass sie nicht die Ersten waren, die sich hier bewegten: Im hellen, wenn auch nicht sehr weit reichenden Licht der Fackeln waren deutlich die Spuren eines Menschen zu erkennen, der vor nicht langer Zeit durch den Wald gebrochen sein musste. Eines überaus starken Menschen, dachte Odysseus besorgt, den Ästen und Zweigen nach zu schließen, die er geknickt hatte.

Nach einer Strecke von vielleicht hundert Schritten lichtete sich der Wald, und sie kamen besser voran. Trotzdem gab Odysseus nach weiteren wenigen Augenblicken den Befehl, stehen zu bleiben.

»Warum, halten wir?«, fragte Eurylochos. »Der Weg wird besser, und –«

»Für den anderen auch«, unterbrach ihn Odysseus. Einen Moment lang starrte er aus zusammengepressten Augen in die Dunkelheit hinein, dann schüttelte er den Kopf, stieß sein Schwert mit einer zornigen Bewegung in den Gürtel zurück und drehte sich mit einer heftigen Bewegung herum. »Zurück zum Lager!«, befahl er. »Es ist sinnlos, die Verfolgung bei Nacht fortzusetzen.«

Die beiden Krieger in ihrer Begleitung gehorchten wortlos, aber Eurylochos sah ihnen die Erleichterung an, mit der sie Odysseus' Worte erfüllte. Alles war viel zu schnell gegangen, als dass er Zeit zum Nachdenken gefunden hätte, aber im Nachhinein musste auch er zugeben, dass ihm der Gedanke, bei Nacht und in diesem Wald einem Unbekannten zu folgen, alles andere als gefallen hätte.

Im Lager am Strand herrschte helle Aufregung, als sie zurückkamen. An die hundert Männer waren aufgesprungen und hatten zu ihren Waffen gegriffen, und Odysseus musste ein paarmal mit vollem Stimmaufwand rufen, um sich in den wild durcheinander schreienden Stimmen überhaupt Gehör zu verschaffen. Die Kapitäne der sechs Schiffe und ein gutes Dutzend seiner Hauptleute bedrängten ihn mit Fragen, und einige rieten gar, vorsichtshalber zurück an Bord der Schiffe zu gehen, um vor einem überraschenden Überfall sicher zu sein.

»Es besteht überhaupt kein Grund zur Sorge«, sagte Odysseus unwillig. »Vielleicht war es nur ein Bauer, der neugierig war, oder ein Kind.« Er wies zum Strand hinunter. »Ihr alle habt in der vergangenen Nacht die Lichter gesehen. Diese Küste ist bewohnt, und natürlich werden die Menschen hier nachsehen, wer da so unversehens aus dem Meer gekommen ist. Was habt ihr erwartet?« Er lachte halblaut. »Wir sind an die siebenhundert. Selbst wenn uns die Menschen hier feindselig gesonnen sind, werden sie es sich gründlich überlegen, uns anzugreifen. Nun geht wieder zu euren Lagern zurück und schlaft. Morgen bei Sonnenaufgang werden Eurylochos und ich nach den Herren dieses Landes suchen.« Er machte eine befehlende Geste, um seine Worte zu unterstreichen, und tatsächlich legte sich die Unruhe unter den Danaern allmählich.

Trotzdem dauerte es noch lange, bis Eurylochos und er endlich wieder allein waren, und das Lachen und Reden, das wie das Geräusch ferner Brandung vom Strand zu ihnen heraufdrang, klang merklich gedrückter.

»Weißt du eigentlich, dass du gerade das Gegenteil dessen gesagt hast, was du mir selbst noch vor weniger als einer Stunde versichertest?«, fragte Eurylochos, nachdem auch der letzte Mann aus ihrer Hörweite verschwunden war.

Odysseus nickte. »Natürlich, mein Freund. Ich verstehe

ihre Furcht nur zu gut. Sie fürchten nichts anderes als ich auch.« Er drehte sich um und sah Eurylochos ernst an. »Aber es ist zu spät, sich Gedanken darüber zu machen, was wir hätten tun sollen. Morgen früh werden du und ich die zehn tapfersten Krieger auswählen und zusammen mit ihnen nach den Bewohnern dieser Küste suchen. Dann wird sich erweisen, wer von uns Recht hatte.«

Das Mädchen stand an der Quelle, ein wenig nach vorne gebeugt und mit nur einer Hand den Krug haltend, mit dem sie Wasser schöpfte, und den anderen Arm nach hinten gestreckt, um so das Gleichgewicht zu bewahren, und selbst über die große Entfernung, die noch gute dreißig oder vierzig Schritte betragen mochte, war deutlich zu erkennen, wie groß sie war. Wenn Odysseus jemals eine Riesin gesehen hatte, dann sie.

Trotzdem trat er nach wenigen Augenblicken des Zögerns aus der Deckung des Busches hervor, hinter dem er mit Eurylochos und den anderen gewartet hatte, und näherte sich dem Mädchen. Er gab sich keine Mühe, leise zu sein, aber die schwarzhaarige Fremde schien so in ihr Tun vertieft, dass sie seine Annäherung nicht bemerkte. Selbst, als er so dicht hinter ihr stand, dass sein Schatten den ihren berührte und sie ihn einfach sehen musste, äußerte sie kein Anzeichen von Überraschung oder gar Schrecken, sondern schöpfte in aller Ruhe den Krug voll, ehe sie ihn absetzte und sich gemächlich zu ihm umwandte. Einen Moment lang blickte sie aus ihren sehr großen, dunklen Augen auf ihn herab, dann lächelte sie und fragte: »Wer bist du, kleiner Mann?«

Odysseus schluckte überrascht. Wer ihn zum ersten Male sah und dann seinen Namen hörte, war manchmal überrascht, denn er war alles andere als ein Riese, sondern ein normal großer, wenn auch sehr kräftig gewachsener Mann, in dem man nicht unbedingt den berühmten Odysseus vermutete – aber mit kleiner Mann hatte ihn denn doch noch niemand angesprochen.

Allerdings war er auch noch nie einem Mädchen von Statur und Wuchs einer etwa Fünfzehnjährigen begegnet, die gut drei Köpfe größer war als er ...

»Sprichst du unsere Sprache nicht?«, erkundigte sich die Riesin freundlich, als er nicht gleich antwortete, sondern nur weiter verwirrt zu ihr hinaufsah. »Doch, doch, natürlich«, beeilte sich Odysseus zu versichern, der sich nun seinerseits wunderte, wieso die Fremde seine Sprache sprach. »Ich war nur so überrascht, Euch ...« Er lächelte hilflos, schüttelte den Kopf und setzte von neuem an: »Verzeiht meine Unhöflichkeit. Ich bin Odysseus, der Sohn des Laertes und König von Ithaka.«

»Und mich nennt man Mandria«, erwiderte das Mädchen. »Tochter des Antiphates, des Königs aller Lästrygonen. Ihr gehört sicher zu den Zwergen, deren Boote das Meer gestern anspülte.«

Odysseus atmete hörbar ein, straffte sich und – dann begriff er. Mandrias Worte waren nicht die Beleidigung, als die er sie im ersten Moment empfunden hatte. Wenn alle Bewohner dieses sonderbaren Landes so groß waren wie dieses Mädchen, dann waren sie Zwerge.

»Die Lästrygonen?«, fragte er. »Nennt man so euer Volk?«

Mandria nickte, hob mit nur einer Hand den Tonkrug – er war fast so groß wie ein ausgewachsener Mann und musste, mit Wasser gefüllt, wie er war, seine drei Zentner wiegen – und lud ihn sich auf die Schulter. »Ja«, erwiderte sie. »Der Palast meines Vaters liegt gleich hinter jenen Hügeln dort. Wenn Ihr wollt, bringe ich Euch zu ihm, Odysseus. Und Eure Kameraden, die sich dort drüben in den Büschen verbergen, auch«, fügte sie mit einem verschmitzten Lächeln hinzu.

Odysseus lächelte verlegen, drehte sich herum und gab Eurylochos das vereinbarte Zeichen, aus seinem Versteck hervorzutreten. Der Hauptmann gehorchte, und kurz nach ihm traten auch die zehn Krieger hervor, die zu ihrem Schutz mitgekommen waren, aber keiner von ihnen näherte sich der Riesin auf mehr als fünf Schritte. Obgleich die Männer alles taten, äußerlich beherrscht zu erscheinen, gelang es ihnen nicht ganz, ihre Furcht zu verbergen, die Mandrias Anblick in ihnen wachrief.

Der Riesentochter entgingen die Blicke nicht, mit denen die waffenstarrenden Krieger sie musterten. Aber was immer sie dabei empfinden mochte, sie ließ sich nichts anmerken, sondern deutete nur mit einer Kopfbewegung auf die Hügel, die sie Odysseus schon vorher bezeichnet hatte, und ging ohne ein weiteres Wort los.

»Du willst ihr wirklich folgen?«, fragte Eurylochos erschrocken, als die Riesin außer Hörweite war.

»Warum nicht?«, entgegnete Odysseus. »Ihre Einladung war sehr freundlich.«

»Aber sie sind Riesen!«, keuchte Eurylochos. »Und sicherlich Menschenfresser oder Zauberer, die Böses im Schilde führen!«

»Unsinn!«, entgegnete Odysseus zornig, obgleich ihn Eurylochos' Worte in Wahrheit nicht ganz so kalt ließen, wie er tat. »Nur weil sie groß sind, müssen sie nicht schlecht sein, oder? Wären sie es, hätten sie uns gestern Abend mit Leichtigkeit überfallen können.« Er schüttelte den Kopf, wandte sich auf der Stelle um, um Mandria zu folgen, winkte dann aber einen der Männer zu sich. »Geh zurück zum Lager und berichte, was du gesehen hast«, befahl er ihm. »Sage den Männern, dass dieses Land von Riesen bewohnt wird und sie nicht erschrecken sollen, sollten sie sie zu Gesicht bekommen. Und«, fügte er nach kurzem Zögern hinzu, »sorge dafür, dass sich die Schiffe für einen schnellen Aufbruch bereithalten.«

Mittlerweile hatte die Riesin schon fast den gegenüberliegenden Rand der Lichtung erreicht, so dass sie sich beeilen mussten, sie noch einzuholen – zumal Mandria zwar nicht sehr schnell ging, ihre Schritte dabei aber so gewaltig waren, dass Odysseus und seine Begleiter ohnehin alle Mühe hatten, mit ihr mitzuhalten.

Mandria führte sie ein Stück durch den Wald, wobei sie

keinem Weg folgte, sondern einfach durch das Unterholz brach, wobei sie Zweige und Äste knickte. Mehr als einmal konnte Odysseus gerade noch zurückspringen um nicht von einem zurückschnellenden Ast zu Boden geschleudert zu werden. Er war heilfroh, als sie nach einer Weile den Wald verließen und die nur mit Gras und niedrigen Büschen bewachsenen Hügel emporgingen.

Als sie ihren Kamm erreichten, sah er das, was Mandria als den Palast ihres Vaters bezeichnet hatte.

Es war eine gewaltige Stadt.

Verblüfft blieb er stehen und blickte auf die zyklopischen Mauern hinab, hinter denen sich ein Gewirr von Türmen und Zinnen und erkergeschmückten Dächern erhob. Sein eigener Palast in Ithaka kam ihm schäbig vor gegen die kolossale, sicher eine Meile lange Wehrmauer, deren Zinnen mit spitzen, nach außen gebogenen eisernen Dornen versehen waren. Eine große Zahl Bewaffneter patrouillierte hinter ihnen, und hatten Odysseus und seine Begleiter bisher außer Mandria keinen Bewohner dieses Landes zu Gesicht bekommen, so sahen sie hinter den offen stehenden Toren eine riesige Menschenmenge, die die Straßen der Stadt füllte.

»Ist das ... der Palast Eures Vaters?«, fragte Odysseus stockend.

Mandria lächelte. »Sein Palast und unsere Stadt«, bestätigte sie. »Telepylos. Habt Ihr erwartet, dass wir in Höhlen wohnen, kleiner Mann?«

Odysseus schluckte die wütende Entgegnung herunter, die ihm auf der Zunge lag, und gab Eurylochos und den anderen ein Zeichen, dichter aufzurücken, während sie sich der Stadt der Riesen näherten.

Ihr Kommen musste bemerkt worden sein, denn allein auf dem Teil der Mauern, den Odysseus einsehen konnte, hielten sich mehr als fünfzig Wachen auf, aber niemand kam ihnen entgegen oder hinderte sie gar, durch das Tor zu treten. Und auch von den Männern und Frauen, die in den Straßen von Telepylos ihren Geschäften nachgingen, schenkte kaum einer den Fremden mehr als einen flüchtigen Blick. Es war, als wären bewaffnete Fremde, die in Begleitung der Tochter des Königs in die Stadt kamen, hier das Alltäglichste der Welt.

Oder als hätten sie gewusst, dass sie kamen.

Odysseus verschwendete an diesen Umstand allerdings kaum mehr als einen flüchtigen Gedanken. Er war viel zu sehr damit beschäftigt, zu staunen.

Er begriff jetzt, warum ihn Mandria unentwegt kleiner Mann genannt hatte – er war klein, ein Zwerg im Vergleich mit den Einwohnern dieser unglaublichen Stadt, von denen ihn mehr als nur einer glattweg um das Doppelte überragte. Mandria konnte, an ihrer Größe gemessen, kaum älter als elf oder zwölf Jahre alt sein und Odysseus sah ein paar Knaben, die allerhöchstens neun Sommer gesehen hatten, schon jetzt aber so groß wie er waren.

Und entsprechend ihren Einwohnern war alles in Telepylos. Die Häuser schienen ihm so gigantisch, dass man ein kleines Schiff durch ihre Türen hätte schieben können, die Brunnen, von denen es überreichlich viele gab, glichen kleinen Seen, und als Mandria ihn und seine Begleiter schließlich die Treppe zum Palast ihres Vaters emporführte, waren die Stufen so hoch, dass er Mühe hatte, sie zu erklimmen und dabei noch einigermaßen würdig auszusehen.

»Wartet hier«, sagte Mandria, als sie die Vorhalle betreten hatten. »Ich gehe und sage meinem Vater Bescheid, dass Gäste gekommen sind.« Sie setzte ihren Krug zu Boden und wollte sich umwenden, aber Eurylochos rief sie noch einmal zurück.

»Warte, Mandria«, sagte er. »Beantworte mir eine Frage.«

Das Mädchen legte den Kopf auf die Seite und lächelte gutmütig auf Eurylochos herab. »Ja?«

Der Hauptmann deutete auf den Wasserkrug. »Warum warst du unten an der Quelle?«, fragte er misstrauisch. »Es gibt mehr Wasser in eurer Stadt, als ihr braucht.«

»Weil das Wasser der Quelle unten im Wald besser schmeckt«, antwortete Mandria. »Es kommt frisch aus dem Boden, während das unsere hier meist schon warm und schal ist, ehe es die Brunnen füllt.«

»Und weil ich es für besser hielt, ein Kind zu eurer Begrüßung zu schicken statt eines Kriegers«, fügte eine andere Stimme hinzu.

Odysseus, Eurylochos und die anderen fuhren herum und Odysseus unterdrückte im letzten Moment ein erschrockenes Keuchen, als er den Mann sah, der da gesprochen hatte.

Er war ein Gigant, er musste selbst in einer Stadt der Riesen wie Telepylos einer sein – mehr als doppelt so groß wie Odysseus und so breitschultrig, dass er schon fast missgestaltet wirkte, blickte er wie ein zum Leben erwachter Berg auf die elf winzigen Menschen vor sich herab. »Wir wollten euch nicht unnötig erschrecken, edle Herren.« Er lächelte, trat mit einem mächtigen Schritt auf Mandria zu, die neben ihm nun wirklich zur Größe eines Kindes zusammenschrumpfte, und legte ihr die Hand auf die Schulter. »Du kannst gehen, mein Kind«, sagte er. »Du hast deine Sache gutgemacht.« Mandria entfernte sich rasch, während sich der Titan wieder zu Odysseus und den anderen umwandte. »Ich bin Antiphates, König von Telepylos und Herrscher dieses Landes«, sagte er. »Und wer seid ihr, edle Herren?«

»Mein Name ist Odysseus«, antwortete Odysseus, so fest er konnte, und trat dem Riesen einen halben Schritt entgegen. »Der Sohn des Laertes und König von Ithaka.«

»Ein König also.« Antiphates lächelte, als wäre er mit dem, was er hörte, aufs äußerste zufrieden. »Dann geziemt es sich um so mehr, dass ich Euch in meinem Hause willkommen heiße. Ihr seid der Befehlshaber der Flotte, die in unserem Hafen Zuflucht suchte?«

Odysseus nickte. »Wir sind im Sturm vom rechten Kurs abgekommen, und –«

»Und unsere Küste war die letzte Zuflucht, nachdem ihr

schon glaubtet, auf dem Meer sterben zu müssen«, unterbrach ihn Antiphates mit einem Seufzen. »Ich weiß, Odysseus.«

»Ihr ... wisst?«, wiederholte Odysseus sichtlich verwirrt.

Antiphates lächelte und wahrscheinlich sollte es gutmütig aussehen, aber bei seinem gewaltigen Gesicht wirkte es wie eine Grimasse. »Ihr seid nicht der Erste, den das Schicksal an die Küsten unseres Landes wirft«, erklärte er. »Das Meer jenseits unserer Steilküste ist tückisch und es ist sehr groß. Es vergeht kein Jahr, in dem nicht ein oder zwei Schiffe hierher kommen, und zahllose andere verschlingt der Ozean, ehe sie unsere Küste finden. Allerdings kommt es nicht jeden Tag vor, dass eine ganze Flotte von Kriegern bei uns landet. Ihr kommt doch in Frieden, hoffe ich?«, fügte er hinzu, wenn auch in einem Tonfall, der eher neugierig denn besorgt klang.

Odysseus nickte heftig. »Wir sind die letzten des Heeres, das gegen Troja zog«, sagte er. »Doch mit Euch und Euren Untertanen haben wir keinen Streit. Ganz im Gegenteil, König Antiphates. Wir ... hofften auf Eure Hilfe.«

»Hilfe?« Antiphates runzelte die Stirn. »Wie können wir euch helfen?«

»Unser Weg war weit«, antwortete Odysseus zögernd. »Und wir sind viele.«

»Ich verstehe. Eure Vorratskammern sind leer, und ihr seid hungrig.« Er lachte. »Wir haben hier nicht mehr, als wir selbst brauchen, König Odysseus. Doch unsere Wälder sind voller Wild. Ihr könnt Euren Männern die Erlaubnis geben, so viel zu jagen, wie sie mögen.«

»Wir ... sind sehr viele, Antiphates«, sagte Odysseus zögernd. »Wir werden viel Wild brauchen, unsere Schiffe für die Heimreise auszurüsten.«

»Jagt von dem Wild, so viel ihr wollt«, sagte Antiphates noch einmal. »Wir brauchen es nicht. Aber was stehen wir hier herum und reden«, fuhr er in verändertem Ton fort. »Ihr müsst müde und hungrig sein und ich frage euch aus wie dahergelaufene Bettler, die an meiner Tür kratzen. Verzeiht meine Unhöflichkeit, Odysseus.« Er klatschte in die Hände und unmittelbar darauf erschien ein halbes Dutzend prachtvoll gekleideter Diener in der Halle, die sich ehrfurchtsvoll vor ihm verneigten.

»Zeigt unseren Gästen ihr Quartier«, befahl Antiphates mit einer Geste auf Odysseus und seine Begleiter. »Bringt Wein und sauberes Wasser und lasst es ihnen an nichts fehlen. Später«, fuhr er, wieder an Odysseus gewandt, fort, »werden wir zusammen speisen. So lange könnt ihr euch mit allen Wünschen vertrauensvoll an meine Diener wenden. Sie werden sie erfüllen, als wären es meine eigenen.«

Und damit wandte er sich um und ließ den total verblüfften Odysseus und seine Begleiter einfach stehen.

Eurylochos blickte ihm verwirrt nach und setzte dazu an, etwas zu sagen, aber Odysseus deutete ihm rasch, still zu sein. Ohne ein weiteres Wort folgten sie den Dienern.

Antiphates' Männer führten sie in einen weitläufigen, aber allem Anschein nach vollkommen leer stehenden Teil des Palastes. Die Kammern, die jeweils zweien von ihnen zugewiesen wurden, waren behaglich eingerichtet, wenn auch für die Bedürfnisse von Riesen, so dass Odysseus das Vorhaben, sich auf einen Stuhl zu setzen, so rasch wieder aufgab, wie er es gefasst hatte. Aber es gab breite, mit Fellen gedeckte Betten, auf denen es sich bequem sitzen ließ, und die fürsorglichen Diener schleppten gewaltige Krüge mit Wein und noch gewaltigere Schalen mit klarem Wasser heran, dazu saubere Tücher, die nach kostbaren Ölen rochen. Den Wein ließen sowohl Odysseus als auch Eurylochos stehen, denn sie wollten beide einen klaren Kopf behalten. Aber sie tranken von dem Wasser und wuschen sich anschließend ausgiebig, und auch, wenn sie danach wieder in ihre schmutzstarrenden Kleider schlüpften, fühlten sie sich doch weitaus sauberer als zuvor.

Eurylochos war sehr schweigsam, während die Diener stumm dabeistanden und ihm und Odysseus frische Tücher reichten, und auch Odysseus sprach kaum ein Wort, bis sie endlich allein waren. Und selbst dann huschte Odysseus zur Tür, schob den in Kopfhöhe angebrachten Riegel zur Seite und lugte vorsichtig auf den Gang hinaus, ehe er sich wieder zu Eurylochos umwandte.

»Das alles hier gefällt mir nicht«, sagte er. Der Ausdruck auf seinem Gesicht war sehr ernst. »Wir hätten uns nicht von den Kriegern trennen sollen.«

»Sie sind doch sehr freundlich«, sagte Eurylochos, wenn auch ohne rechte Überzeugung. »Dieser Antiphates scheint ein Mann zu sein, der weiß, was sich gehört.«

»Wenn er wirklich so ist, wie er uns glauben machen will, ist er ein kompletter Narr«, sagte Odysseus zornig. »Ich an seiner Stelle würde nicht so gelassen reagieren, wenn ein komplettes Heer vor meiner Haustür erscheint. Auch nicht ein Heer von Zwergen«, fügte er finster hinzu, als Eurylochos widersprechen wollte. »Auch ein kleines Schwert kann töten.«

»Du fürchtest noch immer einen Hinterhalt?«

»Ich weiß überhaupt nicht mehr, was ich denken soll«, gestand Odysseus nach kurzem Überlegen. »Vielleicht bin ich einfach zu misstrauisch geworden nach allem, was geschehen ist. Vielleicht aber –«

Eurylochos erfuhr nie, was Odysseus sagen wollte – denn in diesem Moment erscholl auf dem Gang ein lautstarkes Poltern und noch bevor Odysseus sich ganz umgewandt hatte, wurde die Tür mit einem heftigen Ruck wieder zugezogen und ein dumpfes, nur zu vertrautes Scharren drang an sein Ohr.

Der Laut, mit dem ein Riegel vorgelegt wurde.

Odysseus starrte die Tür einen Herzschlag lang an, dann schrie er auf, griff mit beiden Händen zu und rüttelte mit aller Kraft daran.

Das einzige Ergebnis seiner Bemühungen waren einige abgebrochene Fingernägel.

Auf dem Gang erscholl ein meckerndes Lachen, dann öffnete sich eine Klappe in der Tür, die den beiden Gefährten bisher verborgen geblieben war, und Antiphates' breitflächiges Gesicht starrte zu ihnen herein, zu einem höhnischen, durch und durch bösen Lachen verzerrt.

»Nun, die Herren?«, fragte er hämisch. »Ich hoffe, ihr seid mit dem Quartier zufrieden, das ich euch zuweisen ließ.«

»Was bedeutet das, Antiphates?«, fragte Odysseus zornig. Ganz unbewusst legte er dabei die Hand auf den Schwertgriff; eine Geste, die in Anbetracht seiner Lage allerdings höchst lächerlich wirkte. »Öffnet sofort die Tür!«

»Fällt mir nicht ein«, antwortete Antiphates grinsend. »Macht mich nicht für eure eigene Unvernunft verantwortlich. Ihr hättet den Wein trinken sollen, den ich euch kredenzen ließ, das hätte euch viele Unbilden erspart.« Er kicherte. »Eure Begleiter waren da klüger.«

Es dauerte einen Moment, bis Odysseus begriff. »Gift?«, murmelte er. »Es war … Gift in dem Wein?«

»Aber nicht doch, Odysseus«, sagte Antiphates tadelnd. »Wofür haltet Ihr mich? Nur ein kleines Schlafmittel – wenngleich auch nicht alle Eure Begleiter aus diesem Schlaf wieder aufwachen werden.«

»Du Hund!«, brüllte Odysseus und zog nun wirklich sein Schwert. »Wenn du Mut hast, dann komm herein und kämpfe mit mir!«

»Kämpfen?« Antiphates starrte ihn an, als zweifle er ernsthaft an Odysseus' Verstand. »Aber warum sollte ich so etwas Närrisches tun, mein lieber Odysseus? Früher oder später werden Eure Kräfte von selbst nachlassen und so lange seid Ihr hier gut aufgehoben.«

»Dafür werdet Ihr bezahlen!«, schrie Odysseus. »Meine Krieger werden Eure Stadt dem Erdboden gleichmachen! Wir werden Telepylos schleifen, dass der Brand von Troja Euch dagegen wie ein Spaß vorkommt!«

»Macht Euch nicht lächerlich, Odysseus«, sagte Antiphates ruhig. »Was Eure Krieger angeht, mit denen werdet Ihr rascher wieder vereint sein, als Ihr glaubt. Noch vor dem nächsten Sonnenaufgang, um genau zu sein. Aber anders, als Euch vielleicht lieb ist«, fügte er hämisch hinzu.

Odysseus hieb wütend mit dem Schwert gegen die Tür, aber das Holz war hart wie Eisen und die Waffe flog ihm aus der Hand, ohne auch nur eine sichtbare Scharte in der Tür zu hinterlassen. Antiphates lachte dröhnend, während Odysseus wütend seine schmerzende Hand massierte und sich nach der Waffe bückte.

»Was bedeutet das, Antiphates?«, fragte er, mühsam beherrscht. »Warum bekämpft Ihr uns? Wir sind nicht Eure Feinde. Alles, was wir wollten, war ein wenig Nahrung und wenige Tage Ruhe, um unsere Schiffe instand zu setzen. Ich gebe Euch mein Ehrenwort, dass wir absegeln, ohne Eurer Stadt auch nur nahe zu kommen.«

»Jetzt verlegt er sich aufs Bitten, der kleine Mann«, sagte Antiphates kopfschüttelnd. »Aber es nutzt ihm nichts. Habt Ihr schon vergessen, was ich Euch vorhin erzählte? Das Meer spült oft Schiffe an unsere Küste und noch keines von ihnen ist jemals wieder abgefahren.«

»Dann tötet ihr sie alle?«, murmelte Eurylochos erschrocken.

Antiphates nickte. »Von irgendetwas müssen wir schließlich leben«, antwortete er betrübt. »Aber keine Sorge – bis es so weit ist, wird es euch an nichts fehlen.« Und damit begann er schallend zu lachen, warf die Klappe zu und polterte lautstark davon.

»Was hat er damit gemeint – bis es so weit ist?«, fragte Eurylochos erschrocken.

Odysseus antwortete nicht gleich, sondern starrte die geschlossene Tür betroffen an. Sein Gesicht hatte alle Farbe verloren. »Kannst du dir das nicht denken?«, fragte er schließlich mit fast tonloser Stimme. »Erinnere dich an deine eigenen Worte, Eurylochos.«

»Du ... du meinst, sie ...«, stotterte Eurylochos.

»Antiphates hat uns zum Essen eingeladen, oder?«, erinnerte ihn Odysseus. »Er hat nur vergessen zu sagen, dass wir das Abendessen sein werden. Die Lästrygonen sind zweifellos Menschenfresser!«

Den ganzen Tag sannen sie über eine Möglichkeit nach, aus ihrem Gefängnis zu entfliehen. Aber ihre Lage schien aussichtslos: Das einzige Fenster ihres Quartieres war mit daumendicken Eisenstangen vergittert und lag zudem so hoch über dem Boden, dass ein Sprung hinaus der pure Selbstmord gewesen wäre, und die Tür schien massiv genug, dem Ansturm eines wütenden Bullen standzuhalten. So verlegten sie sich darauf, verschiedene Hinterhalte zu ersinnen, die sie ihren Bewachern stellen konnten, sollten sie hereinkommen, um ihnen zu essen oder zu trinken zu bringen. Eine oder zwei dieser Ideen waren auch wahrhaft genial genug, um Odysseus' Beinamen – der Listenreiche – alle Ehre zu machen, aber sie alle hatten einen kleinen, aber entscheidenden Fehler – ihre Bewacher betraten die Zelle nicht.

Am frühen Nachmittag wurde ihnen Essen gebracht: feuchtes Brot und ein Streifen zähes Pökelfleisch, das die Lästrygonen jedoch durch die Klappe in der Tür hineinwarfen, und als Eurylochos mit einem Wutschrei hinsprang und mit seinem Schwert hindurchstach, wurde ihm die Waffe aus der Hand gerissen und – in zwei Teile zerbrochen – wieder hereingeworfen. Und als sich Odysseus später lauthals schreiend auf dem Boden krümmte und Krämpfe vortäuschte, machten sich ihre Bewacher nicht einmal die Mühe, nach ihm zu sehen – geschweige denn, die Tür zu öffnen.

Odysseus war mutlos wie selten zuvor in seinem Leben, als sich der Tag dem Ende zuneigte und die Sonne vor dem vergitterten Fenster zu sinken begann; zumal er Antiphates' Worte keineswegs vergessen hatte, wonach er schon am nächsten Morgen mit all seine Kriegern wieder vereint sein sollte – was nichts anderes bedeuten konnte, als dass die Riesen für diesen Abend einen Überfall auf das Lager unten am Strand planten. Und es gehörte nicht sehr viel Fantasie dazu, sich seinen Ausgang auszumalen: Odysseus' Krieger waren bis zum äußersten erschöpft. Einen Angriff normaler, menschlicher Gegner hätten sie vielleicht noch abwehren können – gegen ein Heer kampfeslustiger Riesen mussten sie machtlos sein.

So kam es, dass Odysseus das Scharren an der Tür im ersten Moment gar nicht hörte, sondern erst aufmerksam wurde, als Eurylochos plötzlich aufstand und sein abgebrochenes Schwert zur Hand nahm – eine erbärmliche Waffe, aber immer noch besser als gar keine.

»Was ist los?«, fragte er.

Eurylochos schüttelte hastig den Kopf, legte den Finger auf die Lippen und deutete zur Tür. Und jetzt hörte Odysseus es auch: ein leises Scharren und Schaben, als zöge jemand draußen den Riegel zurück und bemühe sich, dabei so wenig Lärm wie möglich zu machen.

Eurylochos steckte sein Schwert wieder ein, deutete mit einer Kopfbewegung auf den toten Winkel neben der Tür und baute sich breitbeinig und mit vor der Brust verschränkten Armen vor dem Eingang auf, während Odysseus zu der bezeichneten Stelle huschte, seine eigene Waffe zog und sich eng gegen die Wand presste.

Das Scharren hielt an, dann ertönte ein etwas lauteres Poltern, und kurz darauf wurde die Tür nach innen geschoben. Ein entsetzliches rotes Gesicht, zu einer wahren Teufelsfratze verzerrt, lugte zu ihnen herein; tödliches Metall blitzte.

Odysseus sprang, so schnell er konnte, zur Tür, riss sie ganz auf, packte den Burschen mit der linken Hand bei der Gurgel und zückte mit der anderen sein Schwert.

Aber er führte den begonnenen Hieb nicht zu Ende, sondern erstarrte mit einem überraschten Laut mitten in der Bewegung, blickte den Mann ungläubig an und ließ ihn erschrocken los.

Der Mann war kein Lästrygone. Er trug den schwarzen Lederpanzer von Odysseus' Kriegern, mit den Insignien eines Hauptmannes auf der Schulter. Die rote Farbe auf seinem Gesicht war Blut, und der Ausdruck darauf eine Grimasse des Schmerzes.

»Andros!«, keuchte Odysseus erschrocken. »Wo, bei Zeus, kommst du her?«

Der Grieche wollte antworten, aber als er den Mund öffnete, kam nur ein erschöpftes Stöhnen über seine Lippen, und er begann in Odysseus' Griff zu wanken und wäre gestürzt, wäre Eurylochos nicht hinzugesprungen und hätte ihn aufgefangen.

Behutsam ließen sie den Verletzten zu Boden gleiten. Eurylochos holte ein Kissen und bettete seinen Kopf darauf, während Odysseus zur Tür huschte und einen sichernden Blick auf den Gang hinauswarf, ehe er zurückkam und neben Andros niederkniete.

»Du musst . . . fliehen, Odysseus«, stöhnte der Hauptmann. »Ihr seid . . . in Gefahr. Alle. Die Lästrygonen . . .«

»Sie wollen uns töten, ich weiß«, sagte Odysseus ernst, als der Hauptmann nicht weitersprach. »Aber was ist mit dir? Wie konntest du fliehen und wo sind die anderen?«

»Tot«, murmelte Andros. »Sie haben sie . . . erschlagen. Alle erschlagen . . . Auch ich sollte . . . getötet werden, aber ich . . . konnte fliehen.«

»Alle tot?«, entfuhr es Eurylochos. Seine Augen weiteten sich vor Schrecken. »Sie haben sie alle erschlagen? So rede doch!« Er ergriff Andros bei den Schultern und schüttelte ihn, aber Odysseus schlug seine Hand unsanft beiseite.

»Hör auf!«, sagte er scharf. »Du siehst doch, dass er verwundet ist.«

Aber in diesem Moment hob Andros die Hand und sah Odysseus an, und sein Blick war plötzlich klar. »Lass ihn, Odysseus«, sagte er. »Er hat ja Recht. Ich . . . kam, um euch zu warnen. Ich werde sterben, aber du musst fliehen. Du musst zurück zu den anderen und sie warnen. Die Riesen planen, das Heer bei Sonnenaufgang zu überfallen.«

»Bei Sonnenaufgang? Bist du sicher?«

Andros nickte schwach. Odysseus spürte, wie die Kraft des Hauptmannes mit jedem Moment mehr nachließ.

»Ich habe Antiphates belauscht«, fuhr Andros fort. »Als sie uns auf den Hof hinausschleiften. Sie . . . sie hielten mich für bewusstlos, aber ich habe alles gehört. Als die anderen von dem Wein tranken, war ich misstrauisch und tat nur so. Und als sie dann einschliefen, stellte auch ich mich schlafend.«

»Das war sehr klug«, sagte Odysseus anerkennend.

Andros lächelte und für einen Moment verschwand sogar der Ausdruck von Schmerz von seinen Zügen.

»Was geschah dann?«, fragte Odysseus, als Andros nicht von selbst weitersprach.

Das Gesicht des Hauptmannes verdüsterte sich, als bereite ihm allein die Erinnerung neue Qual. »Sie brachten uns in einen Hof hinunter, wo sie uns auf den Boden warfen«, erklärte er. »Eine Weile ließen sie uns einfach so liegen, dann kamen drei Burschen und ...« Seine Stimme stockte. Seine Augen waren dunkel vor Entsetzen, als er weitersprach: »... und begannen die anderen wie Vieh zu schlachten. Sie ... sie sind Menschenfresser, Odysseus. Sie wollen uns alle töten. Das ganze Heer!«

»Das werde ich verhindern«, versprach Odysseus. »Keine Sorge, Andros. Was geschah weiter?«

Andros atmete hörbar. Sein Gesicht glänzte jetzt vor Schweiß. Seine Hand umklammerte Odysseus' Rechte so fest, dass es schmerzte. »Als ich an der Reihe war, entrang ich einem von ihnen sein Messer«, berichtete er. »Sie waren so überrascht, dass sie sich nicht gewehrt haben. Ich habe sie getötet, alle drei, und bin geflohen. Hier oben traf ich auf die Wache und tötete auch sie, aber er ... er hat auch mich erwischt. Bei Zeus, ich ... ich hätte gesiegt, aber sie waren zu dritt und sie waren so ... so stark.«

»Du hast gegen drei Lästrygonen gekämpft und sie getötet?«, fragte Eurylochos ungläubig.

»Die drei unten im Hof und die beiden Wachen hier im Gang«, bestätigte Andros. »Sie sind groß, aber sie sind keine Krieger. Sie sind feige. Sie scheuen den Kampf. Aber sie sind so stark. So unendlich ... stark.«

Und damit starb er. Es ging ganz schnell. Andros schloss die Augen, hörte auf zu atmen und war tot.

Mit einer behutsamen Bewegung faltete Odysseus Andros' Hände auf seiner Brust, richtete sich auf und ballte in hilflosem Zorn die Fäuste. »Dafür werden sie bezahlen«, murmelte er. »Ich schwöre es dir, Andros. Jeder Tropfen Blut von dir wird hundertfach vergolten werden.«

»Bevor wir an Racheschwüre denken, sollten wir versuchen, hier herauszukommen«, sagte Eurylochos vorsichtig. »Seine Flucht kann nicht lange unentdeckt bleiben.«

Einen Moment lang sah Odysseus den Hauptmann voller Zorn an, aber dann nickte er, wandte sich um und öffnete vorsichtig die Tür. Der Gang war leer, und auch aus den anderen Teilen des Palastes drang nicht der mindeste Laut. Geduckt huschten sie aus der Zelle, erreichten eine Abzweigung und sahen Tageslicht am Ende einer Treppe schimmern. Auf den untersten Stufen lagen die Leichen der beiden Riesen, die Andros erschlagen hatte. Eurylochos bückte sich nach dem Messer des einen und zog es aus seinem Gürtel; es war groß genug, ein passables Schwert für ihn abzugeben.

Auf Zehenspitzen schlichen sie weiter. Das Glück schien ihnen weiterhin hold zu sein: Sie erreichten den Ausgang und fanden sich unversehens auf einem weitläufigen, an allen Seiten von hohen Mauern umschlossenen Hof, der vollkommen leer war. Von der anderen Seite der Mauer drang der Lärm der Stadt zu ihnen, und auch aus der Festung vernahmen sie jetzt Stimmen und Geräusche, von den Riesen jedoch war weiterhin keine Spur zu sehen. Odysseus blickte sich mit klopfendem Herzen um und wies schließlich auf eine Anzahl übermannshoher, dichter Dornenbüsche, die auf der jenseitigen Seite vor der Mauer wuchsen.

»Und jetzt?«, fragte Eurylochos, nachdem sie den Hof überquert und im dichten Blattwerk Schutz gefunden hatten.

Odysseus deutete zum Himmel hinauf. »Jetzt warten wir«, sagte er, »bis es dunkel ist. Dann steigen wir über die Mauer und versuchen, aus der Stadt zu kommen. Wenn wir früh genug am Strand sind, ist vielleicht noch nicht alles verloren.«

Das Glück, das sie so lange Zeit verlassen zu haben schien, blieb ihnen treu, aber trotz allem wurde es Mitternacht, ehe sie die Stadt der Lästrygonen endlich verlassen hatten und sich auf den Weg zum Strand machen konnten. Im Palast war erst Unruhe, dann ein regelrechter Tumult losgebrochen, als ihre Flucht entdeckt worden war, und es grenzte schon an ein Wunder, dass sie überhaupt unbehelligt aus Antiphates' Königsburg herausgekommen waren. Doch damit hatten die Schwierigkeiten keineswegs aufgehört. Telepylos war eine Stadt, die auch nach Dunkelwerden nicht zur Ruhe kam; zumindest an diesem Abend nicht. Dutzende von Feuern und Hunderte von Fackeln erleuchteten die Straßen fast taghell und der Abend hallte wider vom Klirren der Waffen und den Stimmen der Krieger, die sich auf den bevorstehenden Angriff vorbereiteten. Odysseus wusste im Nachhinein selber nicht mehr so genau, wie sie es nun geschafft hatten, die Stadt zu durchqueren, ohne aufgehalten oder gleich auf der Stelle erschlagen zu werden. Es war wohl ihrer besonderen Vorsichtigkeit zuzuschreiben und dem schon fast unverschämten Glück, dass sie unbehelligt die Stadtmauer erreichten und an einer schwer einsehbaren Stelle überklettern konnten.

Doch auch der Wald, der die Hügel von Telepylos von der Küste trennte, war nicht mehr so leer wie am Morgen. Dutzende von Kriegern waren bereits aufmarschiert, und aus den geöffneten Stadttoren ergoss sich ein unaufhörlicher Strom weiterer Riesen, die sich dem bereitstehenden Heer anschlossen. Trotzdem legten sie auch den größten Teil dieser Strecke unbehelligt zurück – auf dem Bauch kriechend und von Busch zu Busch robbend, um nicht von einem der zahllosen Lästrygonenkrieger entdeckt zu werden. Erst als die gewaltige Granitbarriere der Küste vor ihnen aus der Nacht auftauchte und der Feuerschein des griechischen Lagers den Himmel zu röten begann, schöpfte Odysseus wieder ein wenig Mut. Mit einem erleichterten Seufzer stand er auf, fuhr sich mit der linken Hand über das Gesicht und trat mit einem entschlossenen Schritt aus seiner Deckung hervor.

Wie aus dem Boden gewachsen standen plötzlich vier mit Schwertern und langen Speeren bewaffnete Lästrygonen vor ihm.

Eurylochos, der ein Stück zurückgeblieben war, schrie entsetzt auf und riss seine Waffe hoch, und auch Odysseus prallte mit einer erschrockenen Bewegung zurück und griff nach seinem Schwert. Der einzige Umstand, der ihn rettete, war wohl der, dass die Lästrygonen ebenso überrascht waren, ihn zu sehen, wie er umgekehrt.

Aber ihre Verblüffung hielt nur einen Moment an. Dann rissen sie ihre Waffen in die Höhe und stürzten sich wie ein Mann auf Odysseus und seinen Begleiter.

Schon der erste Schwerthieb, den Odysseus mit seiner eigenen Klinge parierte, ließ ihn aufschreien. Sein Arm war fast gelähmt vor Schmerz, und der zweite, sofort nachgesetzte Hieb prellte ihm um ein Haar die Waffe aus der Hand. Keuchend taumelte er zurück, tauchte unter einer Lanzenspitze hindurch und versuchte, die Waffe zu packen und aus der Hand ihres Besitzers zu reißen; ein Trick, mit dem er so manchem trojanischen Krieger das Fürchten gelehrt hatte. Der Lästrygone zerrte bloß an seinem Spieß, und um ein Haar wäre es Odysseus gewesen, der das Gleichgewicht verloren hätte und zu Boden gegangen wäre.

Es war ein Kampf ohne die geringste Aussicht auf Erfolg. Die beiden Griechen wurden Schritt für Schritt zurückgedrängt, bis sie Rücken an Rücken am Waldrand standen und es nichts mehr gab, wohin sie sich zurückziehen konnten, und obgleich Odysseus und Eurylochos mit verbissener Wut kämpften, steigerte sich die Angriffslust der Lästrygonen noch; der Augenblick, in dem eine Schwertklinge oder ein Speer die Deckung der beiden Kampfgefährten durchdringen musste, war abzusehen.

In diesem Augenblick erscholl auf der anderen Seite der Lichtung ein scharfer, peitschender Knall und eine Sekunde später ließ einer der Lästrygonen seinen Speer fallen und griff sich an den Hals. Zwischen seinen Fingern sah der zitternde Schaft eines Pfeiles hervor. Noch bevor er zu Boden stürzte, ertönte mehrmals hintereinander das helle Peitschen von Bogensehnen und auch seine drei Gefährten brachen getroffen zusammen.

Odysseus ließ mit einem erschöpften Keuchen sein Schwert sinken, machte einen Schritt und brach in die Knie. Was ihm die Anspannung des Tages und ihrer verzweifelten Flucht an Kraft gelassen hatte, das hatte der Kampf gegen die Riesen aufgezehrt. Für einen Moment begannen sich der Wald und der Himmel um ihn zu drehen. Wie von weit her hörte er die Stimmen der Männer, die so plötzlich aus der Nacht aufgetaucht waren, ihre hastigen Schritte und die erschrockenen Rufe, als sie die reglos daliegenden Riesengestalten aus der Nähe sahen.

Mit aller Macht drängte er die Schwäche zurück, zwang sich, auf die Füße zu kommen und wehrte die hilfreichen Hände ab, die plötzlich von allen Seiten nach ihm griffen. Mehr als ein Dutzend Krieger war plötzlich um ihn herum, und weitere schwärmten auf der Lichtung aus, die gespannten Bogen im Anschlag.

Themistonos, der Kapitän eines der Schiffe und Anführer des Trupps, scheuchte die Männer beiseite und trat auf Odysseus zu. »Seid Ihr verletzt?«, fragte er besorgt.

Odysseus schüttelte den Kopf und schob mit zitternden Händen sein Schwert in den Gürtel. Sein rechter Arm war noch immer taub und wollte ihm nicht richtig gehorchen. »Nein«, sagte er. »Aber ihr hättet nicht später kommen dürfen. Ich danke dir.«

Themistonos musterte ihn misstrauisch, dann blickte er auf die vier erschlagenen Riesen herab. »Bei Zeus!«, murmelte er. »Was sind das für Ungeheuer?«

»Lästrygonen«, erklärte Eurylochos an Odysseus' Stelle. »Es sind die Beherrscher dieser Insel. Sie –« Er stockte, sah Themistonos verwirrt an und deutete mit einer Kopfbewegung zur Küste. »Aber wir haben euch doch einen Boten geschickt, heute Morgen, als wir mit dem Mädchen gingen.«

»Was für ein Mädchen?«, fragte Themistonos. »Zu uns ist kein Bote gekommen. Ihr wart verschwunden. Als ihr bis zur Mittagsstunde nicht zurückgekehrt seid, haben wir angefangen, nach euch zu suchen. Was ist mit den anderen? «

»Tot«, erklärte Odysseus knapp. »Wir wurden gefangen genommen, und hätte Andros nicht sein Leben für uns geopfert, wäre auch uns die Flucht nicht gelungen.« Er drehte sich um, sah in die Richtung zurück, aus der sie gekommen waren, und versuchte vergeblich, die Dunkelheit mit Blicken zu durchdringen. »Diese vier sind nicht durch Zufall hier«, sagte er schließlich. »Sie suchen uns, Eurylochos.«

»Und zweifellos werden sie ihren Angriff vorverlegen, wenn sie begreifen, dass wir ihnen entwischt sind«, fügte Eurylochos grimmig hinzu.

»Angriff?« Themistonos wurde blass. »Du ... du meinst, es gibt noch mehr von diesen Riesen?«

»Ein ganzes Heer«, antwortete Odysseus. »Sie planen, unser Lager zu überfallen. Und ich fürchte, Eurylochos hat Recht. Antiphates wird wissen, dass wir euch warnen, und den Angriff unverzüglich befehlen. Wir müssen zurück – schnell.«

Themistonos schien noch einmal widersprechen zu wollen, aber dann blickte er auf die toten Riesen herab, wandte sich mit einem Ruck um und rief einen Befehl. Die Krieger zogen sich zu einem lebenden Schutzwall um Odysseus und Eurylochos zusammen und marschierten los.

Sie wurden nicht mehr angegriffen, während sie das letzte Stück Weg zurücklegten, aber Odysseus glaubte, die hasserfüllten Blicke geradezu zu spüren, die ihnen aus der Dunkelheit folgten. Mehr als einmal hörten sie Schritte und das Brechen von Unterholz und ein paarmal glaubte Odysseus einen gewaltigen Schatten davonhuschen zu sehen. Die Lästrygonen mussten das Lager bereits eingekreist haben und warteten jetzt nur noch auf das Hauptheer, um mit dem Angriff zu beginnen.

Am Strand herrschte helle Aufregung. Zahllose Feuer tauchten den natürlichen Hafen in helles Licht, und jeder Mann war auf den Beinen und bewaffnet, wie Odysseus zu seiner Erleichterung erkannte. Ihr Kommen musste schon gemeldet worden sein, denn fast die Hälfte der Männer eilte ihnen entgegen, als sie aus dem Wald traten, und Dutzende von Kriegern bestürmten Odysseus und seine Begleiter gleichzeitig mit Fragen.

»Auf die Schiffe!«, schrie Odysseus. »Lasst alles stehen und liegen und geht an Bord! Wir werden angegriffen!«

Doch seine Worte hatten nicht die erhoffte Wirkung. Sein Ruf wurde zwar gehört und weitergegeben, doch die meisten Männer griffen zu den Waffen, rannten ziellos hierhin und dorthin und hielten nach dem Gegner Ausschau. Erst ein zweiter Befehl Odysseus' veranlasste sie, sich zu ordnen und zum Abmarsch bereitzumachen.

Insgesamt vergingen vielleicht nicht mehr als zehn Minuten, ehe die ersten Männer an Bord der Schiffe, die Anker gelichtet und die Ruder bemannt und zu Wasser gelassen waren, aber sie schienen sich zu zehn Ewigkeiten zu dehnen. Immer wieder irrte Odysseus' Blick zum Waldrand hinauf und es verging keine Sekunde, in der er nicht mit klopfendem Herzen darauf wartete, eine Phalanx bis an die Zähne bewaffneter Riesen aus dem Wald brechen zu sehen.

Aber das Schicksal schien ihnen noch einmal eine kleine Atempause zu gönnen. Die beiden ersten Schiffe waren bemannt und begannen schwerfällig auf der Stelle zu wenden, ohne dass sich auch nur ein einziger Lästrygone gezeigt hätte. Die Männer wateten in Viererreihen auf die Schiffe zu, während eine Hundertschaft Bogenschützen einen tödlichen, zur See hin offenen Halbkreis hinter ihren Rücken bildete. Der Anblick beruhigte Odysseus ein wenig, denn selbst einem Heer von Riesen würde es schwer fallen, gegen den mörderischen Pfeilhagel von Schützen anzurennen, die sehr selten ihr Ziel verfehlten. Aber die Lästrygonen zeigten sich nicht. Entweder war das Hauptheer noch zu weit entfernt, als dass sie einen Angriff wagten, oder sie hatten begriffen, welchen Preis es sie kosten würde, den Strand zu stürmen. Auch als das dritte und vierte und fünfte Schiff bemannt war und schließlich Odysseus selbst und die am Strand Zurückgebliebenen an Bord des letzten Schiffes gingen, erblickten sie nicht einen der Riesen.

Schließlich war auch der letzte Mann an Bord, und Odysseus gab den Befehl, den Hafen zu verlassen. Gezogen vom Sog der einsetzenden Ebbe, näherten sich die Schiffe der schmalen Felsendurchfahrt, hinter der das offene Meer und die Rettung lagen. Odysseus' Herz begann zu hämmern, als die steil aufragenden Felswände näher kamen. In der Nacht wirkte der Fels schwarz, und obwohl er sich mit aller Macht gegen die Vorstellung wehrte, erinnerte ihn der Anblick mit jeder Sekunde mehr an das aufgerissene Maul eines gigantischen Ungeheuers, das sie alle verschlingen wollte. Nervös blickte er zum Strand zurück. Die Feuer loderten noch immer hoch, aber auch jetzt war nicht ein einziger Feind zu erkennen, obwohl er davon überzeugt war, dass Antiphates zumindest einige Späher in die Nähe des Lagers geschickt hatte. Und sie hatten alles in allem sicher mehr als eine Stunde gebraucht, das Lager zu verlassen und abzufahren – mehr als genug Zeit für das Heer, Telepylos zu verlassen und die Küste zu erreichen. Wo waren sie?!

Pechschwarze Dunkelheit senkte sich auf das Deck, als Odysseus' Schiff als Erstes in die Felsenklamm einlief. Aus ihrem ruhigen Dahingleiten wurde ein schüttelndes Bocken, denn anders als am Tage zuvor fuhren sie jetzt nicht mit aller Vorsicht, sondern rücksichtslos und so schnell sie nur konnten. Immer wieder krachten die Ruder gegen die Felswände oder unter Wasser liegende Riffe, und einmal scharrte der Schiffsrumpf so heftig über Stein, dass Odysseus um ein Haar das Gleichgewicht verloren hätte und über Bord gefallen wäre. Und von den Riesen war noch immer keine Spur zu sehen.

Odysseus wandte sich wieder um und sah nach vorne. Sie hatten weit mehr als die Hälfte der Durchfahrt hinter sich und vor dem Bug des Schiffes glänzte bereits die offene See. Noch zehn, fünfzehn kräftige Ruderschläge – und dann fiel der Himmel auf das Schiff.

Alles ging unglaublich schnell. Plötzlich waren die Ränder der Schlucht nicht mehr leer, sondern gespickt mit Hunderten, wenn nicht Tausenden gigantischen schwarzen Schattengestalten. Etwas ungeheuer Großes, Massiges löste sich aus der Felswand, stürzte auf das Schiff herab und knickte den mannsdicken Hauptmast wie ein kleines Bäumchen. Der Felsen, der beinahe so groß wie ein Haus war, traf das Deck wenige Schritte hinter Odysseus und zertrümmerte es.

Das Schiff zerbrach wie unter einem Axthieb. Das Splittern und Bersten des Holzes vermengte sich mit den Schreien der Männer zu einem grässlichen Chor, während Odysseus von der ungeheuerlichen Erschütterung regelrecht über das Schiffsgeländer katapultiert wurde und ins Wasser fiel.

Brodelnder weißer Schaum umgab ihn, durchsetzt von Trümmerstücken und Männern und wirbelnden Steinen, die einen irrsinnigen Tanz um ihn herum aufzuführen schienen. Er prallte gegen die Felswand, sah den zerborstenen Bug des Schiffes wie eine gigantische Faust auf sich herabschießen und tauchte im letzten Moment zur Seite weg.

Das Trümmerstück, so groß wie zehn Männer, krachte mit entsetzlicher Wucht dicht neben ihm gegen die Wand, und das aufgewühlte Wasser schleuderte ihn davon und wieder in die Höhe. Keuchend durchbrach er die Wasseroberfläche, wurde abermals gegen den harten Fels geschleudert und verlor beinahe das Bewusstsein, ehe es ihm gelang, sich an einem vorspringenden Felsen festzuklammern.

Als sich die dunklen Schleier vor seinen Augen lichteten, bot sich ihm ein Anblick, wie er entsetzlicher kaum sein konnte.

Die schmale Felsendurchfahrt hatte sich in eine tödliche Falle verwandelt. Vier ihrer sechs Schiffe waren in den Kanal eingefahren, als die Lästrygonen mit ihrem Angriff begannen – aber nicht eines von ihnen war noch als das stolze Kriegsschiff zu erkennen, das es einmal gewesen war. Odysseus' eigenes Schiff, das in zwei Teile zerbrochen war, blockierte die schmale Durchfahrt zur Gänze, so dass sich die drei nachfolgenden Schiffe schon nach Sekunden hoffnungslos ineinander verkeilt haben mussten und nun schutzlos den Felsbrocken und Steinen ausgeliefert waren, die die Riesen auf sie herabschleuderten.

Das Wasser des Kanals schien zu kochen und die engen Felswände hallten wider vom Geschrei der Sterbenden und Verwundeten, dem Krachen der zerberstenden Balken und dem Kriegsgeschrei der Lästrygonen. Nur der erste Felsen, den die Riesen geworfen hatten, war von so ungeheuerlicher Größe gewesen, denn ganz offensichtlich lag ihnen daran, so viele Männer wie nur möglich unversehrt in die Hände zu bekommen – was aber nicht hieß, dass sie sie lebend fangen wollten.

Das zweite Schiff legte sich auf die Seite und sank, bis nur noch die schildbewehrte Bordwand und die Stümpfe der zerborstenen Ruder aus dem Wasser ragten, dann das dritte, aber noch immer stürzten Steine in unablässiger Folge von der Felswand herab und töteten die, die sich schwimmend in Sicherheit zu bringen versuchten. Schon nach wenigen Augenblicken war das Wasser des Kanals rot vom Blut der Erschlagenen und das Töten dauerte an. Das ist kein Kampf, dachte Odysseus entsetzt, es ist nicht einmal eine Schlacht – es war ein Schlachten.

Ein fast mannsgroßer Stein klatschte dicht neben ihm ins Wasser und erinnerte ihn unsanft daran, dass sich auch der große Odysseus urplötzlich im Hades wieder finden konnte, wenn ihm ein noch größerer Stein auf den Kopf fiel. Hastig stieß er sich von der Felswand ab, sog die Lungen voller Luft und tauchte unter, so tief er konnte. Ein weiterer Stein ließ das Wasser dort aufspritzen, wo er gerade noch gewesen war, dann traf irgendetwas mit grausamer Wucht seine Seite und warf ihn herum. Er wollte schreien, konnte es aber nicht und sah aus entsetzt geweiteten Augen zu, wie die kostbare Atemluft in glitzernden Blasen vor seinem Gesicht in die Höhe stieg.

Es war nicht seine eigene Kraft, die ihn rettete, sondern die Ebbe, die jetzt immer stärker einsetzte und ihn ins offene Meer hinauszog. Irgendwann hörte der Himmel auf, Steine auf ihn herabregnen zu lassen, und die kochenden Fluten beruhigten sich ein wenig, so dass ihn seine Schwimmbewegungen nun wirklich von der Stelle trugen, statt ihn nur über Wasser zu halten. Mit dem letzten bisschen Kraft, das er seinem geschundenen Körper noch abverlangen konnte, schwamm er weiter, bis er gegen einen Felsen stieß, an den er sich festklammerte.

Ein gedrungener Schatten tanzte nicht weit vor ihm auf dem Meer – das siebente Schiff, das sie außerhalb des Hafens zurückgelassen hatten. Für einen Moment erschien es Odysseus fast unglaublich, dass die Lästrygonen es nicht versenkt oder besetzt haben sollten. Aber ihre Flotte war nicht die erste, die in diese tödliche Falle gelaufen war. Antiphates und seine Männer waren sich ihrer Sache sehr sicher gewesen.

Noch einmal zwang Odysseus seine verkrampften Muskeln, sich zu bewegen, ließ den Felsen los und schwamm keuchend auf das Schiff zu. Die Kraft drohte ihn endgültig zu verlassen, aber irgendwie schaffte er es, an Bord zu klettern, wo er auf Deck erschöpft liegen blieb. Als er sich nach einer Weile stöhnend auf Hände und Knie hochquälte und zur Küste zurücksah, gewahrte er eine Anzahl kleiner, heller Punkte, die wie Korken auf dem aufgewühlten Wasser hüpften und langsam näher kamen. Er war also nicht der einzige, der dem Hinterhalt der Lästrygonen entkommen war.

Aber es waren wenig, erbärmlich wenig. Als der erste Mann das Schiff erreichte, hatte Odysseus wieder genug Kraft gesammelt, ihn an Bord ziehen zu können, und zu seiner Freude erkannte er, dass es kein anderer als Eurylochos war, der wie er auf dem ersten Schiff gewesen und sofort über Bord geschleudert worden war. Im Laufe der nächsten Stunde erreichten noch gute zwei Dutzend Überlebende das Schiff und bis zum Morgengrauen noch einmal ungefähr dieselbe Anzahl.

Dann keiner mehr.

Bis in den späten Nachmittag des nächsten Tages hinein kreuzten sie vor der Küste, in respektvollem Abstand zu den Riffen und jederzeit bereit, auf der Stelle zu wenden und Kurs auf das offene Meer zu nehmen, sollte sich auch nur der Schatten eines Lästrygonenschiffes zeigen. Aber die Riesen blieben verschwunden, und wäre nicht das Wrack des gesunkenen Schiffes in der Hafeneinfahrt gewesen, dessen abgebrochene Ruder wie ungleiche Finger einer anklagend erhobenen Hand aus dem Wasser ragten, hätte man meinen können, alles wäre nichts als ein übler Traum gewesen.

Aber es war keiner. Und wenn, dachte Odysseus bitter, so ist es einer, aus dem ich nicht erwachen kann.

Sie waren noch sechsundfünfzig. Sechsundfünfzig von beinahe siebenhundert, die an diese Küste gekommen waren und nichts anderes gesucht hatten als ein wenig Ruhe und etwas Nahrung. Der Großteil von ihnen hatte den höchsten Preis dafür bezahlt, den ein Mensch nur bezahlen konnte: ihr Leben.

Das Geräusch leiser Schritte drang in seine Gedanken. Mühsam richtete er sich auf, löste den Blick von der Felswand und den Überresten des gesunkenen Schiffes und blickte in Eurylochos' erschöpftes Gesicht.

»Wir sollten abfahren«, sagte Eurylochos matt. »Es hat keinen Sinn mehr, zu warten.«

Odysseus nickte. Er hatte gehofft, noch ein paar Männer auffischen zu können, die sich auf die eine oder andere Weise hatten retten können, aber das einzige, was das Meer zu ihnen herausgespült hatte, waren Trümmerstücke und Tote gewesen; sehr wenige Tote, angesichts der Zahl von Männern, die den Lästrygonen zum Opfer gefallen war. Auch von den beiden Schiffen, die nicht in der Felsdurchfahrt gewesen waren, war nichts zu sehen gewesen. Als die Sonne aufging, waren ihre Segel verschwunden gewesen. Was mit ihnen und ihrer Besatzung geschehen sein mochte, wagte sich Odysseus nicht vorzustellen.

Eurylochos ließ sich mit einem erschöpften Seufzen neben ihm nieder, zog die Knie an den Körper und umschlang sie mit den Armen. »Du machst dir Vorwürfe, nicht wahr?«, fragte er, ohne Odysseus anzusehen.

»Sollte ich das nicht?«, gab Odysseus zurück.

Eurylochos schüttelte den Kopf. »Nein. Es war nicht deine Schuld. Du hast versucht, uns zu warnen. Bevor wir in diese Falle gingen.«

»Das ändert nichts«, antwortete Odysseus. »Ich hätte wissen müssen, was geschieht. Die Falle war so offensichtlich, dass jedes Kind sie gesehen hätte.«

»Welche Wahl hatten wir denn?«, fragte Eurylochos.

»Ich hätte misstrauisch werden müssen, als sie uns nicht angriffen. Sie hätten uns am Strand niedermachen können, lange bevor wir die Schiffe erreichten. Ich hätte es merken müssen, Eurylochos. Wir ... wir hätten Telepylos angreifen sollen, statt wie die Feiglinge davonzulaufen.«

»Antiphates' Heer angreifen?« Eurylochos lachte hart. »Sei kein Narr, Odysseus. Sie hätten uns niedergemetzelt.«

»Vielleicht«, sagte Odysseus düster. »Aber dann wären die Männer wenigstens im Kampf gestorben, statt wie Vieh geschlachtet zu werden. Ein ehrenvoller Tod ist immer noch besser als –« Er wies mit einer zornigen Kopfbewegung zur Küste. »– das da!«

»Es gibt keinen ehrenvollen Tod«, antwortete Eurylochos halblaut.

»Wir waren ein Heer«, murmelte Odysseus, als hätte er seine Worte nicht gehört. »Bei Zeus, wir waren ein siegreiches, gewaltiges Heer, als wir Troja verließen. Und was sind wir jetzt? Ein Haufen Verlorener. Flüchtlinge, die um ihr Leben zittern müssen.«

»Wenigstens haben wir noch ein Leben, um das wir bangen können, nicht?« Eurylochos lächelte plötzlich, griff mit der rechten Hand nach dem Geländer und zog sich mühsam in die Höhe. »Es war nicht deine Schuld, Odysseus«, sagte er ernst. »Die Götter waren gegen uns. Es gibt nichts, was du dir vorwerfen müsstest. Und nun komm. Gib Befehl, den Kurs zu ändern. Wir haben Wasser für drei Tage. Vielleicht reicht es, eine Küste zu erreichen, an der man uns gerupfte Helden ein wenig freundlicher empfängt als hier.«

Einen Moment lang sah Odysseus ihn voll jäh aufkommendem Zorn an. Aber dann lächelte er auch, griff nach Eurylochos' hilfreich dargebotener Hand und stand ebenfalls auf.

Kurze Zeit später senkten sich die Ruder mit einer schwerfälligen Bewegung ins Wasser und begannen den Bug des Schiffes nach Osten zu drehen.

Circe

Am Abend kam ein wenig Wind auf, gerade genug, das Segel zu blähen und das Schiff mit etwas mehr Geschwindigkeit voranzutreiben. Als die Sonne das nächste Mal aufging, war die Küste der Lästrygoneninsel hinter ihnen verschwunden, so spurlos wie ein Spuk, den die Nacht mit sich genommen hatte.

Und ihre Irrfahrt hielt an. Odysseus, der nun wie der Geringste seiner Männer selbst mit Hand anlegte und sich auch nicht scheute, eines der Ruder zu ergreifen, wenn die Reihe an ihn kam, ließ östlichen Kurs fahren: die Richtung, in der er seine Heimat vermutete. Er hatte niemals von diesem Teil des Meeres gehört, und vielleicht wäre er nicht erstaunt gewesen, hätten sie urplötzlich das Ende der Welt erreicht. Und das, was dahinter liegen mochte. Das Meer hatte sie wieder, und es behielt sie für drei lange Tage und Nächte. Erst als sich die Sonne das dritte Mal ins Meer senkte, seit sie Antiphates' Königreich des Schreckens den Rücken gekehrt hatten, tauchte wieder der Umriss einer Insel vor ihnen am Horizont auf.

Sie zögerten lange, sie anzulaufen, denn es war keiner unter ihnen, der sich nicht alle möglichen Schrecken ausgemalt hätte, die diese Insel für sie bereithalten mochte. Nur zwölf Mann betätigten die Ruder, als sie sich mit dem letzten Licht des Tages dem Land näherten, während die anderen, Odysseus selbst allen voran, mit bereitgehaltenen Waffen dastanden und misstrauisch zu den grünbewaldeten Hügeln hinübersahen.

Aber zumindest dieser Tag gebar keine neuen Schrecken mehr. Unbehelligt erreichten sie die Insel, legten das Schiff vor Anker und gingen an Land. Eine erste, flüchtige Untersuchung ihrer Umgebung zeigte, dass sie menschenleer, dafür voller Wild und wild wachsender Früchte war.

Aber das hatten sie auch auf der Lästrygoneninsel vorgefunden, am ersten Tage, und Odysseus befahl, die Nacht vorsichtshalber an Bord des Schiffes zu verbringen. Keiner der Männer widersprach, obwohl sie alle zum Sterben erschöpft waren und sich nichts sehnlicher wünschten als ein Lager im frischen Gras.

Am nächsten Morgen teilten sie sich in zwei Gruppen, von denen die eine den Auftrag bekam, nach jagdbarem Wild Ausschau zu halten, während die andere die Insel ein wenig genauer in Augenschein nehmen sollte. Odysseus bestand darauf, den Erkundungstrupp zu führen, aber Eurylochos schüttelte bloß den Kopf.

»Das kommt nicht in Frage«, sagte er ruhig. »Ich werde die Insel auskundschaften. Die Treffsicherheit deines Speeres ist berühmt. Sieh zu, dass dir ein paar kräftige Hirsche davor laufen.«

Odysseus musterte den schwarzhaarigen Hauptmann mit einer Mischung aus Ärger und Verwirrung. »Was soll das bedeuten?«, fragte er. »Befiehlst du neuerdings, was zu tun ist und was nicht?« Seine Worte klangen schärfer, als er beabsichtigt hatte, aber nach allem Erlebten war schon dieser kleine Widerstand von Eurylochos fast mehr, als er noch verkraften konnte. Verzweiflung und Schwäche hatten ihn reizbar werden lassen.

»Nein«, antwortete Eurylochos ruhig – so ruhig, als hätte er auf diese Worte gewartet und sich die Antwort sorgsam zurechtgelegt. »Aber wir haben uns beraten, während du noch schliefst, Odysseus. Was auf der Insel der Lästrygonen geschehen ist, darf sich nicht wiederholen. Um ein Haar wärest du gefangen und getötet worden, und so, wie es aussieht, hätte das das Ende aller bedeutet.« Er hob die Hand, als Odysseus ihn unterbrechen wollte, und sprach mit erhobener Stimme weiter: »Ich werde fünfzehn Freiwillige nehmen und diese Insel erkunden; das ist genug, uns eines heimtückischen Angriffes zu erwehren, und dir bleiben noch genug Männer, das Schiff seetüchtig zu halten. Wenn wir in zwei Tagen nicht zurück sind, fahrt ihr ab und versucht, ohne uns die Heimat zu erreichen. Du darfst kein zweites Mal in solche Gefahr geraten.«

Odysseus starrte ihn finster an. Aber auf Eurylochos' Gesicht lag ein Ausdruck solcher Entschlossenheit, dass er nicht versuchte, ihn von seinem Vorhaben abzubringen. Und im Grunde war Eurylochos Vorschlag der einzig richtige. Jeder Einzelne der fast sechzig Männer in seiner Begleitung war ein kampferprobter Krieger, und so mancher hatte im Kampf um Troja Heldentaten vollbracht, von denen die Dichter noch in tausend Jahren singen würden. Aber sie brauchten einen Anführer. Auf sich allein gestellt, waren sie verloren.

»Gut«, sagte er unwillig. »Aber geht kein Risiko ein. Flieht, wenn ihr auf Feinde stoßt – selbst, wenn ihr glaubt, siegen zu können. Wir warten bis zum nächsten Sonnenuntergang auf euch. Nicht länger.«

Eurylochos nickte, stand mit einem Ruck auf und griff nach seinen Waffen und schon wenige Augenblicke später war er im Wald verschwunden, zusammen mit den Männern, die ihn begleiteten.

Odysseus sah ihm mit düsterer Miene nach. Ihm wäre es lieber gewesen, selbst an der Erkundung teilzunehmen. Aber vielleicht hatte Eurylochos Recht, vielleicht war er selbst zu wichtig, um sich erneut in Gefahr zu bringen. Es wäre egoistisch, nur an sich zu denken; sein Leben gehörte längst nicht mehr ihm allein, und sie konnten sich so etwas wie Stolz nicht mehr leisten.

Die nächsten Stunden verbrachte er mit der Jagd, wie ihm Eurylochos geraten hatte. Obwohl er nicht wirklich bei der Sache war, ja, sich kaum richtig konzentrieren konnte, gelang es ihm und seinen Gefährten, genügend Wild für eine ordentliche Mahlzeit zu erlegen. Und die Jagd zeitigte einen weiteren Erfolg, auf den Eurylochos wohl gebaut hatte: Für wenige Stunden vergaßen Odysseus und seine Männer beinahe die verzweifelte Lage, in der sie sich befanden. Als sie in der Dämmerung mit dem

erlegten Wild über den Schultern zum Lagerplatz zurück-
kehrten, hatte sich fast so etwas wie Hochstimmung unter
ihnen ausgebreitet.

Sie wollten sich ans Abziehen und Ausnehmen des Wil-
des machen, als einer der Männer, die zur Wache eingeteilt
waren, einen erschrockenen Ruf ausstieß und zum Waldrand deutete. Odysseus fuhr herum. Seine Hand legte sich
auf das Schwert.

Aber es war kein Angreifer. Die abgerissene Gestalt, die
aus dem dichten Wald hervortaumelte und in riesigen Sät-
zen auf den Strand zuhetzte, war niemand anderer als Eurylochos, wie Odysseus voller Schrecken erkannte.

»Eurylochos!«. rief er überrascht. »Was, bei allen Göttern, ist geschehen?« Seine Hand löste sich vom Schwert
und verharrte mitten in der Bewegung, als er erkannte,
wie erschöpft sein Freund und Kampfgefährte war. Eurylochos stürmte auf ihn zu, als wolle er ihn über den Haufen
rennen. Er taumelte. Sein Gesicht glänzte vor Schweiß und
seine Atemzüge gingen schnell und pfeifend. Plötzlich begann er zu wanken.

Odysseus packte Eurylochos im letzten Moment bei
den Schultern und riss ihn grob herum, hielt ihn aber
gleichzeitig fest, so dass er nicht stürzen konnte. Als er
seinem Blick begegnete, erschrak er: In den blutunter-
laufenden Augen des Hauptmanns funkelte eine Angst,
die an nackten Wahnsinn grenzte. Nicht einmal während
des Kampfes gegen den schrecklichen Zyklopen oder die
Lästrygonen hatte Odysseus ein solches Entsetzen im
Blick seines Freundes gesehen. Was, bei allen Göttern, war
ihm zugestoßen? Und wo waren die anderen?

»Was ist geschehen?«, rief er aufgeregt. »Eurylochos – so
sprich doch!«

Aber der Hauptmann schien seine Worte gar nicht zu
hören. Er keuchte und schüttelte in einem fort den Kopf,
als begreife er noch gar nicht, was geschehen war. Sein
Blick war glasig. Seine Hände zitterten und obwohl seine
Haut vor Schweiß glänzte, fühlte sie sich unter Odysseus'

Händen eiskalt an. »Sprich, Freund«, sagte Odysseus noch einmal, jetzt viel ruhiger. »Was ist passiert? Wo sind die anderen?«

Eurylochos rang krampfhaft nach Atem. »Tot«, stammelte er. »Sie sind ... alle tot. Oder Schlimmeres.« Er sah auf. Die Furcht in seinen Augen schlug in blankes Entsetzen um. »Du ... du hattest Recht«, keuchte er. »Du hättest mir nie das Kommando über den Erkundungstrupp geben dürfen! Ich habe versagt!« Wieder drohte er die Beherrschung zu verlieren. Seine Lippen begannen zu zittern.

»Was soll das heißen?«, fragte Odysseus grob. »Rede doch endlich!« Er schüttelte Eurylochos erneut, aber es dauerte noch eine Weile, bis sich der Hauptmann so weit beruhigte, um mehr als nur ein paar gestammelte Worte von sich zu geben. Schließlich hob Odysseus die Hand und winkte einem Mann, einen Becher Wein zu bringen. Eurylochos trank mit großen, gierigen Schlucken. Roter Wein lief wie Blut aus seinem Mundwinkel und an seinem Kinn herab, aber er schien es nicht zu bemerken. Seine Hände umspannten das tönerne Trinkgefäß so fest, dass es knackend zersprang. In den roten Wein auf seinen Fingern mischte sich nun wirklich Blut. Aber nicht einmal den Schmerz spürte er.

Odysseus bückte sich, tupfte vorsichtig das Blut von Eurylochos' Händen und lächelte, als er seinem dankbaren Blick begegnete.

»Kannst du jetzt reden?«, fragte er.

Eurylochos nickte. »Ja«, murmelte er. »Es war entsetzlich, Odysseus. Sie sind alle –«

Odysseus hob rasch die Hand und unterbrach ihn. »Langsam«, sagte er. »Berichte von Anfang an. Ganz ruhig.«

Eurylochos zögerte. Wieder flackerte sein Blick und Odysseus spürte, dass er jetzt ganz dicht davor war, wirklich die Beherrschung zu verlieren. Allein die Erinnerung an das Entsetzliche, das ihm und den anderen zugestoßen war, schien zu viel für ihn zu sein.

Aber als er dann sprach, waren seine Worte erstaunlich klar...

Die dunklen Schatten des Waldes, die dicht stehenden Stämme und das ineinander verflochtene Unterholz ließen uns bald vergessen, dass wir erst zwei Fußstunden von dem sonnenüberfluteten Strand entfernt waren, an den uns eine Laune der Götter gespült hatte. Wir bewegten uns durch eine üppige Vegetation voll rankender und hängender Gewächse, und es blieb uns nichts anderes übrig, als uns einen Weg durchs Unterholz zu hacken. Es schien mir und meinen fünfzehn Gefährten, dass wir die ersten Menschen waren, die diesen unberührten Dschungel betraten. Die Vögel, die aus nahen Baumgruppen aufstoben, und die Kleintiere, die durch die dichte, grüne Vegetation huschten, schienen die einzigen Bewohner des Waldes. Wir entdeckten keine Spuren größerer Tiere oder gar von Menschen.

Wenigstens werden wir hier nicht verhungern müssen, dachte ich – aber dieser Gedanke hatte momentan kaum etwas Beruhigendes. Das dichte Gestrüpp bot sich ideal für einen Hinterhalt an, und wenn bis jetzt auch nichts auf irgendeine Art von größeren Lebewesen hingewiesen hatte, so glaubte ich doch eine fast bösartige Ausstrahlung des so friedlich wirkenden Waldes zu spüren. Vielleicht lag es aber auch einfach an meinen überreizten Nerven, die mich, wie wohl auch meine Gefährten, hinter jedem Baum eine tödliche Falle vermuten ließen.

Der Wald lichtete sich, und vollkommen überraschend hatten wir die letzten riesigen, mit Lianen verbundenen Bäume hinter uns gelassen. Ich selbst, der mit Polites zusammen an der Spitze des Trupps ging, blieb abrupt stehen. Nach und nach traten die anderen zu uns, ein abgerissener und trotzdem Furcht einflößender Haufen, verzweifelte Männer, die bereit waren, um ihr nacktes Überleben zu kämpfen und jetzt doch mehr staunenden Kindern als kampferprobten Kriegern glichen.

Vor uns tat sich ein Tal auf, das im Licht der untergehenden Sonne rötlich schimmerte, als sei es in Blut getaucht.

Und es war bewohnt! Die felsigen, steil abfallenden Hänge umschlossen eine stattliche Anzahl ineinander geschachtelter Gebäude, die von einer mannshohen Mauer eingeschlossen waren. Mit einiger Fantasie ließ sich ein Haupthaus erkennen, das von zahlreichen, flachen Nebengebäuden umgeben war. Ich fühlte mich an ein Spinnennetz erinnert, in der Mitte ein unauffälliges, aber nicht minder gefährliches Untier. Das offen stehende schwere Tor verstärkte den Eindruck einer tödlichen Falle, die hinter augenscheinlicher Harmlosigkeit unbekanntes Grauen verbarg. Was auch immer es war, eine Festung, der Stammsitz reicher Landbesitzer oder der spartanische Palast des Inselherrschers, es wirkte auf eigentümliche Art bedrohlich. Und ich musste daran denken, wie friedlich und einladend Telepylos ausgesehen hatte ...

Jeder Quadratzentimeter innerhalb der Mauern war von polierten Marmorplatten bedeckt, mit denen das blutrote Licht der Abendsonne zu verschmelzen schien. Etwas Unwirkliches ging von der Ansammlung von Gebäuden aus. Polites war der Erste, der sich von seiner Überraschung erholte und das Schweigen brach. »Ein bisschen merkwürdig, das Ganze«, sagte er leise. »Wer auch immer hier wohnt, scheint keinen großen Wert auf Kontakt mit der Außenwelt zu legen. Oder seht Ihr irgendwo einen Weg?«

Ich schüttelte den Kopf. Polites hatte vollkommen Recht. Das Tal wurde vollständig von dichten Wäldern eingerahmt; wohin ich auch blickte, ich konnte nicht die Andeutung eines Pfades erkennen, der von dem dichten Geflecht der Pflanzen über die felsigen Abhänge zu den Gebäuden führte. Entweder gab es irgendwo einen Geheimweg oder die Bewohner dieses Tales lebten in vollkommener Abgeschiedenheit.

»Wenigstens«, fügte Polites mit einem spöttischen Lächeln hinzu, »werden wir, nach der Höhe der Gebäude zu schließen, nicht auf Riesen stoßen – schon eher auf Zwerge.«

Seine Worte sollten scherzhaft klingen, aber sie jagten mir einen kalten Schauer über den Rücken. Ich spürte, dass das Tal vor uns trotz seines friedlichen und beinahe verschlafen wirkenden Aussehens ein düsteres Geheimnis barg und hier keineswegs kleinwüchsige Menschen ein friedliches Leben führten. Am liebsten wäre ich auf der Stelle umgekehrt, aber mir war alles andere als wohl bei dem Gedanken, nicht zu wissen, was ich dann in meinem Rücken zurückließ.

»Wir werden uns das Ganze mal aus der Nähe ansehen«, entschied ich schließlich. Meine Stimme klang ruhig und bestimmt, aber das leise Zittern meiner Hände verriet meine wahren Gefühle. Ich straffte mich und folgte Polites, der sich bereits an den Abstieg gemacht hatte. Schweigend kletterten wir hinab.

Auf den letzten hundert Metern wurde es zunehmend steiler. Scharfkantige Felstrümmer und riesige, wie überdimensionale Wurfgeschosse geformte Steine, zwischen denen dünne, dornige Büsche und karges Moos wucherten, machten das Vorwärtskommen schwieriger. Ich spürte, wie meine Kräfte immer weniger wurden. Während ich versuchte, mit Polites Schritt zu halten, klopfte mein Herz, als wollte es jeden Augenblick zerspringen, und auf meiner Zunge lag ein bitterer, metallischer Geschmack. Mein Atem ging keuchend und das große Eingangstor begann mehr und mehr vor meinen Augen zu verschwimmen.

Ich blieb stehen, einen Moment nur, versuchte zu Atem zu kommen, und fragte mich, was eigentlich los war. Ich hatte Angst, ganz plötzlich, aber ich wusste nicht, wovor!

Das offen stehende Tor wirkte auf mich wie der Schlund eines Ungeheuers. Das Gefühl der Bedrohung verstärkte sich und einen Moment lang hatte ich Mühe, die aufkommende Panik zu unterdrücken. Leise und mit gezogenen Schwertern näherten wir uns dem offenen Tor, dessen gewaltige Flügel jeder Festung Ehre gemacht hätten. Polites nickte mir zu und pirschte sich an das Tor heran, warf einen Blick auf die andere Seite und winkte dann. Leise und diszipliniert folgten ihm die anderen. Ich selbst bildete den Abschluß, um einen heimtückischen Angriff von hinten abwehren zu können.

Als wir die andere Seite erreicht hatten, fürchtete ich beinahe, jeden Moment das Tor hinter uns zufallen zu hören. Es war viel zu leicht gewesen, hier einzudringen – ich zweifelte nicht einen Moment daran, dass wir geradewegs in eine Falle liefen. Selbst der ungestüme und meist unbekümmerte Polites zögerte und sah sich nach allen Seiten um. »Irgendetwas stimmt nicht«, murmelte ich. Ich bemühte mich, die Stimme zu senken. Trotzdem hallten meine Worte unangenehm laut wider. Die kalten Marmorplatten gaben das kleinste Geräusch zurück. Wenn sich einer der Männer bewegte, eine Waffe über eine Rüstung scharrte, gab es jedes Mal einen metallischen, hell klingenden Laut. Alles verdichtete sich zu einem dumpfen Gefühl der Bedrohung.

»Du hast vollkommen Recht«, pflichtete mir Polites nachdenklich bei. »Selbst ein Blinder würde merken, dass hier etwas faul ist. Verdammt faul.«

Er fuhr gedankenverloren mit dem Daumen über die Schneide seines Schwertes. »Aber wir sollten trotzdem nachsehen. Besser einer Gefahr ins Auge schauen als sie im Rücken haben.«

Ich nickte. »Also gut«, entschied ich. »Aber denkt daran: Odysseus hat uns befohlen, jedem Kampf aus dem Weg zu gehen. Und ich bin entschlossen, dem Folge zu leisten.« Demonstrativ schob ich mein Schwert in die Scheide zurück. »Sobald wir herausgefunden haben, was es mit diesen Gebäuden auf sich hat, werden wir uns zurückziehen.«

Langsam, nach allen Seiten sichernd, gingen wir auf das Haupthaus zu, das von kleinen, kaum mannshohen Gebäuden umrahmt wurde. Je näher wir kamen, um so genauer erkannten wir, dass es in seinem schmucklosen

Weiß eher dem Stammsitz eines reichen Landbesitzers als einem Palast glich – eine Erklärung, die angesichts der undurchdringlichen Wälder rings um das Tal allerdings vollkommen abwegig war.

Polites, der wie zuvor die Vorhut übernommen hatte, blieb plötzlich stehen und hob die Hand. »Hört ihr es auch?«, fragte er.

Ich wollte schon verneinen, doch dann hörte ich es selbst: Ein Geräusch, als schleife etwas Großes, Massiges über den Hof, dann Schritte, die plötzlich von allen Seiten und hinter jedem Gebäude hervor auf uns zuzukommen schienen.

Wir rückten näher zusammen und hoben die Schilde. In den Augen der Männer spiegelte sich kampfeslustige Erregung, die Gewissheit, mit jedem Gegner fertig zu werden, der sich mit ihnen in einen offenen Kampf einließ. Wenn die Krieger in den endlosen Jahren vor den Toren Trojas auch Geduld hatten lernen müssen, so blieben sie doch Kämpfer, denen untätiges Warten auf eine Auseinandersetzung mehr als alles andere auf die Nerven ging.

Dann war das Geräusch heran. Polites deutete schweigend auf schwarze Schatten, die sich von den unförmigen Umrissen der Gebäude lösten. Ein albtraumhafter Schrei zerriss die Luft. Polites stieß einen Warnruf aus und riss seinen schweren Schild hoch.

Der Hof wimmelte plötzlich vor riesigen Tieren, Albtraumgestalten mit Wolfsgebissen und zottigen Leibern, die wie eine ausgehungerte Meute tollwütiger Bestien auf uns zustürmten. Ich fand nicht einmal mehr Zeit, einen überraschten Laut auszustoßen.

Irgendetwas jagte auf mich zu. Ich nahm kaum mehr als einen huschenden Schatten wahr und ehe ich reagieren konnte, war die Gestalt plötzlich vor mir. Das hässliche Wolfsgesicht der Kreatur ragte groß und verzerrt über mir empor. Aus seiner Kehle drang ein tiefer, kehliger Laut. In seinen menschlich wirkenden Augen funkelte ein teuflisches Licht, und durch die flimmernden Punkte vor seinem Gesicht schien es, als grinse die Fratze höhnisch zu mir herab.

Mein Herz hämmerte schmerzhaft. Vor meinen Augen begannen rote, verschwommene Ringe und Flecke zu tanzen, und um meine Brust schien ein stählener Reifen zu liegen, der sich immer mehr zusammenzog. Nur mit Mühe fand meine Hand den Schwertknauf, zerrte einen schrecklichen Moment lang vergebens an der Waffe, die sich in der Scheide verkantet hatte. Dann endlich kam das Schwert frei, ich riss es hoch und wich ein paar Schritte zurück, bis ich mit dem Rücken gegen die Mauer eines der Nebengebäude stieß. Doch die Kreatur folgte mir wider Erwarten nicht, sackte stattdessen in sich zusammen und stieß dabei einen kläglichen Laut aus, der sich zu einem langgezogenen Winseln steigerte. Ihr Blick hing wie gebannt an meinem Schwert und ich glaubte, in ihnen viel mehr Angst als Mordlust zu lesen. Von einem Augenblick zum anderen verwandelte sie sich von einem fremdartigen Ungeheuer in die Karikatur eines hilfesuchenden Haustiers. Ehe ich mir darüber klar werden konnte, ob ihrem Verhalten nur eine teuflische List zugrunde lag oder trotz ihrer gewiss gewaltigen Körperkräfte bloße Feigheit, erscholl vom Haupthaus her ein hartes, peitschendes Geräusch.

Die Kreatur begann zu zittern, wandte den Kopf, als sei dieses Geräusch eine größere Bedrohung als die mit gezückten Schwertern vor ihr stehenden Männer. Ich warf einen schnellen Blick in die Richtung des Haupthauses. Im Eingang glaubte ich eine verschwomme Gestalt zu erkennen, die eine stabförmige Waffe in der Hand hielt. Unwillkürlich drückte ich mich weiter in den Schutz des flachen Gebäudes.

Ein scharrendes Geräusch lenkte meine Aufmerksamkeit wieder auf die Kreatur. Ich sah gerade noch, wie sie herumschnellte und in panischer Furcht davonstob. Überhaupt waren die Kreaturen samt und sonders verschwunden, so rasch, wie sie gekommen waren. Meine Gefährten standen wie ich in waffenstarrer Haltung da und die Verwunderung, die auf ihren Gesichtern zu lesen war, ließ sie ziemlich töricht wirken. Soweit ich erkennen konnte, war keiner von ihnen verletzt.

Die Gestalt, die so plötzlich erschienen war und unsere Schar mit gelangweiltem Blick musterte, war eine Frau. Sie war von verwirrender Schönheit: schlank und hoch gewachsen, mit einem Goldton auf dem gebräunten Gesicht und den Armen, gekleidet in ein schlichtes und doch kostbar wirkendes Gewand aus feinstem Stoff. Ihre Mundwinkel waren zu einem spöttischen Lächeln verzogen. Sie war anders als die Frauen, die ich bislang kennen gelernt hatte, besaß weder die reizvolle Unerfahrenheit einer ländlichen Schönheit noch die raffinierte Sinnlichkeit einer Tempeldirne.

Es dauerte noch einen Moment, bevor ich meine Verwirrung endgültig abgeschüttelt hatte und begriff, welch lächerliche Figur ich bot. Ich, der Anführer einer fast zwei Dutzend Krieger zählenden Streitmacht, drückte mich in den Schutz eines Gebäudes und starrte mit gezücktem Schwert und offenen Mund auf eine Frau, die schon auf den ersten Blick als die Herrin dieses merkwürdigen Anwesens zu erkennen war.

Ich straffte mich und ließ mein Schwert in die Scheide gleiten. Während ich auf die schöne Unbekannte zuging, suchte ich in ihren Augen nach einem Anzeichen von Furcht, von Unsicherheit. Aber sie blickte mir mit dem Hochmut einer geborenen Herrscherin entgegen.

Die anderen blieben hinter mir zurück, und ich wusste, dass sie sich weiterhin wachsam nach den Kreaturen umsahen, die sie in ihrem ersten Ansturm fast überrannt hatten. Aber je näher ich der Unbekannten kam, um so unwichtiger erschien mir dieser Gedanke. Wenn sie gewollt hätte, wären wir bestimmt nicht nur mit dem Schrecken davongekommen.

Wer auch immer die Frau war, die über die merkwürdige Schar entarteter Untiere herrschte – ich konnte mir nicht vorstellen, dass sie uns selbstlos Hilfe anbot. Dieses Tal umgab ein düsteres Geheimnis, das ich vom ersten Augenblick an gespürt hatte, ein Geheimnis, das ich jetzt nicht mehr lüften konnte, ohne mich selbst in Gefahr zu bringen. Hätte ich Euren Befehl wörtlich genommen, so hätte ich auf der Stelle umkehren müssen. Aber wahrscheinlich hätte ich es gar nicht mehr gekonnt. Schließlich hatte ich die Fremde erreicht. Ich blieb stehen und neigte zur Begrüßung leicht den Kopf, gerade genug, um dem Anspruch von Höflichkeit zu genügen.

»Wer seid Ihr, edler Fremder?«, fragte sie, ohne meinen Gruß zu erwidern. Ihre Stimme war von großem Wohlklang. Dunkles Haar umrahmte ihr schmales Gesicht, fiel kunstvoll geflochten über ihre Schultern.

»Wir sind Schiffbrüchige, gekommen, um Euch um Hilfe und ein Lager für die Nacht zu bitten«, behauptete ich.

»Schiffbrüchige, von trügerischen Winden an meine Küste getrieben«, antwortete sie nachdenklich. »Ihr seid nicht die Ersten, die aus solchem Anlass an Circes bescheidene Hütte klopfen. Ich denke, dass ich eurem Wunsch nachkommen kann.« Sie deutete hinter sich, auf die geöffnete Tür, und lächelte leicht. »Tretet ein, meine Gäste.«

Ich zögerte trotz ihrer freundlichen Einladung. Irgendetwas an ihrem Verhalten warnte mich, ohne dass ich hätte sagen können, was es war. Ihr hattet uns zwar Zeit bis zum nächsten Sonnenuntergang gegeben, aber es wäre mir beinahe lieber gewesen, wenn wir gleich umgekehrt wären. Doch bevor ich meine Gedanken in Worte kleiden konnte, drängte sich Polites an mir vorbei und deutete eine Verbeugung an.

»Gerne nehmen wir Eure Einladung an.« Er wandte sich an die Gefährten. »Treten wir ein, wie uns unsere schöne Gastgeberin geheißen hat.«

Die Männer brummten zustimmend und ich begriff, dass ich den Moment zum Eingreifen verpasst hatte. Widerwillig ließ ich mich von den anderen ins Innere des Hauses drängen.

Die Halle, die wir betraten, war erstaunlich groß und

beinahe prächtig zu nennen; sie passte so gar nicht zu Circes Worten von ihrer Hütte. In der Mitte der Halle stand eine Tafel, voll von erlesenen Speisen. Ich überflog die Gedecke, siebzehn, genauso viel, wie Personen im Raum anwesend waren. Wie war das möglich, wie, bei allen Göttern, konnte sie gewusst haben, dass sie heute sechzehn Gäste haben würde?

»Nehmt Platz, meine Gäste, und stärkt euch bei Wein und Speisen von einer Art, die ihr gewiss schon lange vermissen musstet.«

Circes Stimme schnitt glasklar in meine Gedanken und einen Herzschlag lang sah sie mir direkt in die Augen. Das Gefühl der Hilflosigkeit und Verwirrung steigerte sich zur Qual. Ich starrte sie wortlos an. Wie schön sie ist, dachte ich, doch dann entschwand mir der Gedanke, als sei er nie Wirklichkeit gewesen. Benommen ging ich zu dem Platz, den sie mir mit einer Handbewegung zuwies, und ließ mich nieder.

Die Gefährten taten es mir nach, und auch Circe setzte sich an den Tisch. »Esst und trinkt, Freunde«, sagte sie freundlich. Ihre Stimme klang lieblich und einschmeichelnd und doch verbarg sich irgendetwas dahinter, was mich warnte ... Warnen wovor? Eine eigentümliche Mattigkeit hatte sich über mein Denken gelegt und ich war nicht in der Lage, den Gedanken weiterzuverfolgen.

Um Circes Mund stand ein winziges, wissendes Lächeln. Mir kam zu Bewusstsein, dass es ihr leicht fallen würde zu lügen, aber es stieß mich nicht ab, sondern forderte mich im Gegenteil heraus, ihr das düstere Geheimnis zu entreißen, das sie und diesen am Ende der Welt liegenden Ort umgab.

Ich konnte den Blick nicht von ihr wenden. Irgendetwas an der Art, wie sie mich ansah, berührte mich im Innersten, ohne dass ich hätte sagen können, ob dieses Gefühl angenehm oder bedrohlich war. Fast schien es mir, als könne sie durch mich hindurchsehen, bis zu den Abgründen meiner Seele; als würde sie etwas erwecken, was dort die ganze Zeit im Verborgenen existiert und nur auf den sanften Hauch einer artverwandten Seele gewartet hatte, um zum Leben erweckt zu werden. Doch so intensiv ich dieses Gefühl empfand, so sehr kämpfte ich trotz aller Verlockung dagegen an. Schließlich entglitt es mir, wie so viele Gedanken zuvor.

Mit einer fast ärgerlichen Bewegung lehnte ich mich im Stuhl zurück und deutete mit dem Finger auf einen vor mir stehenden Krug.

»Was für ein Wein ist das, sagtet Ihr?«, fragte ich schroff. Nur undeutlich wurde ich mir bewusst, dass ich einen Tonfall anschlug, der einer Dienstmagd gegenüber gerechtfertigt gewesen wäre, nicht aber dieser fremden, stolzen Frau.

Mit Circes Gesicht ging eine erschreckende Veränderung vor sich. Hatten mich ihre Augen eben noch mit einer Mischung aus Hochmut und sanftem Spott gemustert, so blitzte jetzt Zorn und irgendetwas anderes in ihnen auf, das ich nicht zu deuten vermochte – aber was auch immer es war, es jagte mir einen kalten Schauer über den Rücken.

Ich nahm den prachtvollen Becher und setzte ihn an die Lippen. Doch bevor ich trinken konnte, begegnete mein Blick nochmals dem Circes. Und von einem Moment zum anderen glaubte ich in ihnen eine harte, unbarmherzige Wahrheit zu lesen: höhnischen Triumph. Einen Triumph, wie ihn nur jemand empfinden konnte, der einen anderen vernichtete ... vergiftete!

Mit einer kraftvollen Bewegung holte ich aus und schleuderte den Becher weit von mir. Aber es war zu spät, einige Tropfen des merkwürdig klar schmeckenden Weines hatten bereits meine Lippen benetzt, bahnten sich wie von selbst einen Weg durch meine Mundhöhle und rannen meine Kehle hinab. Ich schluckte krampfhaft, nicht mehr begreifend, als dass mich Circe auf teuflische Weise vergiften wollte, dass ich im letzten Moment noch einem heimtückischen Anschlag entkommen war. Dann begriff ich meinen Irrtum. Die wenigen Tropfen, die meine Kehle hinabbrannten, brannten wie Feuer. Ich rang keuchend nach Luft, griff mir an den schmerzenden Hals und versuchte, auf die Füße zu kommen. Meine Beine waren plötzlich nicht mehr in der Lage, das Gewicht meines Körpers zu tragen. Ich brach zusammen, fiel zu Boden und blieb stöhnend liegen. Jeder Atemzug brannte wie Feuer in meiner Kehle. Mein Herzschlag beruhigte sich nur langsam und für lange Zeit nahm ich kaum noch wahr, was um mich herum geschah. Geräusche und Bilder schienen wie durch einen dichten Vorhang zu mir zu dringen.

Ich versuchte den Kopf zu heben. Die Bewegung wurde mit einem stechenden Schmerz bestraft, der sich wie eine dünne, glühende Nadel zwischen meine Augen bohrte. Ich hatte Mühe, einen Laut herauszubringen. Mein Hals schmerzte unerträglich, und das Gefühl, ersticken zu müssen, steigerte sich zu panischer Angst.

In diesem Moment fiel mein Blick auf die Gefährten. Mein Herz machte einen Satz und pochte dann hart und rasend weiter. Für einen Augenblick vergaß ich sogar das flüssige Feuer, das in meiner Kehle brannte.

Sie, die sich im Gegensatz zu mir mit dem Trinken nicht zurückgehalten hatten, waren der vollen Wirkung des Giftes anheim gefallen. Zwischen umgestoßenen Bechern, zerborstenen Krügen und zerschlagenem Geschirr lagen und krochen sie übereinander; ein Durcheinander menschlicher Arme und tierischer Gliedmaßen.

Gelähmt vor Entsetzen beobachtete ich die grauenvolle Verwandlung, die vor meinen Augen mit Polites vor sich ging. Der Arm des Gefährten, der in einer letzten, verzweifelten Geste das Schwert halb gezogen hatte, zuckte, als sei er von Eigenleben erfüllt. Durch die Hand lief ein Schütteln; dann bogen sich die Finger plötzlich zurück, bohrten sich in den Handballen, wurden zu kurzen dicken Stümpfen ...

Ich beobachtete den Vorgang mit dem kalten Entsetzen eines unbeteiligten Beobachters. Doch das war ich nicht, auch in mir setzte der Vorgang der Verwandlung ein, zögernd noch, als reiche das wenige Gift, das ich aufgenommen hatte, nicht aus, um mich vollends dem Grauen preiszugeben. Eisige Finger griffen nach mir. Langsam kroch die Kälte meinen Körper empor, überzog ihn mit einem Frösteln, drang tiefer, immer tiefer vor, stieß auf Widerstand, auf bebenden, verzweifelten Widerstand ...

Mit einem Ruck bäumte ich mich auf, wurde wieder zurückgedrückt in die eisige Schwärze, die mich gierig aufnahm. Mit aller Kraft kämpfte ich gegen die dunkle Macht an, die mich einhüllte, mich in tödliches Vergessen ziehen wollte. Mit der blinden Entschlossenheit eines Ertrinkenden, der von riesigen Wogen immer wieder unter Wasser gedrückt wird und sich jedesmal verzweifelt wieder zur Oberfläche zurückkämpft, drängte ich das süße Gift des Vergessens zurück. Sosehr das Grauen auch meinen Verstand umhüllen wollte, ich gab nicht nach.

Langsam ebbte das Beben in meinem Inneren wieder ab, gelang es mir, die Augen zu öffnen. Mein Blick fiel auf die Stelle, an der eben noch Polites gelegen hatte. Inmitten von Rüstungsteilen lag eine Kreatur, aber keine wie die, die uns auf dem Herweg angegriffen hatten – nein, diese hier war halb Mensch, halb Schwein. Das Entsetzliche war der flehentliche Blick, den sie mir zuwarf – mit den Augen Polites'!

Ich stemmte mich auf die Ellbogen hoch, immer noch unfähig zu begreifen, was Circe meinen Gefährten angetan hatte. Mein Blick irrte durch den großen Raum, der ein Bild des Chaos bot; Krüge und Speisen waren vom Tisch gerissen, Waffen und Rüstungsgegenstände lagen zerstreut am Boden, zwischen ihnen meine Krieger, die immer mehr zu Schweinen wurden, laut grunzend und mit intelligenten Augen.

Im selben Moment begriff ich, dass ich der Einzige sein musste, der diesem teuflischen Anschlag entgangen war. Und wenn es mir nicht gelang, Euch und die anderen zu warnen, würdet Ihr Euch trotz besseres Wissen auf die Suche nach uns machen und in die gleiche, furchtbare Falle tappen.

Ich musste Euch warnen. Ich wollte aufspringen, doch meine Beine versagten mir den Dienst. Mit einem schmerzhaften Röcheln sank ich wieder zusammen. Ich keuchte. Der Raum schien sich um mich zu drehen, nahm mir den Atem. Mein Herz raste und meine Zunge lag wie ein welkes Blatt in meinem Mund.

Ich stöhnte und richtete mich mühsam auf. In meinem Kopf dröhnte ein dumpfer Schmerz, der es mir unmöglich machte, einen klaren Gedanken zu fassen. Auf meiner Stirn standen Schweißperlen. Durch meine Beine lief ein Kribbeln, als wären sie eingeschlafen gewesen. Ich hatte kein Gefühl in ihnen, fast schien es mir, als würden sie nicht zu meinem Körper gehören. Mühsam setzte ich ein Bein vor das andere, wäre fast gestürzt, als mein rechter Fuß den zuckenden Körper streifte, der einmal Polites gewesen war. Aber in mir war nichts außer dem festen Willen, so schnell wie möglich dem Einflussbereich Circes zu entkommen. Schritt für Schritt quälte ich mich vorwärts, schwankend, als hätte ich zu viel getrunken.

Das Wimmern der Kreaturen zu meinen Füßen drang kaum in mein Bewusstsein. Ich bemerkte nicht, wie sich die Verwandlung abschloss, wie das, was von den Gefährten übrig geblieben war, kaum noch etwas Menschenähnliches hatte.

Und dann stand sie plötzlich vor mir. Circe, die Hexe, die meine Gefährten auf dem Gewissen hatte. Sie versperrte mir den Weg; hinter ihr lag die Tür, die Freiheit und Flucht vor dem grauenhaften Schicksal verhieß. Ich musste nur an ihr vorbei, um diesem Wahnsinn zu entkommen. Wäre ich im Vollbesitz meiner Kräfte gewesen, hätte ich sie mit einer einzigen Bewegung zur Seite geschleudert. Doch in dem Zustand, in dem ich mich befand, hätte mir selbst ein Kind gefährlich werden können – ganz zu schweigen von dieser Frau.

Circe sah mich ungerührt an und das, was ich bislang

für Schönheit gehalten hatte, schien mir nun Verderbtheit zu sein. Ich taumelte auf sie, in der wahnsinnigen Hoffnung, sie über den Haufen rennen zu können. Ihre Hand schnellte vor, eine kleine Bewegung, als wolle sie mich stützen.

Es war, als versetzte ihr Arm meinen Fingern einen Schlag: keinen körperlichen Schlag, sondern einen Schlag geballten Gefühls, eines Gefühls von Abscheu. Ich schrie auf, stolperte und verlor um ein Haar das Gleichgewicht. Doch dann fing ich mich wieder, und mit all dem Hass, den ich für die teuflische Schöne empfand, holte ich aus und schlug ihr ins Gesicht.

Sie stieß einen überraschten Laut aus und taumelte zurück, in ihren Augen spiegelte sich Unglauben, gepaart mit Schmerz. Bevor sie sich von ihrer Überraschung erholen konnte, taumelte ich an ihr vorbei und auf den Ausgang zu. Ich wurde nur noch von einem Gedanken beherrscht: Ich musste hier raus, musste euch anderen vor der schrecklichen Gefahr warnen, die hier auf euch lauerte.

Ohne mich noch einmal umzusehen, lief ich über die kalten Marmorplatten auf das immer noch geöffnete Haupttor zu.

Einen Moment lang herrschte Totenstille, nachdem Eurylochos geendet hatte. Niemand sprach, und selbst das Wispern des Windes in den Wipfeln des nahen Waldes, selbst die Stimmen der Vögel, ja, selbst das Rauschen der Wellen schien verstummt, als hielte sogar die Natur den Atem an. Die Krieger blickten zu Boden und rührten sich kaum. Alle warteten auf eine Regung von Odysseus, ein Zeichen, mit dem er erkennen ließ, dass ihre Lage vielleicht doch nicht ganz so verzweifelt war, wie sie nach Eurylochos' Worten zu sein schien.

Sie warten auf ein Wunder, dachte Odysseus. Sie warten darauf, dass ich mit den Fingern schnippe und ein Wunder tue. Dabei war er selbst nicht weniger betäubt als seine Kameraden. Er spürte ein Gefühl von Leere. Er wusste, was man von ihm, den man den Listenreichen nannte, erwartete: ein Wunder. Es ist einfach zu viel, dachte er. Die Verantwortung, die auf seinen Schultern lastete, wurde ihm schwer, jetzt, da sie nur noch so wenige waren, vielleicht noch schwerer als bisher. Fünfzehn Mann – die Hälfte des kläglichen Rests ihres einst gewaltigen Heeres – in eine Falle gelockt, in der vielleicht Schlimmeres als der Tod wartete; und er selbst fühlte sich alt, müde und schwach und hatte keine Ahnung, wie er ihnen helfen konnte.

Mit einer langsamen Handbewegung fuhr er sich durch das Haar. Sein Blick begegnete dem Eurylochos, und in den Augen des Hauptmannes las er dieselbe Resignation, die auch ihn einen Moment zu übermannen gedroht hatte.

»Wir werden ... diese Frau suchen«, sagte er. Seine Stimme kam ihm selbst brüchig und von wenig Überzeugungskraft erfüllt vor. Er lächelte – aus dem einzigen Grund, sich selbst zu beruhigen und wenigstens nach außen hin den Anschein von Kraft und Stärke zu vermitteln, straffte die Schultern und sagte noch einmal: »Wir suchen diese Zauberin und wir befreien Polites und die anderen.«

»Und wie?«, fragte Eurylochos. Er sprach ganz leise. Sein Blick flackerte. »Mit Waffengewalt werden wir gegen diese Zauberin wohl kaum etwas ausrichten können. Wenn sie diese ... Kreaturen auf uns hetzt, müssten wir unsere eigenen Freunde erschlagen.« Eurylochos seufzte, sah zu Boden und malte mit dem großen Zeh vergängliche Kreise in den lockeren Sand. »Du hast eine Idee, listenreicher Odysseus?« In seiner Stimme war kein Spott, sondern nur Furcht und ein verzweifeltes Flehen. Und trotzdem – wäre die Situation nicht so ernst gewesen, hätte Odysseus laut aufgelacht. Eurylochos war wahrscheinlich der einzige Mensch, der ihn gut genug kannte, um ganz genau zu wissen, wie oft sein aus Verzweiflung geborener Einfallsreichtum ihn schon im Stich gelassen hatte. Immerhin hatte er zehn Jahre dazu gebraucht, um die Trojaner zu schlagen. Und dies mit einer Idee, die wohl nur noch als völlig verrückt bezeichnet werden konnte.

Er verscheuchte den Gedanken. »Es ist wohl weniger eine List als eine vage Idee«, bekannte er. »Aber mein Entschluss steht fest: Ich allein werde gehen und versuchen, die Zauberin mit ihren eigenen Mitteln zu schlagen.«

Eurylochos' Augen wurden groß. »Du willst was?«, wiederholte er ungläubig. »Odysseus, ich ... ich bewundere deine Kraft und deinen schnellen Verstand, wie jeder hier, doch sage mir eins: Seit wann verfügst du über Zauberkräfte?«

Odysseus lächelte. »Nicht erst seit heute«, sagte er. »Zumindest, wenn es darum geht, sie vorzutäuschen. Ich wollte immer schon einmal wissen, was Taschenspielertricks gegen echte Magie auszurichten vermögen.« Er wählte diese Worte ganz bewusst, um die Furcht zu vertreiben, die sich wie ein unsichtbarer Vorbote der Nacht über den Männern ausgebreitet hatte. Sein Herz hämmerte.

»Taschenspielertricks?!«, keuchte Eurylochos. »Ja hast du denn nicht zugehört? Circe ist eine Zauberin! Sie ... sie hat unsere Kameraden vor meinen Augen in Tiere verwandelt! Was, bei allen Göttern, willst du gegen sie ausrichten?«

»Das bleibt abzuwarten«, sagte Odysseus, nun schärfer als bisher. »Ich rechne mir ganz gute Chancen aus.« Er hob die Hand und schnitt Eurylochos mit einer befehlenden Geste das Wort ab. »Bevor du mich jetzt auf alle Risiken aufmerksam machst und mich darauf hinweist, dass ich zu wichtig bin, um mich in eine solche Gefahr zu bringen, fangen wir lieber mit den Vorbereitungen an. Wir haben keine Zeit zu verlieren.«

Sie erhoben sich und Eurylochos half ihm wortkarg und mürrisch dabei, nach den Utensilien zu suchen, die Odysseus gegen Circes Giftrank schützen sollten. Die ganze Zeit über murmelte er etwas, was wie Taschenspielermagie klang, aber schließlich fanden sie das, was Odysseus gesucht hatte. Ohne weiter auf Eurylochos' Einwände zu achten, ja, ohne ein Wort des Abschieds, machte sich Odysseus auf den Weg. Der Tag neigte sich dem Ende entgegen, und er wollte Circes Palast erreichen, bevor es vollständig dunkel wurde.

Die Spur, die Eurylochos und seine unglückseligen Kameraden in den Wald gehackt hatten, war unschwer zu finden. Ihre Schwerter hatten eine Bresche in das Unterholz geschlagen, die er wohl selbst bei Nacht gefunden hätte. Odysseus kam gut voran, besser sogar, als er selbst zu hoffen gewagt hatte. Es würde ihm keine Schwierigkeiten bereiten, den Palast zu finden, in dem die herzlose Zauberin Circe wohnte. Über das, was er tun wollte, wenn er sie gefunden hatte, dachte Odysseus vorsichtshalber noch nicht nach. Seine Idee war äußerst vage, und die Chancen, dass sein Plan aufging, weit geringer als die, dass er sich selbst in ein Wildschwein oder einen Raben verwandelt wiederfinden würde.

Er achtet nicht auf die üppige Vegetation, durch die er sich zwängte; seine Gedanken eilten voraus, zu der Konfrontation, die ihm bevorstand. Das Schwert an seiner Seite kam ihm mit einem Mal lächerlich vor. Er wusste, dass kein Schwert, kein Speer und keine Rüstung ihm in dem bevorstehenden Kampf zu schützen vermochte. Alles, worauf er sich verlassen konnte, war sein Talent zur Improvisation, das ihm schon so oft geholfen hatte. Aber nun kam ihm dies alles andere denn als ein adäquates Mittel gegen die teuflische Giftmischerin vor.

Odysseus hatte Angst.

Es war nicht die Angst um sein Leben, wie er sie beim Kampf gegen die Lästrygonen oder den teuflischen Zyklopen verspürt hatte oder zuvor während der Schlacht um Troja; nichts von der Furcht, verwundet zu werden und Schmerzen zu erleiden, zu sterben. Dies alles hätte er ertragen, ohne mehr als einen flüchtigen Gedanken daran zu verschwenden, denn es war eine Art der Angst, die er beherrschen konnte – jene Art von Furcht, die einem Mann sogar Kraft gab, wenn er sie richtig nutzte: Sie machte Helden aus Feiglingen.

Nein – was er jetzt spürte, war dieselbe Art von lähmendem Entsetzen, die er in Eurylochos' Augen gelesen hatte.

Trotz der Zuversicht, mit der er Eurylochos und den anderen seine Absicht verkündet hatte, hatte er bislang keinen Plan, keine blasse Vorstellung, wie er seine Männer befreien konnte – er hatte schon Mühe gehabt, die List zu ersinnen, die ihn selbst vor der Vergiftung schützen sollte. Jetzt konnte er nur noch hoffen, dass sie auch funktionierte.

Während er rasch einen Fuß vor den anderen setzte und der Spur durch den Wald folgte, wiederholte er in Gedanken noch einmal alle Einzelheiten des Berichtes, den ihnen Eurylochos gegeben hatte, alle noch so unwichtig erscheinenden Kleinigkeiten, jedes Wort, jede Geste. Die Griechen waren innerhalb der Mauern von Circes Anwesen von scheinbar wilden Tieren überrascht worden, bei denen es sich nur um verhexte Schiffbrüchige handeln konnte; ahnungslose Reisende, die vielleicht wie sie hierher gekommen waren, um Hilfe zu erbitten und etwas gefunden hatten, was tausendfach schlimmer als der Tod war. Die unglücklichen Kreaturen hatten keinen ernsthaften Angriff versucht; vielleicht war ihr plötzliches Auftauchen lediglich eine Warnung gewesen; ein böses Spiel der Zauberin, die den Männern auf diese Weise vor Augen führen wollte, was ihnen bevorstand, hatte sie doch schon ihren Zauber über die Ankömmlinge gelegt, ohne dass diese es auch nur gemerkt hatten. Odysseus zweifelte nicht daran, dass sich die Zauberkraft der Hexe weit über ihren Palast hinaus erstreckte. Er hatte aufmerksam zugehört und er hatte auch das gehört, was Eurylochos nicht gesagt hatte. Die Arglosigkeit, mit der Eurylochos die Gefährten in die Falle geführt hatte, entsprach überhaupt nicht seinem Wesen. Odysseus kannte den Hauptmann als umsichtigen Mann, der niemals versäumt hätte, ein paar Mann als Wache vor dem Anwesen der Zauberin zu postieren.

Nein – er musste mehr als nur vorsichtig sein. Wenn er Circe auch nur ein einziges Mal unterschätzte, würde er nie wieder Gelegenheit haben … Inzwischen hatte er den Saum des Waldes erreicht und blickte in das Tal hinab, von dem ihm Eurylochos erzählt hatte. Er war sehr schnell gelaufen. Trotzdem dunkelte es bereits. Graue Schatten krochen die Hänge vor ihm hinab, sodass er kaum mehr als die schattenhaften Umrisse des weitgestreckten Gebäudekomplexes erkennen konnte. Odysseus vermutete, dass die kleineren Gebäude, von denen Eurylochos gesprochen hatte, nichts weiter als Stallungen waren, in denen Circe die Verzauberten zusammengepfercht hatte. Und nichts von dem, was er sah, gefiel ihm. Plötzlich konnte er Eurylochos' Worte nur zu gut verstehen. Die düstere Aura, die die Gebäude umgab, war beinahe greifbar, Circes Anwesen atmete Angst.

Schweren Herzens machte er sich an den Abstieg. Als er die Talsohle erreichte, war die Nacht vollends hereingebrochen. Schwere, tiefhängende Wolken waren aufgezogen und verbargen Sterne und Mond; ein feuchter Nebel quoll wie grauer Dampf aus dem Boden und kroch unangenehm an seinen Beinen hoch. Das leise Knirschen des lockeren Bodens unter seinen Füßen war das einzige Geräusch, das an sein Ohr drang; ein unheimlicher Laut, der von den jäh aufstrebenden Wänden des Tales aufgegriffen und übernatürlich laut und verzerrt zurückgeworfen wurde. Das Echo hallte wie höhnisches Gelächter in Odysseus' Ohren. Das ganze Tal ist verzaubert, dachte er schaudernd. Nichts, was ihn hier erwartete, würde er mit normalen menschlichen Maßstäben messen können.

Endlich erreichte er das Tor. Er blieb stehen und wischte sich den kalten Schweiß von der Stirn. Obwohl er wusste, dass er schon viel zu weit gegangen war, um jetzt noch umkehren zu können, wäre er am liebsten sofort über den schroffen Felshang in die trügerische Sicherheit des Waldes zurückgekehrt. Angst? fragte er sich. War das wirklich nur Angst? Oder war es nicht vielmehr eine düstere Vorahnung, die erste Berührung des Zaubers, den Circe bereits hier nach ihm auswarf?

Seine Augen hatten sich mittlerweile an das spärliche Licht gewöhnt, nicht aber an den Eindruck, den die seltsame Architektur in ihm hinterließ. Soweit er in der Dunkelheit erkennen konnte, glich es nichts, was er je kennengelernt hatte. Alles wirkte falsch, irgendwie verzerrt ... Es war unangenehm, die Gebäude aus weißem Marmor auch nur anzusehen. Bei dem Gedanken, sie betreten zu sollen, zog sich etwas in ihm zusammen.

Irgendwo in der Dämmerung vor ihm bewegte sich etwas. Odysseus hatte den flüchtigen Eindruck großer, huschender Tiere mit sonderbar verdrehten Leibern. Doch ehe er unterscheiden konnte, was nun Wahrheit und was Einbildung war, war der Spuk auch schon wieder verschwunden, verschmolzen in dem diffusen Nebel aus grauen und schwarzen Schatten, der das Tal erfüllte wie sonderbar stoffliche Dunkelheit.

Er machte einen weiteren Schritt. Wenn Circe nun wusste – immerhin war sie eine Zauberin! –, warum er hierher kam, und nicht abwartete, ob auch er sich vergiften ließ? Wenn sie die Kreaturen auf ihn hetzte, um ihn zerfleischen zu lassen?

Er verscheuchte auch diesen Gedanken. Mit entschlossenen Schritten hielt er geradewegs auf die Stelle zu, wo nach Eurylochos' Beschreibung das Haupthaus liegen musste. Es fiel ihm schwer, das Schwert in seinem Gürtel stecken zu lassen, obwohl er wusste, dass es ihm bei der bevorstehenden Auseinandersetzung eher hinderlich als nützlich sein würde. Aber, zum Teufel, er war ein Krieger, kein Zauberer, und er war es gewohnt, mit der Waffe in der Hand zu kämpfen wie ein Mann!

Plötzlich sah er ein Licht. Zuerst war es nicht mehr als ein leichter Schimmer in der Dunkelheit, der aber rasch zu einem leuchtenden Fleck, schließlich zu strahlender Helligkeit wurde. Es dauerte einen Moment, bevor er aus zusammengepressten Augen erkannte, was geschehen war. Und als er es tat, hätte er sich am liebsten selbst geohrfeigt.

Der geheimnisvolle Zauber vor ihm war nicht mehr als

eine Tür, die sich langsam öffnete und in der eine in dunkle Gewänder gehüllte Frau erschien.

Die Fremde trat ein paar Schritte auf ihn zu und blieb vor ihm stehen, fast, dachte Odysseus verwirrt, als wolle sie mir ganz bewusst Gelegenheit geben, sie in aller Ruhe anzusehen.

Was er sah, bestätigte das, was er von Eurylochos erfahren hatte: Der erste Eindruck war der eines freundlichen Lächelns, einer herzlichen Begrüßung – bis er ihrem Blick begegnete.

Das ist nicht der Blick eines Menschen, dachte er schaudernd.

Kühle, abschätzende Augen musterten ihn, Augen, in denen er nichts anderes als kalte Berechnung und Entschlossenheit fand. Dabei war die Frau tatsächlich so schön und anmutig, wie Eurylochos gesagt hatte. Schlank und hoch gewachsen, war sie fast so groß wie er, wenn auch sehr viel zarter. Ihre Wangenknochen waren hoch, scharf geschnitten und verliehen ihr ein fremdartiges, katzenhaftes Aussehen. Auf ihrer Haut lag ein Goldton, der ihr etwas Übermenschliches, ja fast Göttliches gab.

Oder Dämonisches. Odysseus begann zu ahnen, dass er hier auf eine Gegnerin gestoßen war, die ihm zumindest ebenbürtig war.

»Seid gegrüßt, Fremder«, sagte Circe mit tiefer, trotz unverkennbarer Kühle sanfter, fast einschmeichelnder Stimme. Einer Stimme, die irgendetwas in ihm zum Schwingen brachte.

Mit unverhohlener Neugier musterte er sie, den armen Schiffbrüchigen spielend, der unversehens auf eine Märchenprinzessin gestoßen war und nun vor lauter Staunen kein Wort hervorbrachte. Aber als sein Blick erneut dem ihren begegnete, geschah etwas Seltsames: Einen Herzschlag lang nur fing sich Odysseus' Blick in ihrem, einen Herzschlag lang gab es nichts außer ihren leicht grünlichen schimmernden Augen, die ihn in ihren Bann zu ziehen suchten und in denen er zu versinken drohte.

Odysseus wurde sich bewusst, dass er den Blick nicht von ihr wenden konnte. Irgendetwas an der Art, ihn anzusehen, berührte ihn im Innersten, ohne dass er hätte sagen können, was es war. Fast schien es ihm, als könne sie durch ihn durchsehen, bis zu den tiefsten Abgründen seiner Seele; als würde sie etwas erwecken, was dort die ganze Zeit im Verborgenen existiert und nur auf den sanften Hauch einer artverwandten Seele gewartet hätte, um zum Leben erweckt zu werden.

Circes Zauber, dachte er. Es ist genauso, wie Eurylochos erzählt hatte. Noch konnte er den Bann abwehren, aber wie lange würde die Barriere aus Furcht und Zorn, die er so sorgsam um seine Gedanken errichtet hatte, standhalten? In diesem Moment erschien es Odysseus bereits kaum vorstellbar, dass diese Frau seine Gefährten in grunzende Schweine verwandelt haben sollte.

Mit aller Kraft wandte er den Blick, riss sich von diesen Augen los, die ihn in einen Strudel unbekannter Leidenschaft ziehen wollten. Nur eine Sekunde noch, hämmerte es in seinem Kopf. Nur eine Sekunde, und sie hätte ihn gehabt.

Gleichzeitig wusste er, dass es noch lange nicht vorbei war. Was er für einen ersten Sieg hielt, war nur ein Spiel. Die Katze zog ihre Krallen ein und ließ der Maus die Illusion einer Chance, nur um dann um so härter zuschlagen zu können. Sie musste einfach wissen, dass ihr erster Versuch, seinen Widerstand zu brechen, fehlgeschlagen war. Wenn sie trotzdem nicht sofort versuchte, ihn in ihre Gewalt zu bekommen, dann nur, weil sie sich ihres Sieges vollkommen sicher war.

»Tretet ein, edler Fremder, seid für diese Nacht mein Gast.« Circe unterstrich ihre Worte mit einer einladenden Geste. Sie lächelte. Ihre Stimme klang nun nicht mehr so kühl. Lag das an dem geheimnisvollen Zauber, der sie umgab, oder warum erschien sie ihm in diesen Moment als die begehrenswerteste Frau, die er je kennen gelernt hatte, lieblicher als Helena gar, für die sie Troja erobert hatten? In

Odysseus' Kopf drehte sich alles. Er hatte das Gefühl, zu viel getrunken zu haben. Etwas geschah mit ihm.

Kalter Schweiß bedeckte seine Stirn. Er versuchte sich an das Schicksal seiner Gefährten zu erinnern, die jetzt irgendwo in der Nähe in den Stallungen eingesperrt waren, ihrer Menschlichkeit beraubt, die ihr weiteres Leben als Schweine verbringen mussten, wenn er sie nicht rettete.

Vielleicht war es wirklich dieser Gedanke, der ihm die Kraft gab, Circes Zauber ein zweites Mal zu brechen und sie – wenn auch nur für einen Moment – als das zu sehen, war sie wirklich war: Eine schöne, grausame Frau, die über einen fast allmächtigen Zauber gebot und sich einen grausamen Scherz mit ihnen leistete. Bei allen Göttern, dachte Odysseus, warum nur?

Circe wiederholte ihre einladende Geste und diesmal zögerte Odysseus nicht mehr. Er trat an ihr vorbei ins Innere des Hauses und blieb überrascht stehen.

Eurylochos hatte von einer großen Tafel in einer weitläufigen Halle berichtet, an der sie die vorbereitete Mahlzeit zu sich genommen hatten, doch nun fand er nichts weiter als einen einzigen Tisch in einem kleinen, gemütlichen Raum vor. Wenn er bis jetzt noch nicht an die unglaubliche Hexenkraft Circes geglaubt hätte, dann wären spätestens in diesem Moment seine Zweifel dahin gewesen.

Offensichtlich hatte sie gewusst, mit wie vielen Gästen sie zu rechnen gehabt hatte, und es mit ihrer Zauberkraft verstanden, sich darauf einzurichten. Und das war nicht alles, denn dafür hätte es noch eine Erklärung gegeben – wer sagte denn, dass Circe hier wirklich so allein lebte, wie sie den Griechen hatte glauben machen wollen? Nein, sicherlich wäre es ihr ein leichtes gewesen, sie zu belauschen, und auch schon lange vor seinem Eintreffen zu wissen, dass sie diesmal nur einen einzigen Gast zu erwarten hatte, ebenso wie sie zuvor über die Stärke von Eurylochos' Gruppe informiert gewesen war.

Es war die Art des Empfanges, die alles in Odysseus sich zusammenziehen ließ. Eurylochos und auch Polites hatten schon immer eine Vorliebe für Feste gehabt, für pompöse Gelage, bei denen es gar nicht genug Speisen und Getränke, gar nicht genug Luxus und Ausschweifungen geben konnte – und sie hatte sie genau so empfangen. Ihn hingegen begrüßte sie auf die Art, die ihm lag: mit einem kleinen, behaglich eingerichteten Raum, einem reich gedeckten, aber trotzdem einfachen Tisch, der eine gemütliche Mahlzeit verhieß ...

Konnte sie Gedanken lesen?

Circe bat ihn, sich zu setzen. Odysseus nickte nervös. Er versuchte vergeblich, sich seinen Schrecken nicht zu sehr anmerken zu lassen. Seine Furcht musste ihm deutlich im Gesicht geschrieben stehen – und er musste sich schon sehr täuschen, wenn das Lächeln auf Circes Zügen nicht spöttisch war.

»Sagt mir, schöne Frau«, begann er unsicher, »lebt Ihr ganz allein hier? Außer Euch scheint dieser Landstrich vollkommen menschenleer zu sein. Ich jedenfalls habe niemanden gesehen.«

»Und wenn?«, antwortete Circe mit einem abermaligen, spöttischen Lächeln.

Odysseus zuckte die Achseln. »Ich wundere mich nur«, fuhr er fort. »Dieses Haus scheint mir ein wenig groß, nur für eine Person. Noch dazu eine Frau wie Euch.«

»Oh, ich kann schon ganz gut auf mich aufpassen, mein Freund«, antwortete Circe spöttisch. »Aber Ihr habt Recht – ich lebe allein hier. Die Insel ist unbewohnt, und niemand kommt je hierher, so dass ich auch keinen Schutz nötig habe. Niemand bis auf Schiffbrüchige wie Ihr, die hin und wieder an unsere Küste gespült werden.«

»Aber es gibt doch sicherlich wilde Tiere und –«

»Oh, viele«, unterbrach ihn Circe. »Und gefährliche. Ihr hattet Glück, dass Ihr auf dem Weg hierher nicht aufgefressen worden seid.« Ihre Augen glitzerten und ihr Blick sagte das genaue Gegenteil ihrer Worte: Spiel ruhig den Narren, Odysseus. Mich täuschst du nicht. Ich weiß genau, warum du hier bist, und du weißt genau, dass ich es weiß. Laut fuhr sie fort: »Aber um Eurer nächsten Frage zuvorzukommen, Freund – ich habe Schutz vor ihnen und auch vor allen anderen Gefahren, die mir vielleicht drohen könnten. Ich bin nicht allein. Eine Menge tapferer Männer steht in meinen Diensten.«

»Aber gerade sagtet Ihr –«

»Ich weiß, was ich gesagt habe«, unterbrach ihn Circe mit einem Blick, der: Gut, wenn du das Spiel fortsetzen willst – lass es uns tun, hinzufügte. »Und das eine ist so wahr wie das andere. In Diensten stehen tapfere Männer, die sich allerdings – sagen wir einmal – auf besondere Weise an die hiesigen Gegebenheiten angepasst haben.«

»Ihr seid der erste Mensch, dem ich hier überhaupt begegnet bin«, erwiderte Odysseus. »Eure Männer müssen sich gut verbergen können.«

»Oh, das ist kein Kunststück, wenn man sich so auskennt wie sie. Doch greift zu. Ihr seid bestimmt hungrig und durstig. Und wenn Ihr gespeist habt, berichtet mir von den Abenteuern, die Euch so weit weg von Eurer Heimat stranden ließen.« Sie lächelte und deutete auf die Speisen, die extra für ihn zubereitet sein mussten. Odysseus erkannte voller Bedrückung, dass es sich ausnahmslos um seine Lieblingsspeisen handelte. Wenn es Zauberei war, dann die überzeugendste, der er jemals begegnet war. Selbst der Duft war echt. Gegen seinen Willen spürte er, wie ihm das Wasser im Munde zusammenlief. Er hob die Hand, besann sich im letzten Moment eines Besseren und ließ den Arm wieder sinken. »Woher wisst Ihr, dass meine Heimat weit entfernt ist?«, fragte er.

Das Spiel beginnt mich zu langweilen, mein Lieber, sagte Circes Blick. Aber sie lächelte weiter. »Ich wohne nicht gerade an den großen Handelslinien«, antwortete sie. »An meine Küsten verirrt sich nicht einmal ein Phönizier, es sei denn, sein Schiff ist leck oder wüste Stürme ließen ihn die Orientierung verlieren – und seinen Sinn für Profit.«

»Aber seine Ladung wird er hier los?« Odysseus deutete auf den kleinen Tisch, der kunstvolle Verzierungen aufwies, und den Wandschmuck aus gewebten Teppichen, wie er sie prachtvoller nicht in seinem eigenen Palast in Ithaka vorweisen konnte. So schlicht und einfach alles hier wirkte, es war es nicht.

Circe warf ihm einen überraschten Blick zu, von dem er sich jetzt nicht mehr völlig sicher war, dass sie ihn wirklich spielte. »Ihr habt ein scharfes Auge, Fremder«, sagte sie anerkennend. »Aber Ihr habt Recht. Tatsächlich hat sich im Laufe der Zeit einiges bei mir angesammelt, was nicht unbedingt für mich bestimmt war.« Sie lächelte kalt. »Wenn man so entlegen wohnt wie ich, muss man nehmen, was man bekommt.« Und das beschränkt sich nicht nur auf Möbel, du Narr, fügte ihr Blick hinzu.

»Um so mehr sei Eure Gastfreundschaft gelobt«, antwortete Odysseus hastig, als merke er immer noch nicht, dass sich die Falle langsam schloss. »Viele Schiffbrüchige werden in allen Ländern Eure Schönheit und Eure Hilfe preisen, der sie ihre Rückkehr verdanken.«

»Schön gesprochen, Fremder«, entgegnete Circe mit sanftem Spott. »Doch zwischen Eurem Besuch und Eurer Heimkehr liegt noch so manche Klippe und manches Windloch. Stellt Euch die Heimreise nur nicht zu einfach vor.« Sie deutete auf die Speisen. »Doch nun greift zu, esst und trinkt, so viel Ihr wollt, auf dass auch Ihr die Gastfreundschaft Circes zu rühmen wisst.« In ihren Augen war jetzt kein Spott mehr. Das Spiel war vorüber, begriff Odysseus. Stattdessen funkelte in ihrem Blick jetzt eine kalte Gier und als sie aus einem Krug Wein in einen Becher einschenkte, zitterten ihre Finger ganz leicht wie die eines Menschen, der seine Ungeduld kaum mehr beherrschen kann.

Odysseus lehnte sich zurück und tat, als betrachte er die kostbaren Wandteppiche, auf denen Jagdszenen und rituelle Festlichkeiten festgehalten waren. Seit ihrer ersten Begegnung vermied er bewusst jeden direkten Blickkontakt mit der Zauberin; zu lebhaft war die Erinnerung an ihre Augen, in denen er sich beinahe hoffnungslos verloren hatte. Während er versuchte, einen müden Eindruck zu machen, ging er noch einmal alle Einzelheiten seines Planes durch, wobei er sich durchaus des Risikos bewusst war, dass Circe tatsächlich seine Gedanken lesen mochte und er ihr eben jetzt verriet, was er vorhatte.

Aber wenn es so ist, dachte er niedergeschlagen, dann ist sowieso alles zu spät. Es kam jetzt darauf an, dass er sich nicht vergiften ließ, was an sich kein Problem darstellte – Zauberin oder nicht, Circe war eine Frau und er ein Krieger, dessen rechte Hand auf dem Schwert lag. Ihre Zauberkraft würde sie kaum vor der Schneide seiner Waffe schützen.

Aber was nutzte ihm Circes Tod? Er war nicht hierher gekommen, um sie zu erschlagen, sondern um Polites und die anderen zu befreien, aus keinem anderen Grund. Und so durfte er Circe nicht einmal wissen lassen, dass er sie durchschaute. Es war das alte Spiel vom betrogenen Betrüger, das sie spielten. Odysseus hoffte nur, dass nicht am Ende er als der betrogene Betrüger der Betrügerin dastand ...

Seine Handflächen wurden feucht vor Schweiß. Nur mit Mühe unterdrückte er den Impuls, aufzuspringen und die Zauberin einfach zu packen, bevor sie ihn mit ihren Hexenkünsten einfangen konnte. Circe hatte sich wieder gesetzt und ihren eigenen Becher in die Hand genommen. Über seinen Rand hinweg sah sie ihn an, lächelnd, mit unverhohlenem Triumph in den Augen, eine Spinne, die die Fliege mustert, die in ihrem Netz zappelt.

»Ihr seht müde aus, Fremder«, sagte sie. »Trinkt den Trank der Götter, er wird Euch gut tun.«

Odysseus lächelte. Sein Magen zog sich zusammen, aber äußerlich war er mit einem Male ganz ruhig. Als er den Becher hob und an die Lippen führte, drohte ihn einen Moment lang wieder Panik zu übermannen; es kostete ihn alle Mühe, sein Lächeln nicht zu einer angstverzerrten Grimasse werden zu lassen. Es war etwas anderes, einem schwer bewaffneten Gegner mit dem Schwert in der Hand entgegenzutreten, als einer schönen Frau gegenüberzusitzen, die darauf wartete, dass er den von ihr vergifteten Wein trank. Doch dann gewann kalte Entschlossenheit in ihm wieder die Oberhand. Das, was er vorhatte, war riskant, aber er musste es wagen.

Er setzte den Becher wieder ab, ohne mit der Flüssigkeit auch nur seine Lippen benetzt zu haben, und lächelte so herzlich, wie es ihm gerade noch möglich war. »Gerne werde ich Eure Gastfreundschaft annehmen und mit Euch speisen, doch erlaubt mir zuvor, Euch ein Geschenk zu machen – so, wie es seit Menschengedenken in meiner Heimat üblich ist.«

Circes linke Augenbraue rutschte ein Stück nach oben. »Ein schöner Brauch, fürwahr«, sagte sie nachdenklich. Ihre Augen musterten ihn jetzt mit unverhohlener Ungeduld – und einer deutlichen Spur von Misstrauen. »Doch wir sollten erst anstoßen, bevor Ihr mir ein Gastgeschenk überreicht. So wie es Sitte in meinem Haus ist.«

»Es tut mir leid, sollte ich gegen Euer angestammtes Recht verstoßen«, entgegnete Odysseus und erhob sich langsam, wobei er diesmal darauf achtete, dass seine rechte Hand nicht auf dem Schwertgriff lag. Er durfte nichts tun, was ihr Misstrauen noch mehr schüren konnte. »In meiner Heimat ist es üblich, dem Gastgeber Geschenke zu überreichen, bevor auch nur der erste Tropfen Wein getrunken und der erste Laib Brot gebrochen wird. Es steht mir nicht an, die Sitte meiner Väter zu brechen.« Er lächelte unsicher. »Man sagt, es bringe Unglück über das Haus des Gastgebers«, fügte er in deutlich leichterem Tonfall hinzu.

Auch Circe hatte sich erhoben. Einen Moment lang verzerrte sich ihr Gesicht und was er sah, war Wut, die Wut eines kleinen Kindes, das seinen Willen nicht durchsetzen kann. Doch dann lächelte sie hochmütig und neigte huldvoll den Kopf. »Wenn Ihr denn unbedingt darauf besteht, so kommt dem Wunsch Eurer Väter nach, der für Euch Gesetz zu sein scheint.« Du Idiot, fügte ihr Blick hinzu.

Odysseus nickte. »Ich danke Euch für Euer Einsehen«,

sagte er, »und muss doch im gleichen Atemzug gestehen, dass es nicht viel ist, was ich Euch als armer Schiffbrüchiger überreichen kann.« Während er sprach, zog er einen Armreif aus seinem Gewand hervor, den er mit Bedacht aus der ihm noch verbliebenen trojanischen Kriegsbeute ausgewählt hatte. Auf den ersten Blick sah er fast unscheinbar aus; der Reif selbst zwei goldene, ineinander gewobene Schlangen, in die kleine Steine eingebettet waren, die ihr Feuer erst bei genauerer Betrachtung offenbarten. Ein Stück trojanischer Kunstschmiedearbeit, das selbst eine Göttin in seinen Bann schlagen musste – so hoffte er zumindest. Er reichte Circe den Reif. Sie griff danach, und einen Herzschlag lang streiften ihre Finger die seinen. Die kurze Berührung jagte ihm einen kalten Schauder über den Rücken; es war, als habe er eine Figur aus kaltem Stein und kein lebendes Wesen berührt. Er spürte, wie ihr Blick den seinen suchte, abtastend, eine schwache Stelle, eine Blöße suchend. Sein Lächeln gefror, aber er sah auf und blickte scharf an ihr vorbei an die Wand. Hüte dich vor ihrem Blick, hämmerten Eurylochos' Worte in seinem Kopf. Es war nicht nur ihr Gifttrank, der sie zur Zauberin machte. Ganz und gar nicht!

Doch dann geschah das, was er gehofft hatte: Sie nahm den Reif in die Hand und stieß einen kleinen, überraschten Laut aus, in diesem Moment nicht Giftmischerin und Hexe, sondern ganz Frau, die sich vom Zauber eines Schmuckstücks einfangen ließ. Er wusste, dass er nicht viel Zeit hatte; Circe war nicht die Frau, die sich mehr als ein paar Sekunden von der Schönheit eines Geschmeides blenden ließ.

Ruhig, als habe er nichts zu verbergen, legte er seine Hand auf den Schwertgürtel, umfasste den zusammengepressten Schwamm, der vom Gürtel verborgen gegen seine Hüfte drückte, und führte dann die Hand zum Mund, als unterdrücke er ein Gähnen. Ohne Circe aus den Augen zu lassen, drückte er den Schwamm in den Mund und kämpfte einen Moment gegen den Brechreiz an, der sofort in ihm aufstieg. Mit der Zunge schob er den Schwamm in die richtige Position, bis er die ganze Mundhöhle ausfüllte und der Würgreiz allmählich nachließ. Er atmete bewusst ruhig und nur durch die Nase, und er betete zu den Göttern, dass Circe nichts an ihm auffallen würde. Eurylochos' Bericht hatte ihm klargemacht, wie wichtig es war, dass kein Tropfen der vergifteten Flüssigkeit in seine Kehle gelangte. Er wurde gerade noch rechtzeitig mit seinen Vorbereitungen fertig, um Circes Blick wieder ruhig begegnen zu können. Es kostete ihn alle Macht, äußerlich gelassen zu erscheinen. Er hatte das Gefühl, sich jeden Moment übergeben zu müssen.

»Durchaus ein Geschenk, das meiner würdig ist, Fremder«, sagte Circe etwas irritiert, aber auch ganz eine geschmeichelte Frau. »Um so mehr freut es mich, Euch bei mir willkommen zu heißen. Doch nun trinkt.«

Odysseus nickte und brummte zustimmend. Mit dem Schwamm im Mund blieb ihm auch gar nichts anderes übrig, als auf große Reden zu verzichten. Außerdem würde er schlichtweg auf den Tisch kotzen, wenn er das Ding auch nur noch eine Minute im Mund hatte. Er blieb wie Circe stehen, ergriff eilig den Becher und setzte ihn an die Lippen, als habe er nur darauf gewartet, endlich seinen Durst stillen zu können. Unter Circes wachsamem Blick ließ er die Flüssigkeit in den Mund laufen. Schon ein paar Tropfen, die deine Kehle benetzen, genügen, um dich zu vergiften, hatte ihn Eurylochos gewarnt. Einen schrecklichen Moment fürchtete er, dass der vergiftete Wein den Schwamm einfach durchdringen würde – aber nichts geschah, seine Kehle blieb trocken, nicht einmal ein Hauch von Feuchtigkeit drang hindurch.

Odysseus setzte den Becher ab, als er halb leer war, und lächelte Circe dankbar zu. Er schwieg, und auch Circe sagte kein Wort, sondern blickte ihn nur mit mühsam unterdrücktem Triumph an.

Nichts geschah.

Jetzt mischte sich Verwirrung in ihren Blick, schließlich

Bestürzung – die Zauberin starrte ihn aus weit aufgerissenen Augen an, unfähig zu begreifen, dass ihr Gift nicht wirkte. Die Menge, die er scheinbar getrunken hatte, hätte wohl ausgereicht, um mehr als ein Dutzend Männer zu verwandeln. Odysseus seinerseits weidete sich für Sekunden am Entsetzen der Zauberin. Aber er wusste auch, dass er das Spiel nicht zu weit treiben durfte. Der Schwamm würde die Flüssigkeit nicht ewig halten und kaum mehr als ein paar weitere Tropfen aufnehmen können, ohne ihn zu gefährden. Trotzdem griff er nach dem Krug, der vor ihm auf dem Tisch stand, und füllte den Becher auf.

Durch Circes Körper lief ein Zittern. Sie stöhnte. Von einem Moment auf den anderen glich sie mehr einem verängstigten Kind als einer hochmütigen Frau. Der Becher, den sie in der Hand hielt, entglitt ihren Fingern und fiel polternd zu Boden. Der rote Wein sickerte träge in den dicken Teppich, Circe schien es nicht einmal zu bemerken. Keuchend wich sie bis an die gegenüberliegende Wand zurück, starrte ihn an, versuchte etwas zu sagen und brachte nur ein Stöhnen hervor. Sie war einfach unfähig, zu begreifen, was geschah. Ihr Blick flackerte, hatte jede Spur von Selbstsicherheit verloren.

Odysseus verspürte einen leichten Schimmer von Hoffnung. Er hatte nicht damit gerechnet, dass sie ihm es so einfach machen würde – aber noch hatte er nicht gewonnen, noch hatte er nicht mehr geschafft, als ihrem ersten Angriff zu trotzen. Er beschloss, alles auf eine Karte zu setzen.

Mit dem Becher in der Hand drehte er sich langsam einmal um die Achse und tat so, als ob er sich im Raum umsehen wollte. In dem Moment, in dem er Circe den Rücken zukehrte, stieß er den Schwamm mit der Zunge aus dem Mund. Dann wandte er sich wieder zu Circe um und runzelte die Stirn, als fiele ihm erst jetzt der veränderte Zustand seiner Gastgeberin auf.

»Ist Euch der Wein nicht bekommen, Zauberin?«, fragte er ruhig. »Oder ist es etwa so, dass Ihr nicht erwartet habt, in mir Euren Meister zu finden?«

Circe schrie auf, ein spitzer Schrei, der so gar nicht zu ihrem herrischen Wesen passen wollte. Sie presste die Hand auf den Mund; in ihren Augen, die ihre ungewöhnliche Anziehungskraft verloren hatten, stand Entsetzen. Zum ersten Mal im Leben spürte sie, was wirkliche Furcht bedeutet, begriff Odysseus.

»So ist es also geschehen«, stöhnte sie. »So ist also die alte Prophezeiung wahr geworden.«

»Eine Prophezeiung?«, fragte Odysseus. Er spürte ihre Panik, die er in dieser Heftigkeit nicht erwartet hatte: »Etwa die, dass Ihr jetzt von Eurem eigenen Wein kosten werdet, Hexe?«

Schlagartig wich alle Farbe aus Circes Gesicht. In ihrem Blick lag so viel Unglauben und Entsetzen, dass selbst Odysseus Mitleid mit ihr verspürte. Dies schien nicht mehr dieselbe Frau zu sein, die zu so viel Grausamkeit und Heimtücke fähig gewesen war.

»Wer . . . wer bist du? «, stammelte sie. »Wer bist du, dass du mein Geheimnis kennst?« Für einen Moment regte sich noch einmal der alte Trotz in ihr. »Wie könnt Ihr es wagen . . .«, setzte sie an.

Odysseus riss das Schwert aus der Scheide und trat mit drohend erhobenem Arm auf sie zu. Circe verstummte, begann zu zittern und fiel auf die Knie. Flehend reckte sie die Hände als Geste zu ihm empor. »Oh, so sinnlos, so sinnlos«, schluchzte sie. »Seit Jahren schon habe ich Euch erwartet, seit Jahren in der Angst gelebt, dass Ihr kommen würdet, und musste doch das tun, was getan werden musste.«

Odysseus ließ das Schwert etwas sinken, blieb aber angespannt. Vielleicht war dies nur ein weiterer Trick. Nichts bewies ihm, dass sich Circes Zauberkünste auf das Brauen eines tödlichen Weines beschränkten.

»Das klingt ja fast so, als würdet Ihr Euer Tun bereuen«, sagte er. »Aber ich glaube Euch nicht.«

»Aber ich . . . ich sage die Wahrheit«, stammelte Circe.

»So?« Odysseus lachte leise und ganz bewusst so böse, wie er nur konnte. »So, wie Ihr Eurylochos und seinen

Männern die Wahrheit gesagt habt, Zauberin? Oder ist das nur ein weiterer Spaß, den Ihr Euch erlaubt? «

Circe warf ihm einen fast flehenden Blick zu. Ihr schönes Gesicht war vor Angst verzerrt, so sehr, dass ihn der Anblick trotz ihrer Unmenschlichkeit erschütterte. »Glaubt Ihr, die Götter lassen mit sich spaßen?«, fragte sie. Ihre Stimme brach fast. »Die Macht, die sie mir über alle Männer auf dieser Insel gaben, sollte bis zu dem Tag währen, an dem ein König und Städtebezwinger den Fuß in meinen Palast setzt, der gegen den Trank der Verwandlung gefeit ist.« Sie versuchte, ein trockenes Schluchzen zu unterdrücken. »Wenn Ihr dieser Mann seid, dann steckt Euer Schwert weg und lasst uns Freunde werden.«

»Freunde?« Odysseus keuchte. »Seid Ihr von Sinnen, Hexenweib? Noch vor Augenblicken wolltet Ihr mich vergiften, in einen Hund verwandeln oder in eine Krähe – und jetzt wollt Ihr, dass wir Freunde werden?«

Circe nickte voller Ernst. »Ihr habt mich besiegt, Fremder«, sagte sie leise. »Mein Leben liegt in Eurer Hand. Ihr könnt es beenden – aber welchen Sinn hätte dieser Sieg dann für Euch?«

»Welchen ... Sinn?«, wiederholte Odysseus langsam. »Ich verstehe nicht ...«

Circe lächelte. Ihre Angst verschwand wieder, machte einer vorsichtigen Hoffnung Platz. »Wäre es nur mein Tod, den Ihr im Sinn hattet, hättet Ihr dies einfacher haben können, Fremder«, sagte sie. »Ihr seid hier, weil Ihr etwas von mir wollt. Was ist es? Reichtum? Macht? Unsterblichkeit?« Sie hob die Hände, machte Anstalten, sich zu erheben, und sank wieder zurück, als er drohend das Schwert hob.

»Letzteres«, fuhr sie fort, als er nicht antwortete, »kann ich Euch nicht gewähren, wohl aber ein Leben, das drei- oder viermal so lange währt wie das eines normalen Sterblichen. Und ein Leben in Reichtum und Ansehen dazu. Ihr könntet König sein.«

»Das bin ich bereits«, erwiderte Odysseus verstört. Er hatte das Gefühl, plötzlich den Boden unter den Füßen zu verlieren. Circe war dabei, ihm den Sieg Stück für Stück wieder zu nehmen. Eine innere Stimme riet ihm, sie einfach zu erschlagen, solange er es noch konnte – aber gleichzeitig wusste er, dass sie Recht hatte. Ihr Tod nutzte Polites und den anderen nichts.

»Also«, fuhr Circe nach einer Weile fort. »Was willst du?«

»Das Leben meiner Kameraden«, erwiderte Odysseus zögernd. »Ich ... lasse dich am Leben, Hexe, aber nur, wenn du meine Gefährten zurückverwandelst. Gibst du sie mir zurück, so gebe ich dir mein Wort, dass wir noch heute deine Insel verlassen.«

»Und wenn nicht?«, fragte Circe kalt.

»Verlassen wir sie auch«, erwiderte Odysseus. »Allerdings mit deinem Kopf auf unserem Hauptmast.«

Circe starrte ihn an. In ihrem Blick war jetzt nicht mehr die mindeste Spur von Furcht, aber Odysseus wusste, dass sie seine Drohung ernst nahm. Noch immer hielt er drohend das Schwert in der Rechten, den Becher mit dem vergifteten Wein in der Linken. »Schwöre mir einen heiligen Eid, dass du es tun wirst«, verlangte er.

Circe nickte, erhob sich wieder und sah ihn kalt an. »Ich schwöre es«, sagte sie. »Doch nur unter einer Bedingung.«

»Bedingung?« Odysseus hob wütend sein Schwert. »Du stellst Bedingungen, Weib? Ich könnte dich erschlagen!«

»Dann tu es«, sagte Circe kalt. »Töte mich und geh ohne deine Freunde nach Hause. Oder geh auf den Handel ein, den ich dir vorschlage, und nimm sechzehn Leben mit dir.«

Lange starrte Odysseus sie an, und mit einem Male fühlte er sich wieder so hilflos und verzweifelt wie in dem Moment, in dem er hier hereingekommen war. Aber gleichzeitig spürte er auch, dass es Circe mit ihren Worten sehr ernst war. Sie würde eher sterben, ehe sie von ihrer Forderung abwich.

Und welche Wahl hatte er schon?

»Rede«, sagte er schweren Herzens.

Der Hades

Odysseus stand im Bug des Schiffes, das mit gutem Wind durch die Wellen pflügte, und blickte auf das Meer hinaus. Aber er sah nicht den Ozean. Seine Augen erblickten weder die kleinen schaumgekrönten Wogen, die der Rammsporn des Schiffes teilte, noch den endlos weiten Horizont oder die wenigen hingetupften Wolken, die über den Himmel trieben. In Gedanken war er noch immer bei Circe und bei den seltsamen Worten, mit denen sie ihren zum – wenn auch unfreiwilligen – Verbündeten gewordenen Gast verabschiedet hatte.

Es waren Worte, die ihn zutiefst verwirrt hatten, mehr als er Eurylochos oder den anderen gegenüber zugegeben hatte, ja noch mehr, als er sich selbst eingestehen wollte.

Es war ihm plötzlich unmöglich geworden, Circe zu hassen.

Odysseus war immer skeptisch gewesen, was die Existenz der Götter anging – doch nach dem Gespräch mit Circe war er sich da plötzlich gar nicht mehr so sicher. Und wenn er an das Ziel ihrer Reise dachte, überlief ihn ein kalter Schauer. Eine so tiefe Furcht hatte sich seines Herzens bemächtigt, wie er sie bis zu diesem Moment noch nie verspürt hatte.

Der Hades.

Die Totenwelt.

Das Reich der Schatten, der Gestorbenen, Gemeuchelten, Verunglückten. Eine Welt ohne Wiederkehr, eine Welt hinter der Welt, ein Bereich des Seins, der auf entsetzliche Weise ebenso nicht existierte, wie er genauso wirklich war wie das Meer, das Schaukeln der Wellen und die Brise, die seine lang gewordenen Haare durchblies. Ein Ort, den man nur einmal aufsuchte: nach dem Tod.

Circe hatte so eindringlich von diesem unheimlichen

Ort gesprochen, dass selbst Odysseus von seiner Existenz fast genauso überzeugt war wie sie selbst. Bis zum letzten Augenblick – ja, selbst jetzt noch, als er diese Gedanken dachte – hatte er versucht, die bloße Möglichkeit zu verleugnen, dass Circe die Wahrheit sprach. Und doch ...

Sie hatte einen Keim in seine Seele gepflanzt und er begann aufzugehen ...

Vor seinem inneren Auge liefen noch einmal die letzten Tage und Wochen ab. Nachdem sie seine Gefährten wieder in ihre menschliche Gestalt zurückverwandelt hatte, hatten sie mehrere Wochen Circes aufrichtige Gastfreundschaft genossen. Alles Falsche und Boshafte war von ihr abgefallen und ihre ehrliche und offene Art hatte Odysseus mehr als nur beeindruckt. Der Abschied war ihm nicht leicht gefallen, denn trotz allem hatte er bei Circe zum ersten Mal seit langer, gar zu langer Zeit wieder so etwas wie menschliche Wärme und Freundschaft gefunden und – wichtiger noch – Geborgenheit. Aber er musste weiter, zu seinem Weib Penelope, das er nach langen Jahren der Trennung immer noch so aufrichtig liebte wie am ersten Tag – und nach Ithaka, das ohne ihn dem Verfall preisgegeben war. Er hatte seinen Sohn Telemach als kleines Kind in der Heimat zurückgelassen und wusste nicht, ob er zu einem würdigen Nachfolger herangewachsen war; und selbst wenn – er würde es schwer haben, sich in diesen wirren Zeiten gegen Neid und Missgunst selbst im eigenen Land zu behaupten. Nein – er konnte nicht bleiben. Er war schon viel zu lange von zu Hause fort.

Wäre es nach ihm gegangen, so hätte er sogleich die Segel gehisst und den schnellsten Weg nach Ithaka gewählt.

Aber es ging nicht nach ihm. Circe hatte sein Wort, und er wäre nicht er gewesen, hätte er es nicht gehalten – zumal die Zauberin ihren Teil der Abmachung bereits im voraus erfüllt hatte. Und da war noch etwas: Circe hatte ihm von der Prophezeiung berichtet, die nicht nur seine Ankunft und seinen Sieg über sie angekündigt hatte, sondern auch die schwere Prüfung, die ihm – ihrem Bezwinger – noch bevorstand. In dieser Prophezeiung hieß es, dass er den Seher Teiresias um Rat fragen musste, wollte er jemals seine Heimat wiedersehen. Teiresias stammte, wie Odysseus wusste, aus dem fernen Theben, und so hatte er gefragt, warum er anstelle dieser langen Reise nicht gleich nach Ithaka aufbrechen konnte.

»Weil Teiresias im letzten Winter verstarb«, hatte Circe leise geantwortet.

Im ersten Moment waren Odysseus ihre Worte wie billiger Hohn vorgekommen, bis ihm Circe die Zusammenhänge erklärt hatte. Teiresias war zwar tot, aber es gab dennoch eine Möglichkeit, wie ein Ratsuchender zu ihm gelangen konnte: Er selbst musste in das Totenreich hinabsteigen. In den Hades. Die Welt ohne Wiederkehr. »Lass dich einfach vom Nordwind treiben«, hatte ihm Circe geraten. »Dadurch gelangst du von selbst auf den richtigen Kurs. Sobald du den Okeanos überquert hast, wirst du auf einen flachen Strand stoßen. Gehe an Land, wo Erlen, Pappeln und Weiden beisammenstehen. In einem Tal, in dem sich zwei schwarze Flüsse in den Totenfluss ergießen, findest du eine Schlucht, die den Eingang zum Totenreich verbirgt. Dort hebe eine Grube aus und opfere zwei schwarze Schafe, ein männliches und ein weibliches. Lass dann deine Gefährten zu Hades und seiner Gattin Persephone beten, während du dich selbst mit dem Schwert in der Hand auf den Weg in das Innere des Labyrinths machst. Doch sei auf der Hut und weise alle Toten ab, die an dir vorbei wollen, um von dem Opferblut zu trinken. Sobald aber Teiresias kommt, handle ihm seinen Rat gegen den Opfertrunk ab.«

»Und dann?«

»Dann sieh zu, dass du dem Totenreich wieder entfliehen kannst.«

Tagelang hatte Odysseus über dieses Gespräch nachgegrübelt, bevor er zu einer Entscheidung gekommen war. Nach allem, was er bislang an Ungeheuerlichem erlebt hatte, erschien ihm die Vorstellung eines Totenreichs absurd, in dem Verstorbene als Schattenwesen lebten. Er kannte all die Geschichten, die in Ithaka und den anderen Ländern über den Hades erzählt wurden, aber er hatte seine leibhaftige Existenz immer bezweifelt. Und wenn es ihn gab – wie konnte er sich als normaler Sterblicher anmaßen, unbeschadet in ihn einzudringen und ihm wieder zu entfliehen?

All diese Fragen hatte ihm Circe nicht beantworten können, und doch war es ihr gelungen, in ihn die Saat eines Verstehens zu legen, die jetzt im Begriff war, aufzugehen. Ohne seine Zweifel letztendlich aufzugeben, hatte er entschieden, wie er vorgehen würde: Wenn ihn nördliche Winde tatsächlich an einen Strand trieben, der Circes Beschreibung entsprach, würde er sein Glück versuchen und ins Totenreich eindringen ...

Wenn ...

Odysseus war sich der Bedeutung dieses Wortes niemals so schmerzlich bewusst geworden wie jetzt, in diesem Moment, in dem sie sich eben diesem Strand näherten. Der ferne Streifen am Horizont, eher zu ahnen, als wirklich zu erkennen, dieser ferne Streifen, auf den sie mit voll geblähten Segeln zuhielten, konnte nichts anderes sein. Mit jeder Faser seines Körpers spürte er, dass er sein Ziel erreicht hatte, ein Ziel, vor dem es kein Umkehren mehr gab, wollte er der Welt eines ihrer größten Geheimnisse entreißen: das des Todes. Wenn ... Er hatte sein Wort gegeben, und er hatte es ehrlich gemeint, in diesem Moment, und doch hatte er die ganze Zeit über im Stillen gehofft, dass er sich niemals verpflichtet sehen würde, es einzulösen.

Aber jetzt hielten sie auf den Strand zu, und Odysseus zweifelte nicht mehr daran, dass sich auch der Rest von Circes Prophezeiung erfüllen würde. Er wusste einfach, dass diese Küste keine normale Küste war, das Land, das sich dahinter erstreckte, alles andere als ein normales Land. Der Pesthauch des Todes schien vom nahenden

Strand zu ihnen herüber zu wehen, und Odysseus spürte Furcht, zugleich aber auch eine sonderbare Erregung. Mit dem einen, weiterhin zu klarem Denken fähigen Teil seines Selbst begriff er sehr wohl, dass das, was er fühlte, nichts als die morbide Faszination des Todes war, von der sich niemand gänzlich freisprechen konnte; gleichzeitig aber spürte er auch, dass es ihm unmöglich war, sich dieser Faszination zu entziehen – und der düsteren Verlockung, die sie beinhaltete. Teiresias und der Rat, den er sich von ihm erhoffte, schienen ihm jetzt fast nebensächlich; viel wichtiger war ihm, nun endlich mit eigenen Augen zu sehen, was sonst noch kein Lebender zu Gesicht bekommen hatte. Die letzte Frage zu beantworten. Ein Wissen zu erringen, das sonst nur die Götter ihr Eigen nannten und vielleicht nicht einmal sie.

Er war so sehr in seine Gedanken versunken gewesen, dass ihm nicht auffiel, wie sich Schritte näherten. Erst als sich ein Schatten neben den seinen auf das Geländer legte, schrak er hoch und erkannte Eurylochos, der neben ihn getreten war.

»Ist das die Insel?«, fragte der Hauptmann leise.

»Was?« Odysseus fuhr zusammen. Einen Moment lang blickte er Eurylochos verständnislos an; dann fanden seine Gedanken endlich ins Hier und Jetzt zurück. Er nickte. »Ich glaube schon.«

»Du weißt, was du da verlangst?«, fuhr Eurylochos fort. »Die Männer werden unruhig. Es ist fast, als . . .« Er brach ab, blickte zu dem allmählich breiter werdenden Strich am Horizont hinüber und schluckte ein paarmal.

Odysseus ließ das Geländer los und drehte sich vollends zu ihm um. Er hatte genug gesehen: eine ferne Ansammlung von Erlen, Pappeln und Weiden, auf die sie geradewegs zuhielten – genau, was ihm Circe beschrieben hatte. »Was ist fast?«, fragte er, obwohl er ganz genau zu wissen glaubte, worauf Eurylochos hinauswollte. Hast du so wenig Zutrauen zu mir, Freund, dass du es nicht einmal wagst, es auszusprechen? dachte er betrübt.

Eurylochos schluckte abermals und fuhr sich dann mit der Hand durch die Haare, eine Geste, die seine Nervosität weit deutlicher zum Ausdruck brachte, als Worte es gekonnt hätten. »Eine seltsame Stimmung«, sagte er schließlich. »Fast, als ob … irgendetwas da drüben lauert. Etwas … mit einer bösen Ausstrahlung.«

Odysseus nickte. Natürlich war er nicht der Einzige, der dieses Gefühl einer unbegreiflichen Bedrohung empfand. »Du lässt jetzt besser beidrehen«, sagte er so beiläufig wie möglich. »Sonst brauchen wir uns um irgendeine unbegreifliche Bedrohung nämlich keine Sorgen mehr zu machen.« Er deutete auf die Riffe, die der Küste vorgelagert waren und an denen entlang die Wellen kleine weiße Schaumkronen hatten.

Eurylochos zögerte. In seinem Blick stand ein Flehen, das Odysseus nur zu gut verstand. Er hatte Angst. Sie alle hatten Angst, eine entsetzliche, grauenhafte Angst, die sich vielleicht am Ende als stärker denn ihre Treue zu ihm erweisen mochte.

Aber wieder sprach er die Worte nicht aus, die ihm auf der Zunge lagen. Nach einer Weile wandte er sich mit einem Ruck um, ging zu den Männern zurück und begann Befehle zu rufen.

Odysseus blickte ihm voller Trauer und Wehmut nach, ehe auch er sich wieder umwandte und wieder zur Toteninsel hinübersah.

Der Tag neigte sich bereits, als sie den Ort fanden, von dem Circe gesprochen hatte: den Punkt, an dem die beiden schwarzen Ströme im spitzen Winkel aufeinanderprallten.

Sie hatten lang gebraucht, die Küste der Toteninsel zu erreichen und eine Stelle zu finden, an der sie an Land gehen konnten. Das Meer hatte sich als wild und die Küste als viel gefährlicher erwiesen, als es von weitem den Anschein gehabt hatte. Hinter der ersten, noch halbwegs sichtbaren Barriere aus Riffen hatten eine zweite und eine dritte gelauert, jede heimtückischer und gefährlicher als die andere. Sie hatten zwei Ruder verloren, und im Rumpf des Schiffes gähnte jetzt ein gewaltiges Loch, das die zurückgebliebenen Männer in aller Hast zu reparieren versuchten. Es glich einem Wunder, dass es keinen Toten gegeben hatte.

Aber vielleicht stimmt das gar nicht, dachte Odysseus bedrückt. Vielleicht sind wir alle schon tot und wissen es nur noch nicht ...

Er verscheuchte den Gedanken und versuchte, sich im schwindenden Licht des Tages wieder auf die beiden Flüsse zu konzentrieren. Es war nicht leicht, Einzelheiten zu erkennen. Sie waren zwei Stunden landeinwärts gewandert, und in längstens einer weiteren halben Stunde würde die Nacht hereinbrechen. Zudem war das Wasser schwarz wie Pech, und ein düsterer, ungreifbarer Hauch lag darüber, wie wogender Nebel, der sich dem Blick stets entzog, wenn er genau hinzusehen versuchte, gleichzeitig aber auch nachhaltig verhinderte, dass er wirklich etwas erkannte.

Zumindest sah er, dass die beiden Flüsse sehr viel breiter waren, als er sich vorgestellt hatte, und viel, viel wilder. Wo die beiden Strömungen aufeinander prallten, fuhr zischende schwarze Gischt empor, klebrig und ölig wie geronnenes Blut. Es war ein Anblick, der ein Gefühl unbestimmten Ekels in Odysseus wachrief. Er hatte das Gefühl, Zeuge eines widernatürlichen Schauspiels zu sein.

Der Styx selbst war weit gewaltiger, als die Summe beider Zuflüsse vermuten ließ; ein rauschender Strom, der mit schwarzer Gewalt in das Erdreich schnitt und alles umpflügte, was sich ihm in den Weg stellte. Er entschwand am Rande ihres Sichtfelds zwischen dunklem, zerklüftetem Gestein und stürzte in die Erde hinab – geradewegs in das, was die Menschen als Totenreich fürchteten.

Odysseus strengte nach Kräften seine Augen an, um den Zugang zu dem Reich der Finsternis zu entdecken, aber alles war hinter einem feinen Vorhang aus schwarzen Tropfen und Schwaden jenes grauen, unheimlichen Nebels verborgen. Die ganze Atmosphäre hatte etwas Unwirkliches. Es war kalt, trotz der Sonne, die sich zwar dem Horizont entgegenneigte, noch immer aber heiß vom Himmel brannte. Etwas an diesem Anblick, etwas, was unsichtbar und lautlos in jedem Quadratzoll dieser Insel nistete, kroch in seine Seele und ließ sie erstarren, wie eisiger Wind einen Wassertropfen.

Er hieß seine Gefährten zu halten und befahl ihnen, neben der Flussgabelung eine Opfergrube auszuheben. Die Mienen der Männer waren bedrückt und finster; sie hatten Angst, und Odysseus glaubte zu spüren, wie sich in dem einen oder anderen Widerstand regte. Es war keiner unter ihnen, der nicht am liebsten weggerannt wäre. Und doch wagte es niemand, zu widersprechen. Ist es das, was Eurylochos sagen wollte? dachte Odysseus voll Sorge. Dass die Männer ihm jetzt nur noch gehorchten, weil sie ihn fürchteten – und nicht mehr aus Treue?

Die Männer arbeiteten mit wortkarger Verbissenheit und schließlich hatten sie die Grube fertig ausgehoben – zwei mal zwei Meter, fast zu groß für das Opfer, das sie darzubringen beabsichtigten. Odysseus beobachtete stirnrunzelnd, wie sie die beiden schwarzen Opferlämmer heranschleppten, die Circe ihm mitgegeben hatte.

Das Opfer selbst wurde in vollkommenem Schweigen und fast übertrieben hastig vollzogen; die rituelle Handlung, der Gebrauch des blitzenden Opfermessers, das angsterfüllte Blöken der Tiere, die das Ende nahen fühlten und unfähig waren, sich zu wehren, dies alles vertiefte noch die eigentümliche Stimmung und das Bewusstsein, an welchem Ort sie sich befanden: am Eingang des Totenreiches.

Schließlich war es vollbracht. Das Ritual war vollzogen, und eine tiefe, fast unnatürliche Stille breitete sich über der kleinen Gruppe aus. Odysseus spürte, dass die Männer ihn anstarrten, und er wusste, dass es jetzt an ihm gewesen wäre, etwas zu sagen – aber er konnte nicht. Sie waren an einem Ort, an dem Worte nur störend wirken konnten, wenn nicht gefährlich. Es gab nichts mehr, was er noch sagen konnte.

Mit wenigen, knappen Befehlen schärfte er den Männern nochmals ein, so lange auszuharren, bis er wiederkehrte, verabschiedete sich mit einem wortlosen Nicken von Eurylochos und machte sich auf den Weg. Er hielt geradewegs auf den Abgrund zu, in den der schwarze Strom hinabstürzte, um unter Tage in der Unendlichkeit zu verschwinden. Sein Herz schlug bis zum Hals, und er fühlte sich nur halb so zuversichtlich, wie er seinen Gefährten gegenüber getan hatte – doch gleichzeitig empfand er den fast unbezwingbaren Willen, den Rat Teiresias' zu erzwingen, koste es, was es wolle.

Den Abstieg über schroffes Felsgestein legte er wie in Trance zurück. Er nahm seine Umgebung nur undeutlich wahr und bemerkte kaum, wie mit jedem Schritt abwärts das Licht unnatürlich schnell abnahm, als bliebe es nicht nur einfach über ihm zurück, sondern als wäre plötzlich etwas da, was es aufsaugte. In seinen Ohren dröhnte der grollende Gesang des Totenflusses und das dumpfe rhythmische Hämmern seines eigenen Herzens übertönte jedes andere Geräusch. Schwarze Gischt hüllte ihn ein wie der Hauch des Todes. Die Beklemmung, die er bereits beim Anblick der Insel empfunden hatte, steigerte sich zur nackten Panik; mit jedem schwarzen Tropfen, der seine Haut benetzte, schien sie in ihn einzusickern. Die Welt bestand für ihn nur noch aus Felsgraten, die ihm kaum Halt boten und von der schwarzen, glitschigen Flüssigkeit überdeckt waren, die der Totenfluss mit sich führte und die alles war, nur kein Wasser.

Dann gabelte sich der Abstieg. Der Weg, den er gewählt hatte, entfernte sich zunehmend vom Fluss, während sich das schäumende Wasser in der entgegengesetzten Richtung tiefer in die Erde wühlte.

Odysseus blieb einen Moment stehen, um sich zu orientieren. Soweit er erkennen konnte, gab es nur diesen einen Weg nach unten. Alles in ihm sträubte sich gegen die bloße Vorstellung, ihn zu beschreiten. Etwas in seiner Seele schrie bei dem Gedanken auf, auch nur noch einen einzigen Schritt zu tun.

Aber er tat ihn.

Die Felswand fiel jetzt weniger steil ab, so dass er leichter vorankam. Schließlich lief der Felsgrat in einer nur noch flach abfallenden Höhle aus. Er musste jetzt bald den eigentlichen Zugang des Hades erreichen. Das Tosen des reißenden Stromes war mitterweile verebbt und hatte einer fast unnatürlichen, ungemein drohenden Stille Platz gemacht. Jeder Schritt, mit dem sich Odysseus vorsichtig in die Höhle hineintastete, hallte hohl und überlaut von den Wänden wider.

Dann hörte er ein Geräusch und blieb abrupt stehen. Er verhielt mitten im Schritt, schloss die Augen, lauschte und wandte sich dann in die Richtung, aus der der Laut gekommen war. Sein Schwert glitt aus der ledernen Scheide, während er sich mit federnden, lautlosen Schritten weiterbewegte.

Seine Nerven waren zum Zerreißen gespannt. Er konnte sich nichts unter den Bewohnern des Hades vorstellen, und er hatte auch gar nicht versucht, es zu tun – Wesen, die tot waren und hier auf unbegreifliche Weise ein Schattendasein führten … Allein dieser Gedanke drohte seinen Verstand zu verwirren. Sein Wunsch, dieser düsteren Welt ihr Geheimnis zu entreißen, war vollkommen verschwunden, erschien ihm jetzt lächerlich, eine Lästerung der Götter, die nicht ungesühnt bleiben würde. Alles, was blieb, war Angst; Angst vor den Schatten und davor, dass es ihm nicht gelang, sie vom Opfertrunk zurückzuhalten, bevor er Teiresias gefunden hatte.

Das Geräusch verstärkte sich und ging in ein Schleifen und Schaben über, das sich beständig näherte. Odysseus presste angestrengt die Augen zusammen, aber obwohl sich sein Blick mittlerweile an das unheimliche Halblicht hier unten gewöhnt hatte, erkannte er nichts außer träge fließende, graue Schatten, einen diffusen Nebel, der den Gang entlang wallte, sich auf ihn zubewegte, wieder zurückfloss, nach rechts und links wogte ...

Wenn das die Schatten waren, die sichtbare Gegenwart der Seelen Verstorbener ... Odysseus schluckte und ließ das Schwert sinken, diese Waffe, mit der er nichts gegen die Toten ausrichten konnte. Sein Arm zitterte, und seine Kehle fühlte sich so ausgedörrt an, als hätte er seit Tagen nichts getrunken.

Etwas verdichtete sich in dem grauen Treiben, nahm Konturen an, die entfernt menschenähnlich wirkten, gleichzeitig aber auf entsetzliche Weise anders waren. Odysseus wich unwillkürlich einen Schritt zurück. Die Spannung, die er empfand, steigerte sich bis zur Intensität eines echten, körperlichen Schmerzes. Er fühlte sich wie gelähmt, unfähig zu entscheiden, ob er fliehen oder ausharren sollte. Er war nicht einmal mehr sicher, ob ihm diese Wahl überhaupt noch blieb, selbst wenn er die Kraft gehabt hätte, sie zu treffen.

Die schemenhafte Gestalt wirbelte im grauen Nebel, zerriss in Fetzen, verdichtete sich wieder, schien zurückzuweichen, sich im Grau aufzulösen, sich nicht entscheiden zu können ... doch das Schaben und Rascheln steigerte sich, kam näher. Ein Geräusch wie von Millionen kleiner haariger Spinnenbeine, die über Felsen krabbelten.

Dann war es heran. In das Trippeln Tausender kleiner Füße mischte sich nun ein dumpfes Rauschen. Gleichzeitig veränderte sich etwas im Gang vor ihm, ohne dass er die Veränderung in Worte fassen konnte. Da, wo eben noch feste Konturen das graue Wogen und Fließen begrenzt hatten, verschoben sich nun die Formen. Der Gang schien sich zu heben und zu senken, wie die Brust eines Schlafenden, wand sich, bebte, wurde auf schreckliche Weise lebendig. Der graue Nebel wurde zusammengepresst, dehnte sich wieder aus, pulsierend und fast im gleichen Takt mit Odysseus' eigenem, hämmerndem Herzschlag.

Das Geräusch änderte urplötzlich seine Tonlage. Von einer Sekunde auf die andere wurde es schrill und misstönend, hallte unangenehm laut in seinen Ohren wider.

Dann brach es schlagartig ab.

Gleichzeitig veränderte sich abermals etwas im Gang. Der Nebel kroch wie träge fließendes Wasser zurück und spie dabei ein unbeschreibliches ... Etwas aus, das immer noch versuchte, menschliche Gestalt anzunehmen. Zuerst war es noch immer nicht mehr als ein zerfließender Schatten, doch dann schälten sich immer deutlichere Umrisse heraus – menschliche Umrisse.

Obwohl das Licht zu schwach war, um alle Einzelheiten erkennen zu können, schrie Odysseus erschrocken auf. Die Erscheinung, die da vor ihm Gestalt annahm, kam ihm grausam bekannt vor.

Es war Elpenor, der Jüngste ihrer arg zusammengeschrumpften Schar, der volltrunken vom Dach der Circe gefallen war; gestorben erst vor ein paar Tagen und nun schon hier, vor ihm in das Reich der Toten gelangt, um für immer dort zu bleiben. Die flehend ausgestreckte Hand, das graue Gesicht mit den gebrochenen Augen, der wimmernde Laut, der Odysseus daran erinnerte, wie er zu dem sterbenden Gefährten geeilt war, ohne ihm noch helfen zu können ...

... es war grauenvoll, den gerade erst Gestorbenen hier zu finden. Ein Schattenwesen, mit einem Flehen in den toten Augen, das ihn traf wie ein Hieb. Er hat sich das Genick gebrochen, hämmerte es in Odysseus' Gedanken. Er ist tot. Tot. TOT!

Ohne zu verstehen, ohne wirklich begreifen zu können, was geschah, beobachtete Odysseus, wie Elpenor auf ihn zukam, mehr schwebte als ging, die Hände flehend ausgestreckt. Sein Gesicht war zu einer entsetzlichen Grimasse verzogen, eine zuckende, sich ununterbrochen verändernde Maske wie aus kochendem Wachs, in der seine schwindende Menschlichkeit mit etwas anderem, unsagbar Entsetzlichem kämpfte.

»Odysseus«, krächzte er.

Odysseus' Hände begannen zu zittern. Er stöhnte, taumelte einen Schritt zurück, blieb wieder stehen. Eine unsichtbare, eisige Hand griff nach seinem Herzen und begann es langsam, aber unbarmherzig zusammenzupressen. Die Stimme! Elpenors Stimme! Es war seine Stimme, vertraut und bekannt, und gleichzeitig etwas unbeschreiblich Grässliches, ein entsetzlich verzerrtes Quäken und Kreischen, das Wimmern einer gequälten Seele, deren Schmerz über den erlittenen Verlust zu groß war, als dass sie noch irgendetwas anderes als Hass auf alles Lebende empfinden konnte.

Odysseus hatte jetzt nicht einmal mehr wirkliche Angst. Seine Fähigkeit, Schrecken zu ertragen, war erschöpft. Er spürte, dass er im Begriff war, eine Dummheit zu begehen, dass er dem toten Gefährten etwas gewähren würde, wozu er kein Recht hatte. Er durfte es nicht, wollte er jemals wieder den Weg hier heraus und zu den anderen finden, aber er würde es tun. Diese entsetzliche STIMME!

»Odysseus!«, krächzte Elpenor erneut. »Gewähre einem Toten einen letzten Dienst. Lass mir den Saft des Lebens!«

Nein! dachte Odysseus verzweifelt. Er durfte es nicht, wollte er nicht auf ewig das Schattendasein Elpenors und der anderen teilen, schlimmer noch, wollte er nicht ein Lebender bleiben, für alle Zeiten im Reich der Toten eingeschlossen. Er durfte es nicht tun!

Aber er brachte keinen Ton über die Lippen. Fassungslos beobachtete er, wie Elpenor weiter auf ihn zukam, mit langsamen, kraftlosen und dennoch so vertrauten Bewegungen.

Er durfte es nicht zulassen! Er musste auf Teiresias warten, erst ihm durfte er im Tausch gegen sein Wissen das zugestehen, was er Elpenor abschlagen musste. Wenn er es nicht tat, wenn er dem Flehen dieser bedauernswerten Kreatur nachgab, dann war alles verloren, dann würde er seine Heimat nie wieder sehen, nie wieder die Sonne erblicken, nie mehr Penelope sehen.

Penelope. Seine geliebte Frau, die er in all den Jahren so schrecklich vermisst hatte und für immer verlieren würde.

Es war dieser Gedanke, der ihm Kraft gab. Elpenor taumelte auf ihn zu, hin und her schwankend wie ein Betrunkener, mit baumelnden Gliedern, als hätte er die Fähigkeit verloren, seine Bewegungen aufeinander abzustimmen. Sein Gesicht zuckte. Grässliche, blubbernde Laute drangen über seine Lippen, und für den Bruchteil eines Herzschlages glaubte Odysseus ihn so zu sehen, wie er wirklich war: Ein Hauch süßlichen Leichengestankes wehte ihm entgegen. Elpenors Antlitz verwandelte sich in das bleiche Gesicht eines Toten, die Augen kleine, zerknitterte weiße Kugeln, all ihrer Flüssigkeit beraubt, die Lippen verfault, dünne stinkende Striche, hinter denen ein aufgequollenes feuchtes Etwas zuckte, das einmal seine Zunge gewesen sein mochte. Seine Hände hoben sich, griffen mit zuckenden, gierigen Bewegungen nach dem Leben, das er so nahe vor sich spürte. Auf seinem rechten Handrücken war eine münzgroße, bis auf den Knochen reichende Wunde. Weißliche Maden bewegten sich darin.

Nein. »Nein!«, brüllte Odysseus, als Elpenor schon fast auf Reichweite herangekommen war.

Der Schatten taumelte zurück wie unter einem Hieb. Seine zerfransten Lippen öffneten sich zu einem lautlosen Schrei, seine Hände fuhren entsetzt nach oben und aus seinen Augen wich der letzte Rest von Lebendigkeit. Sein Gesicht war zu einer Grimasse des Grauens verzogen. Irgendetwas geschah mit ihm, irgendetwas Furchtbares veränderte ihn. Die unbeschreibliche Gier, die Odysseus noch vor Augenblicken in ihm gespürt hatte, machte einem ebenso tiefen Entsetzen Platz.

Eine Woge grausamer Kälte griff nach Odysseus, legte sich wie ein klammer prickelnder Mantel um seine Glieder und nahm ihm den Atem. Er war kaum in der Lage, Elpenors Veränderung weiter mit zu verfolgen. Selbst seine Augen begannen vor Kälte zu schmerzen. Aber das wenige, was er sah, reichte durchaus, um ihn wünschen zu lassen, nichts mehr zu sehen.

Odysseus' Mund öffnete sich zu einem stummen Schrei. Er begriff nicht, was er da sah, und noch viel weniger ertrug er es. Für den Bruchteil einer Sekunde nur sah er eine Andeutung einer anderen, zweiten Gestalt, die irgendwie in der Elpenors zu existieren schien, ein schreckliches, widerwärtiges Ding, keine Gestalt an sich, sondern ein zerfließendes Etwas, das, aus tausend winzigen Teilchen zusammengesetzt, ein die menschliche Vorstellungskraft sprengendes Gesamtbild ergab; etwas, was das Geheimnis von Leben und Tod umspannte – und noch eine ganze Menge mehr –, die Wirklichkeit in einem Strudel aus Wahnsinn mit sich fortriss, alles verschlang, am Ende der Zeit alles verschlingen würde, für immer und alle Zeiten, alles … und alles war eins und gehörte doch nicht zusammen.

In einem Moment sonderbarer Klarheit begriff Odysseus, dass er dabei war, den Verstand zu verlieren. Sein Geist war mit Dingen konfrontiert, die zu einer anderen, entsetzlich fremden Welt gehörten, wurde mit einem Wissen überschwemmt, mit dem selbst die Götter nicht fertig werden konnten, und drohte daran zu zerbrechen.

»Penelope!«, wimmerte er. »Hilf mir …«

Und der Gedanke an seine geliebte Frau half zum zweiten Mal. Er sah Penelope, so wie sie vor Jahren gewesen war, am Tage seiner Abfahrt, jung, unbeschreiblich schön, das Gesicht voller Trauer, aber auch stolz, sah sie dastehen in der gleichen Haltung, in der sie am Hafen gestanden hatte, als die Schiffe ablegten, und die Hand heben, um ihm zuzuwinken. Aber diesmal bedeutete ihre Bewegung Schutz und Sicherheit, ihre Liebe nicht Schmerz, sondern einen Schild, der ihn vor den entsetzlichen Kreaturen der Totenwelt bewahrte.

Und dann war Elpenor verschwunden.

Odysseus blieb vor Schrecken wie gelähmt stehen, unfähig, zu denken oder zu handeln. Für einen Moment schien der Schleier zwischen Realität und Verständnis zerrissen und plötzlich wusste er: Alle Geheimnisse der Schöpfung lagen vor ihm, klar und so deutlich, als hätte er sie schon immer gekannt. Doch dann war es schon vorbei und alles, was blieb, war die düstere Ahnung, das er an Dinge gerührt hatte, die nicht umsonst den Lebenden verschlossen waren. Das Geheimnis von Leben und Tod wog zu schwer, um es auf die Schultern eines sterblichen Menschen zu laden.

Nach Elpenors Verschwinden begann der Gang wieder zu pulsieren. Und die Schrecken hatten keineswegs ein Ende. Es schien, als atmete die Felswand selbst schattenhafte Gestalten aus, gesichtlose Schemen, die sich durch huschende Bewegungen jeder Betrachtung entzogen. Odysseus war durch das Erlebnis mit Elpenor vollkommen erschüttert, und doch spürte er stumpfes Entsetzen bei dem Anblick der tanzenden Schatten.

Sie kamen.

Zuerst waren es nicht mehr als zerfließende Schemen, kaum wirklicher als die Erscheinung Elpenors zuerst, die von beiden Seiten auf ihn zuhielten, doch dann schälten sich immer mehr menschliche Umrisse heraus. Er erkannte Gestalten. Gesichter. Augen, in denen das Grauen wohnte.

Es waren ausschließlich Fremde jetzt, niemand mehr, den er kannte. Die entstellten Gesichter, die flehenden Blicke, all das wirkte wie ein bizarrer Albtraum, und doch spürte er mit jeder Faser seines Körpers, dass es grauenvolle Wirklichkeit war oder etwas dazwischen, vielleicht gab es nicht nur die Wirklichkeit und das Unwirkliche, sondern zahllose andere Formen des Seins, und vielleicht ...

Wieder begann sich sein Geist zu verwirren. Er durfte solche Gedanken nicht denken, denn sie führten geradewegs in den Wahnsinn. Ließ er zu, dass sie die verschlungenen Wege gingen, auf die sie die Schatten locken wollten, würde er als stammelnder Idiot zu Eurylochos und den anderen zurückkehren, wenn überhaupt.

»Zurück mit euch!«, schrie er und packte sein Schwert fester, als wollte er damit auf sie einschlagen. Die Schatten wichen angstvoll zurück, wohl mehr aus Furcht vor seinen Worten als vor der Waffe in seinen Händen, denn die konnte ihnen kaum schaden. Odysseus begriff, wie lächerlich eine Waffe gegen Lebende im Reich der Toten sein musste.

Odysseus zitterte vor Furcht, und trotzdem gewann langsam wieder eine kalte Entschlossenheit in ihm die Oberhand. Er war zu weit gegangen, um jetzt noch aufzugeben. All das, was er in dem kurzen Augenblick von Elpenors Auflösung empfunden hatte, drängte er weit zurück und dachte nur noch an die Aufgabe, die er zu erfüllen hatte. Er redete sich ein, dass all das Schreckliche hier nur eine weitere Prüfung war, eine letzte Warnung an alle Lebenden, die so vermessen waren, in dieses Reich der Gestorbenen eindringen zu wollen. Er hatte keine Ahnung, ob es wirklich so war – aber es half.

»Ich suche Teiresias«, sagte er mit fester Stimme. »Ihm bringe ich den Lebenssaft dar. Ihr anderen kommt danach an die Reihe ...« Er stockte bei den grauenvollen Worten und bei dem Gedanken an das Blutopfer, dessen Sinn ihm vollkommen unklar war. Einer der Schatten löste sich aus der brodelnden Masse der Fratzen und wabernder Glieder und schwebte heran. Sein Gesicht war genauso grau und konturlos wie das der anderen, aber Odysseus glaubte in ihm immer noch den Rest eines tieferen Verständnisses zu lesen. Was er für Bosheit und Hass hielt, war etwas anderes. Aber vielleicht war es schlimmer ...

»Du hast mich gesucht, edler Sohn des Laertes«, sagte der Schatten mit schriller, unangenehmer Stimme, der Stimme eines Toten, dessen Kehle und Stimmbänder vor Wochen begonnen hatten, zu verwesen. »Du hast den weiten Weg in das Reich des Todes vor deiner Zeit gewählt, nur um meinen Rat zu hören. So sei es denn – so du mir als ersten den Zugang zum Opfer gewährst.«

»Er sei dir gewährt«, sagte Odysseus.

»Gut.« Teiresias' graues Gesicht blieb vollkommen ausdruckslos, aber auf dem Grund seiner toten Augen glaubte Odysseus ein gieriges Funkeln zu sehen. »Dann will ich dich, der du immer noch an der Existenz der Götter zweifelst, vor ebendiesen Göttern warnen. Sie haben deinen Untergang beschlossen, wenn du ihnen nicht endlich die Ehrfurcht entgegenbringst, die ihnen gebührt. Einen kostenlosen Rat will ich dir vorweg geben: Deine Klugheit ist auch deine Verdammnis. Wer wie du den Verstand über das Gefühl stellt, der lästert die Götter, denn es ist die Seele, die sie den Menschen schenkten, nicht das Gehirn. Benutze deinen Verstand, um deinem Gefühl zu folgen – und nicht umgekehrt.«

Er hielt inne und fuhr nach einer kurzen Pause fort: »Doch nun zu deinem eigentlichen Anliegen. Ihr habt noch eine Reise mit vielfältigen Gefahren vor euch, doch die größte ist eine, die nicht auf den ersten Blick erkennbar ist: Nur wenn ihr auf der Insel Thrinakia die heiligen Rinder und Schafe des allessehenden Sonnengottes unberührt lasst, wird euch die Heimfahrt gelingen. Rührt ihr sie aber an, dann weissage ich deinem Schiff und all deinen Gefährten das Verderben. Wenn du selbst auch entkommst, so wirst du doch alles andere verlieren und in deinem Haus großes Elend vorfinden.«

Odysseus schwieg betroffen, wartete auf eine Hilfe, eine Erklärung, die mehr als eine bedrohliche Warnung war, aber dann begriff er, dass Teiresias alles gesagt hatte, was es zu sagen gab. Er spürte, wie sich ein unangenehmes Gefühl in seinem Magen breit machte. Thrinakia – die Insel des Sonnengottes ... Dann gab es sie also wirklich, dann war sie genauso wirklich wie der Hades und der tote Seher, der vor ihm stand und ihm an diesem gespenstischen Ort weissagte, als stünden sie auf dem Marktplatz von Theben.

Einen Moment lang schwindelte Odysseus, und er musste sich mit aller Macht klarmachen, wo er war. Das Gespräch mit Teiresias hatte seine Erwartungen bei weitem nicht befriedigt, aber alles, was er im Moment denken konnte, war, so schnell wie möglich von hier zu verschwinden. Angst überflutete den winzigen Rest klaren Denkens, zu dem er bis jetzt noch fähig gewesen war.

»Hast du ... mir sonst nichts zu sagen?«, fragte er stockend. Kalter Schweiß perlte auf seiner Stirn.

Teiresias schüttelte seinen Totenschädel. Er streckte einen dürren rauchigen Finger aus und deutete nach oben. »Und jetzt halte du dein Versprechen, edler Sohn des Laertes«, sagte er mit schriller Stimme, »und lass mir das Opfer.«

Odysseus nickte benommen. Er war enttäuscht, ohne selbst genau zu wissen, warum. Hatte er ja nicht einmal genau gewusst, was er hier zu finden hoffte! Er nahm kaum wahr, wie der Seher aus seinem Blickfeld entschwand, sich aufmachte, das Opfer anzunehmen, das ihm dargebracht worden war.

Nach einem letzten Blick auf die lautlos tobenden Schatten wandte er sich um und machte sich an den Aufstieg, mit aller Macht darum bemüht, nicht an das zu denken, was er hinter sich ließ.

Die Abfahrt von der Toteninsel glich einer panischen Flucht. Obwohl Odysseus nur in kurzen Worten seine Erlebnisse im Hades geschildert hatte, wirkten seine Gefährten nicht weniger entsetzt als er selbst. Das, was sie am Opferplatz erlebt hatten, als zuerst Teiresias und dann die anderen Schatten über den Saft des Lebens hergefallen waren, hatte offensichtlich gereicht, um auch den Besonnensten unter ihnen aus der Fassung zu bringen. Odysseus war sehr froh, nicht selbst Zeuge des entsetzlichen Schauspieles geworden zu sein. Was er erlebt hatte, war genug, seinen Bedarf an Schrecken für den Rest seines Lebens zu decken. Er wollte auch plötzlich gar nicht mehr wissen, warum die toten Bewohner des Hades so gierig nach frischem Blut waren. Vielleicht gab es Dinge, die man besser nicht begriff.

Erst als die Insel hinter ihnen am Horizont versank, begann sich Odysseus bei einem Glas Wein und einem Gespräch mit Eurylochos langsam zu entspannen.

»Dieser Teiresias scheint ja ein nicht gerade ergiebiger Bursche zu sein ... oder gewesen zu sein«, sagte Eurylochos nachdenklich und drehte den Becher in der Hand, der mit einem der besten Weine Circes gefüllt war. »Wenn man bedenkt, dass du extra in den Hades hinabsteigen musstest, nur um mit ein paar platten Lebensweisheiten und einer düsteren Warnung abgespeist zu werden ...«

Odysseus schwieg. Eurylochos' Worte ließen das Gefühl der Hilflosigkeit in ihm stärker werden. Natürlich hatte auch er etwas mehr erwartet – aber vielleicht war gerade das ein Fehler. Prophezeiungen strotzten nie vor Deutlichkeit und doch steckte meist weitaus mehr in ihnen, als man auf den ersten Blick meinte. Und es hatte sich gelohnt. Aber wie konnte er Eurylochos erklären, was nicht mit Worten zu erklären war? Er hatte die Toten geschaut, ihr Reich, ihr Los, ihre Existenz. Sein Erlebnis hätte ihn den Tod fürchten lassen müssen, aber das Gegenteil war der Fall. Nicht Teiresias' Worte – das Wissen waren der Preis, den er errungen hatte.

Aber das konnte er niemandem erklären.

»Die Insel des Sonnengottes«, brummte Eurylochos. Er schüttelte den Kopf. »Ich weiß nicht. Schön und gut, es gibt ein Totenreich, daran wird jetzt keiner mehr zweifeln. Deshalb kann ich mir immer noch nicht vorstellen, dass ein Sonnengott nichts Besseres zu tun hat, als auf einer Insel Schafe und Rinder zu züchten.« Er versuchte zu lächeln, aber es gelang nicht ganz. Odysseus spürte die Furcht, die sich hinter seiner augenscheinlichen Gelassenheit verbarg.

»Du kennst doch die alten Geschichten so gut wie ich«, beharrte Odysseus. »Genauso, wie sie vom Hades berichten, ist in ihnen auch von Thrinakia, der Insel des Sonnengottes, die Rede. Und wer sagt dir, dass der Sonnengott Schafe und Rinder züchtet? Es heißt doch, dass sie ihm gehören. Von Züchten ist nirgends die Rede.«

»Na schön.« Eurylochos leerte seinen Becher in einem Zug und stellte ihn auf den schmalen Tisch, der wie das ganze Schiff im Rhythmus der Wellen schwankte. »Also halten wir fest: Der Sonnengott züchtet keine Rinder, aber er nennt einige sein Eigen. Und wenn sich jemand an ihnen vergreift, wird seine Strafe schrecklich sein.« Er verdrehte die Augen. »Und aus irgendeinem Grund scheint Teiresias der Ansicht zu sein, dass wir ebendieses vorhaben. In diesem Fall kommst du noch am besten weg, nämlich mit dem Leben, wirst aber in Ithaka chaotische Zustände vorfinden, während wir anderen alle ins Gras beißen. Habe ich dich so weit richtig verstanden?«

»Vollständig«, nickte Odysseus. Eurylochos bewusst spöttisch gewählte Worte ärgerten ihn. Und sie machten ihm Angst; mehr als er zugeben wollte. »Doch nun, da wir die Gefahr kennen, werden wir ihr auch aus dem Wege gehen können. Das hoffe ich zumindest.«

»Aha«, brummte Eurylochos. »Und jetzt musst du mir nur noch erklären, wie wir die Insel des Sonnengottes erkennen. Ich meine, nur für den Fall, dass wir irgendwo landen, wo es Rinder und Schafe gibt. So etwas soll ja vorkommen.«

Odysseus seufzte. Eurylochos hatte genau den Schwachpunkt getroffen, nämlich die Frage, wie sie Thrinakia von anderen Eilanden unterscheiden sollten. »Es gibt darauf nur eine Antwort«, sagte er schließlich. »Egal wo wir landen, sollten wir uns vor dem Verzehr von Rind- und Schaffleisch hüten.«

Eurylochos starrte ihn aus weit aufgerissenen Augen an. »Das kann doch nicht dein Ernst sein.«

»Sogar mein bitterer Ernst.« Odysseus nickte grimmig und starrte hinaus auf das Meer, das mit den Schatten der Abenddämmerung zu verschmelzen schien. »Und da ist noch etwas, was ich dir in diesem Zusammenhang sagen muss – und was dir bestimmt nicht gefällt.« Er strich sich durch die Haare und wurde sich bewusst, wie müde und erschöpft er war. Das Erlebnis im Hades hatte ihn mehr mitgenommen, als er zuerst geglaubt hatte. Es war an der Zeit, dass er etwas von der Verantwortung abgab, die ihn vor allem in den letzten Wochen wie eine zentnerschwere Last niedergedrückt hatte. »Ich möchte, dass du genauso ernsthaft wie ich selbst darauf achtest, dass sich kein Einzelner von uns irgendwann und irgendwo an Rindern oder Schafen vergreift«, fuhr er schließlich fort.

Eurylochos nickte. »Wenn du es wünschst, werde ich darauf achten. Aber wenn du diese Prophezeiung so wichtig nimmst, warum warnst du die Männer nicht selbst?«

»Ich habe es ihnen ja bereits gesagt, genauso wie dir, und sie schienen nicht mehr beeindruckt zu sein als du selbst. Nein.« Odysseus schüttelte den Kopf. »Ich kann dir genau sagen, warum ich dich zu absoluter Aufmerksamkeit verpflichten möchte: Weil ich fürchte, dass wir in den nächsten Tagen und Wochen Dinge erleben werden, die uns die Prophezeiung Teiresias' vergessen lassen. Um so größer wird für Einzelne die Versuchung sein, sich daran nicht zu halten, wenn sie mit knurrendem Magen einem Rind oder Schaf gegenüberstehen.«

Odysseus blickte erneut aufs Meer hinaus. Die Dunkelheit breitete endgültig ihre Schwingen über ihnen aus und hüllte alles in eintöniges Grauschwarz. »Du hast Angst, dass sie dir nicht mehr gehorchen«, murmelte Eurylochos. »Ist es das?«

Odysseus antwortete nicht gleich. Natürlich hatte Eurylochos recht – aber es war so schwer, so unendlich schwer, es auszusprechen. Er zuckte mit den Achseln. »In dieser Frage traue ich niemandem, nicht einmal mir selbst. Weißt du, was Hunger ist, Eurylochos? Weißt du, was es heißt, seit Tagen nichts gegessen zu haben, einen dumpfen Schmerz in den Eingeweiden zu spüren und keine Aussicht zu haben, in absehbarer Zeit wieder etwas zwischen die Zähne zu kriegen?«

»Bei allen Göttern, natürlich weiß ich das, so wie jeder von uns«, fuhr Eurylochos auf. »Schließlich waren wir vor nicht allzu langer Zeit gemeinsam in dieser Situation. Aber –«

»Eben deshalb solltest du auch meine Sorge verstehen.« Odysseus stellte seinen Becher ab und zog mit einer müden Geste den Umhang enger, der ihn vor der schnell kühler werdenden, feuchten Meeresluft schützen sollte. »Und ich fürchte, das wirst du auch irgendwann, vielleicht deutlicher, als dir jetzt lieb ist. Hoffentlich ist es dann nicht zu spät.«

»Du weichst mir aus, Odysseus«, beharrte Eurylochos.

»Ja«, sagte Odysseus gereizt. »Das tue ich.« Mit diesen Worten erhob er sich und begab sich zu seiner Schlafstätte am Heck des Schiffes. Es wurde Zeit, der Erschöpfung nachzugeben, die seinen überforderten Geist in den Klauen hielt.

Aber kurz bevor er einschlief, hob er noch einmal den Blick und sah zum Bug, wo nun statt seiner Eurylochos stand. Er war ihm ausgewichen. Er hatte einfach die Augen und Ohren vor der Wahrheit verschlossen, weil sie zu schlimm war, als dass er sie jetzt hätte ertragen können.

Aber er wusste, dass es ihm kein zweites Mal gelingen würde. Die Auseinandersetzung mit Eurylochos war nur hinausgeschoben. Sie würde kommen.

Die Sonneninsel

Die Insel, die vor ihnen lag, machte einen alles andere als einladenden Eindruck. Karge Hügel wechselten sich mit Tälern ab, in denen brütende Hitze zu stehen schien, und die wenigen spärlichen Bäume schienen kaum geeignet, Schatten zu spenden; es waren dürre, schwarze Gebilde, wie vielfingrige Hände aus schwarzem hartem Eisen, die Schatten, die sie warfen, waren wie Narben auf dem hartgebranntem Grund.

Wenn es überhaupt eine Insel des Sonnengottes gab, dann war es diese. Die Sonne, die unbarmherzig auf ihre Gesichter brannte und von der blauen See wie von einem gewaltigen Spiegel reflektiert wurde, schien sich auf die Insel vor ihnen mit noch viel grausamerer Kraft zu konzentrieren. Thrinakia, so hatte ihn Teiresias gewarnt, würde zum Grab seiner Gefährten werden und ihn selbst vernichtend schlagen, wenn sie nicht die Rinder und Schafe des Sonnengottes unangetastet ließen. Thrinakia und Teiresias, zwei Namen, die sich so ähnlich klangen, dass es schon fast kein Zufall mehr sein konnte. Ein neues Geheimnis, das es zu lösen galt, oder eine Laune der Götter, um ihn und andere zu verwirren?

Er wusste es nicht. Das wenige, das er überhaupt von Thrinakia wusste, war das, was von den Geschichtenerzählern am Hofe Ithakas wie auch vor den Toren Trojas zum Zeitvertreib erzählt worden war; Mythen, Legenden, Märchen. Demnach sollte sie denjenigen wie ein Trugbild am Horizont auftauchen, die bar jeder Hoffnung waren, verzweifelt genug, sich der ungestümen Macht des Sonnengottes auszuliefern.

»Du siehst aus, als würdest du großen Gedanken nachhängen«, riss ihn Eurylochos' Stimme aus seinen Grübeleien. Odysseus fuhr zusammen, er hatte nicht bemerkt, dass sich der Hauptmann zu ihm gesellt hatte. Bildete er es sich nur ein oder hatte Eurylochos wirklich angefangen, sich eher an ihn anzuschleichen, als normal zu gehen? Er verscheuchte den Gedanken.

»Ob es große Gedanken sind, weiß ich nicht«, brummte Odysseus unfreundlich. »Wenn du nicht blind bist, wirst du von selbst darauf kommen, was mir durch den Kopf geht.« Er deutete mit der Hand auf die Bucht, auf die sie zusteuerten. »Dort vorne liegt Thrinakia, Eurylochos. Du weißt, was das bedeutet ...«

Eurylochos nickte. Sein Gesicht war wie Stein. Wenn er überhaupt etwas beim Anblick der Insel empfand, so verbarg er es meisterhaft. »Thrinakia. Du meinst die Insel des Sonnengottes, vor der du dich seit deinem Abstieg in den Hades fürchtest.« Eurylochos lächelte leicht. »Ich glaube, du machst dir zu viel Sorgen, mein König. Unser Schiff mag nicht mehr vollkommen seetüchtig sein, aber die Laderäume sind noch voller Lebensmittel, und mehr als ein paar Tage werden wir uns sowieso nicht auf Thrinakia aufhalten. Ich sehe keinen Grund, warum wir auf deine Schafe und Rinder zurückgreifen sollten.«

»Es sind nicht meine Rinder und Schafe«, sagte Odysseus ärgerlich. »Ich glaube, du wirst auf deine alten Tage noch leichtfertig, Hauptmann. Glaubst du vielleicht, Circe ließ mich nur aus einer Laune heraus in das Totenreich hinabsteigen?« Sein Ton war schärfer, als er beabsichtigt hatte, und Eurylochos zuckte zusammen.

Einen Moment starrte er betroffen auf die Bucht, die jetzt nahezu ihr ganzes Blickfeld ausfüllte. Dann straffte er sich. Etwas in seinem Blick änderte sich. »Auf ein Wort, mein König«, begann er steif.

Odysseus sah ihn an und wartete, dass er fortfuhr. Als er keine Anstalten machte, weiterzusprechen, machte er eine ungeduldige Geste. »Ein Wort sei dir gestattet, mein Hauptmann.«

Wenn Eurylochos den Spott in seiner Stimme bemerkte, dann ließ er es sich jedenfalls nicht anmerken.

»Ich weiß nicht recht, wie ich beginnen soll«, sagte er leise.

Odysseus runzelte die Stirn. »Das sehe ich«, sagte er knapp. »Wie ich dich kenne, muss es etwas Unangenehmes sein, denn du bist ja sonst nicht gerade auf den Mund gefallen. Also – was gibt es?«

Eurylochos lächelte gequält. »Dieses Gespräch hätte schon vor Tagen stattfinden sollen, mein König. Ich muss dich noch einmal an den wachsenden Unmut erinnern...«

Unmut. Das war eine lächerliche Umschreibung dafür, dass sie ganz ernsthaft mit einer Meuterei rechneten, beide. Er hatte es schon in den letzten Wochen gespürt, die immer stärker werdende Ungeduld seiner Männer, die ihn persönlich für das Missgeschick ihrer hinausgezögerten Heimreise verantwortlich zu machen begannen.

»Wie ernst ist es?«

»Wie ernst?« Eurylochos keuchte. »Bei allen Göttern, warum stellst du gerade mir diese Frage?«

»Soll das heißen...?« Odysseus verschluckte den Rest seiner Frage und sah auf die trügerisch glatte Meeresoberfläche hinaus. »Also du auch«, murmelte er. »Es sind gar nicht mehr nur die anderen, von denen du sprichst. Auch du fängst an, die Geduld mit mir zu verlieren.« Er lachte leise und bitter. Eurylochos also auch. Bei Zeus, warum auch noch er? Warum dieser Mensch, von dem er geglaubt hatte, er wäre sein Freund?

Weil du ihrer aller Freundschaft über die Maßen strapaziert hast, du Narr, flüsterte eine Stimme in seinen Gedanken. Freundschaft ist ein kostbares Gut und sie ist zerbrechlich wie Glas. Du hast immer nur genommen.

»Meinst du, ich habe mir unsere Heimfahrt nicht anders vorgestellt?«, murmelte er, plötzlich in die Verteidigung gedrängt. Am liebsten hätte er geschrien. »Glaubst du vielleicht, ich führe euch zu meinem Vergnügen auf diesem Irrweg nach Ithaka?«

»Es geht nicht darum, was ich glaube«, antwortete Eurylochos leise. »Es geht in erster Linie darum, was du glaubst. Du bist unser Führer und König und wohin auch immer dich dein Weg führt – es wird auch meiner sein. Aber nicht so.«

»Nicht so?«, fragte Odysseus scharf. Seine Niedergeschlagenheit schlug in Zorn um. »Was meinst du damit?«

Eurylochos zögerte, bevor er zur Antwort ansetzte. »Nicht so, nachdem du dich so verändert hast.« Er schluckte hart, seine Fäuste schlossen sich um das Geländer, als wollte er es zerdrücken. »Du bist nicht mehr derselbe Mann, der uns nach Troja führte. Ich weiß nicht, woran es liegt, aber irgendetwas hat dich ...« Er zögerte, das Wort auszusprechen. »... zerbrochen.«

»Zerbrochen?« Odysseus starrte ihn entgeistert an. Er hatte mit allem gerechnet, aber nicht damit. »Du täuschst dich, Eurylochos«, sagte er verwirrt. »Ich bin nicht zerbrochen – bis jetzt zumindest gab es noch nichts und niemanden, das mich hat zerbrechen können. Mag sein, dass ich mich verändert habe. Auch du bist nicht mehr derselbe, Eurylochos, nach all den Jahren. Wir beide werden alt und unsere Kraft lässt nach, doch bevor uns die große Müdigkeit niedermacht, wird es unsere Erfahrung sein, die uns bestehen lässt.«

Warum klangen seine Worte so leer? Und warum lächelte Eurylochos nur, statt zu antworten?

Eine Zeitlang war nichts als das Plätschern der Wellen zu hören, die träge gegen den Schiffsrumpf schlugen. Das Schiff drehte sich leicht in den Wind hinein und verlor weiterhin an Fahrt.

»Du bist nicht mehr derselbe«, wiederholte Eurylochos nach einer Weile, als hätte er so lange gebraucht, über seine Antwort nachzudenken. »Nicht der, der uns nach Troja führte. Ich glaube einfach nicht mehr daran, dass du uns in die Heimat zurückbringst.«

Odysseus war viel zu bestürzt, um sofort etwas zu entgegnen. Seine Hände öffneten und schlossen sich krampfhaft, während er versuchte, Ordnung in seine Gedanken zu bringen. Wenn ihm Eurylochos förmlich die Freundschaft aufgekündigt hätte, hätte er ihn nicht mehr treffen können. Aber er hat es ja getan, wisperte die Stimme hinter seiner Stirn.

»Du weißt nicht, was du da sagst«, behauptete er schließlich. »Es ist deine eigene Hoffnungslosigkeit, die aus dir spricht.«

»Nein, mein König«, antwortete Eurylochos ruhig. »Es ist deine Mutlosigkeit, die uns ansteckt. Du selbst glaubst nicht mehr an unsere Heimkehr. Aber du bist es uns schuldig.«

Das Schiff kam zum Stillstand. Irgendjemand rief Befehle und nur flüchtig dachte Odysseus daran, dass es eigentlich Eurylochos' Aufgabe gewesen wäre, das Einfahren des Schiffes zu kommandieren – jetzt, wo kein gelernter Seemann mehr unter ihnen war. Das Rasseln der Ankerkette drang wie durch einen dichten Nebel in sein Bewusstsein. Trotz des warmen Windes, der von Thrinakia zu ihnen herüberwehte, überlief ihn ein kaltes Frösteln.

Er wandte sich vollends zu Eurylochos und sah ihm fest in die Augen. »Eines verspreche ich dir, Hauptmann«, sagte er. »Solange ich und noch ein einziger meiner Gefährten lebt, werde ich für unsere Rückkehr kämpfen – und alles vermeiden, was sie gefährden kann. Und wenn sich ein Einziger von euch an den Rindern und Schafen dieser Insel vergreift, werde ich ihn töten!«

Irgendetwas in Eurylochos' Blick erlosch. Er sagte kein Wort mehr.

Das Schiff lag im aufgewühlten Wasser der Bucht vor Anker. Es war kaum mehr als ein Wrack, das sich bislang geweigert hatte, unterzugehen, und Odysseus dachte mit Sorge daran, dass es nicht so aussah, als ob sie so bald von hier wegkämen; wenn sich das Wetter nicht beruhigte, konnte es sein, dass sie hier Tage und Wochen festlagen, denn das Schiff – und seine Besatzung erst recht, war nicht mehr in dem Zustand, einem Sturm trotzen zu können. Die Männer, die unter Eurylochos' Kommando an der Wiederherstellung des Schiffes arbeiteten, kamen kaum voran. Ihre Bewegungen waren mutlos und schwach.

Eurylochos hat Recht, dachte Odysseus matt. Noch gehorchten ihm diese Krieger und wahrscheinlich würden sie es auch noch lange tun, aber sie taten es nicht mehr aus Vertrauen oder gar Freundschaft. Es war jetzt die Angst, die sie seine Befehle befolgen ließ.

Es sind Heere wie diese gewesen, dachte er bedrückt, die wir geschlagen haben. Das Geheimnis ihrer Unbesiegbarkeit war gewesen, dass die Männer um ihn gerne taten, was er von ihnen verlangte. Sie hatten ihre stärkste Waffe verloren.

Odysseus' Blick wanderte um sich. Es war heiß, eine brütende Hitze, die dem tobenden Unwetter über der See zum Trotz über der Insel lag und alles ausdörrte. Wenn noch einer von ihnen Zweifel daran hegte, auf wessen Insel sie sich befanden, dann musste er angesichts dieses unnatürlichen Wetters wohl umdenken. Odysseus war völlig sicher, dass sie länger auf Thrinakia verweilen mussten, als ihre Vorräte reichten. Die Rinder und Schafe, die vor ihrer aller Augen das karge Gras abfraßen, würden zu einer großen Versuchung für hungrige Mägen werden.

Doch noch war es nicht so weit. Noch waren sie gut versorgt und es bestand kein Grund zur Panik. Odysseus hatte jeden der Männer einzeln schwören lassen, dass er sich nicht an den Tieren des Sonnengottes vergriff. Und er hatte nicht vor, tatenlos zuzusehen, wie ihre Vorräte sich langsam, aber sicher dem Ende näherten und die Unmut der Männer in offene Meuterei umschlug.

Er umklammerte den Bogen fester und suchte am Horizont nach einem festen Punkt, den er sich zum Ziel nehmen konnte. Eine schwach bewaldete Hügelkette lenkte seine Aufmerksamkeit auf sich; verglichen mit der übrigen kargen Landschaft kam sie ihm geradezu üppig vor. Wenn er irgendwo jagdbares Wild fand, dann sicherlich dort.

Es hatte Zeiten gegeben, da wurde er als der beste Jäger Griechenlands gerühmt. Sein Pfeil, so hieß es, fand mit untrüglicher Sicherheit sein Ziel, bevor andere das Wild überhaupt erspäht hatten. Wenn er auch etwas außer Übung war, so hatte er doch gute Hoffnung, etwas anderes als Rinder und Schafe auf der Insel des Sonnengottes zu erjagen.

Hoffnung? dachte er. Nein – keine Hoffnung. Wenn sie überleben wollten, musste er einfach erfolgreich sein. Und je früher er aufbrach, um so besser. Ohne weiter zu zögern, machte er sich auf den Weg.

Die Hügel waren weiter entfernt, als er auf den ersten Blick geglaubt hatte. Stunde um Stunde lief er über hartes, gelblichgrünes Gras. Spärliche Büsche säumten seinen Weg und nur ab und zu unterbrach ein Baum die Eintönigkeit der Landschaft.

Langsam begann sich Ungeduld in seine Zuversicht zu mischen. Obwohl die Landschaft anfing, wellig zu werden, schienen die Hügel immer noch so weit entfernt wie vor Stunden. Er begann sich zu fragen, ob nicht Zauberei im Spiel war. Thrinakia, unter einer Glocke unbarmherziger Hitze gefangen, war schließlich nicht irgendeine Insel. Möglicherweise galten die gewohnten Maßstäbe und Gesetze hier nicht.

Dann fiel ihm eine Spur in dem grob wuchernden Gras auf; die Abdrücke schmaler Hufe, wie sie nur von einem größeren Wild stammen konnten. Odysseus blieb stehen, ließ sich auf die Knie hinab und untersuchte die Spur. Sie war ein, höchstens zwei Stunden alt, und wenn ihn nicht alles täuschte, stammte sie von einem Rehbock.

Sein einmal geweckter Jagdinstinkt ließ ihn alles andere vergessen. Er spürte eine Erregung in sich, die über das hinausging, was er normalerweise bei der Jagd empfand. Wenn es ihm am ersten Tag bereits gelang, einen kapitalen Rehbock zu schießen, hatten er und seine Gefährten gute Chancen, die Insel lebend und unbeschadet wieder zu verlassen.

Aber noch hatte er ihn nicht. Die Jagd war eine harte Arbeit, zumal in einer solchen Landschaft, die kaum Deckungsmöglichkeiten bot. Er richtete sich wieder auf, zögerte kurz, um die Windrichtung zu prüfen, und setzte sich dann in Bewegung. Es bedurfte keines bewussten Gedankens, um ihn schneller gehen zu lassen. Alle Zweifel waren erloschen, er war jetzt nur noch ganz Jäger auf der Spur einer Beute.

Die Spur führte ihn aus der Steppe hinaus in ein sandiges, karstiges Gebiet, das er – sonderbar genug – von der Küste aus gar nicht bemerkt hatte, obwohl es den Hügeln vorgelagert war. Seine Beine begannen müde zu werden und seine Augen zu tränen. Er verlor jedes Zeitgefühl, wurde ganz eins mit seiner Aufgabe des Fährtenlesens, nahm jede noch so kleine Unregelmäßigkeit in der Spur wahr, jedes Zögern, jedes zaghafte Grasen, jedes Weiterhasten.

Ab und zu hielt er, um einen Schluck Wasser aus dem Schlauch zu trinken, den er vorsorglich mitgenommen hatte. Das Klima auf Thrinakia war mörderisch, und Odysseus hatte das Gefühl, als koste ihn hier jeder Schritt zehnmal mehr Kraft als gewohnt. Trotzdem eilte er weiter, angetrieben von dem brennenden Wunsch, mit einer erfolgreichen Jagd seinem Schicksal zu trotzen. Du bist es uns schuldig, hatte Eurylochos gesagt. Und verdammt noch mal, das war er!

Erst als er erneut trinken wollte und plötzlich den leeren Schlauch in den Händen hielt, begriff er, dass er mit seinem knappen Wasservorrat viel zu großzügig umgegangen war. Aus konzentriert zusammengekniffenen Augen musterte er die Einöde, in die ihn die Spur des Rehbocks gelockt hatte. Sandiger Boden, von flachen Flechten nur stellenweise bedeckt, breitete sich nach allen Seiten aus. Hier würde er kein Wasser finden.

Die Sonne stand nicht mehr hoch am Himmel, sondern näherte sich bereits dem letzten Drittel ihrer Bahn, aber die Hitze hatte nicht nachgelassen. Es schien, als wolle der

Sonnengott seine eigene Insel verbrennen und alles Lebendige ausdörren.

Odysseus ging ein paar Schritte zurück, suchte am Horizont nach dem Strand, von dem er aufgebrochen war. Aber da war nichts, nichts als flammende, kochende Hitze, ein Vorhang aus Glut, der den Rest der Welt einfach verschlungen hatte. Er drehte sich einmal um seine eigene Achse. Überall der gleiche Anblick, karger Sandboden, der nur von wenigen grünen Flecken unterbrochen wurde, die meisten davon verdorrt. Selbst die Hügelkette, die ihm viele Stunden lang die Richtung gewiesen hatte, war nicht mehr zu sehen.

Er musste sich weiter von seinem ursprünglichen Weg entfernt haben, als ihm bewusst gewesen war. Nachdenklich starrte er vor sich in den Sand, suchte nach der Spur, die ihn hierher gelockt hatte.

Sie war verschwunden. Sosehr er den Boden auch nach ihr absuchte, die Fährte des vermeintlichen Rehbocks schien sich in Luft aufgelöst zu haben. Wäre die Situation nicht so ernst gewesen, hätte Odysseus laut aufgelacht. Anstatt seiner Umgebung die gebührende Aufmerksamkeit zu erweisen, hatte er sich wie ein Anfänger von einer Spur ins Nichts führen lassen, die es wahrscheinlich gar nicht gegeben hatte. Eine Falle der Götter, eine Vorspiegelung, geschaffen, um ihn in die Irre zu führen.

Hinter seinen Schläfen pochte ein dumpfer Schmerz. Er bemühte sich, einen klaren Gedanken zu fassen, aber alles, was er denken konnte, war, dass er auf dem schnellsten Weg zu seinen Gefährten zurückkehren musste. Sobald er versuchte, den Gedanken weiterzuverfolgen, zu begreifen, warum es so wichtig war, entglitt er ihm wieder und ließ ihn verstört zurück.

Außerdem machte sich der Durst immer quälender bemerkbar. In seiner Kehle saß ein brennender Schmerz, seine Mundhöhle war ausgedörrt, und in seinen Gliedern breitete sich eine bleierne Schwere aus. Er betrachtete den nutzlosen Bogen in seinen Händen, nichts als ein Stück gebogenen Holzes, dessen gespannte Sehne dazu bestimmt war, tödliche Pfeile abzuschießen. Ein Mordwerkzeug. Es kam ihm plötzlich so sinnlos vor, den Bogen in dieser mit einem Male so feindlich gewordenen Einöde mit sich herumzuschleppen. Einen Moment musste er gegen den Impuls ankämpfen, die Waffe einfach wegzuwerfen.

Jagen hatte er hier wollen! Lächerlich! So wie es jetzt aussah, konnte er froh sein, lebend zum Schiff zurückzufinden! Was für ein absurder Gedanke, inmitten dieser staubigen Einöde nach jagdbarem Wild Ausschau halten zu wollen!

Er hatte Mühe, sich daran zu erinnern, was sie eigentlich hier suchten. Sie waren auf dem Rückweg nach Ithaka, hatten nach einem mörderischen Sturm vor dieser Insel Anker geworfen, unter anderem, um hier ihre Wasservorräte aufzufüllen. Diese Staubwüste und Wasser! Nichts hatten sie hier vorgefunden, außer ein paar Rindern und Schafen, die das karge Gras abweideten und niemandem gehörten.

Odysseus stützte sich auf den Bogen und hielt einen Moment inne. Rinder und Schafe ... da gab es ... den düsteren Spruch eines Mannes, der ihn gewarnt hatte, er werde die Heimat nicht mehr wiedersehen, wenn sie sich ...

Teiresias, so hieß dieser Mann, und er war ein toter Seher, tot und auf alle Ewigkeiten in den Hades verdammt, in das Totenreich, in das er selbst hinabgestiegen war ...

Die Erinnerung übermannte Odysseus so plötzlich, dass er zu zittern begann. Bei allen Göttern, was geschah hier mit ihm, dass er inmitten von Staub und Sand stand, unter einer erbarmungslosen Sonne, und seinen Abstieg in den Hades vergaß, die Warnung des toten Sehers, sein Weib Penelope, seine geliebte Penelope, die er um alles in der Welt wiedersehen musste? Er vergaß alles, hatte beinahe Mühe, sich an seinen Namen zu erinnern, als dörre diese entsetzliche Sonne dort oben am Himmel nicht nur seinen Köper, sondern auch seinen Geist aus.

Und er spürte, dass er immer noch nicht alles wusste,

dass es noch nicht vorbei war. Über seine Gedanken hatte sich ein dunkler Schleier gelegt, der immer noch nicht zerrissen war. Er versuchte, sich zu konzentrieren, seinem Gedächtnis Dinge zu entreißen, die gerade noch dagewesen waren und schneller und schneller verblassten.

Und dann sah er plötzlich ein Gesicht vor sich, das Gesicht seiner geliebten Penelope, ein schmales Gesicht mit strahlend leuchtenden Augen und einem leichten Lächeln auf den Lippen. Und er begriff, was für ein Narr er gewesen war. Warum nur hatte er sie verlassen, warum hatte er den Verlockungen von Ruhm und Reichtum nachgegeben und war gleich den anderen kriegslüstern gegen Troja gezogen – um nichts als um einer fremden Frau willen?

Er schluckte trocken und wurde sich wieder der mörderischen Umgebung bewusst, in der er nicht einfach stehen bleiben und sich seinen Gedanken hingeben konnte. Wieder hatte ihn die Macht der Liebe dem Griff des Wahnsinns entzogen – aber wie oft noch? Wie lange würde der Vorrat an Kraft in ihm noch halten?

Die Luft gaukelte ihm bereits Dinge vor, die unmöglich da sein konnten; wirre Schatten, flimmernde Wirbel kochender Luft. Und dann, von einem Moment auf den anderen, glaubte er erneut, Penelope leibhaftig vor sich stehen zu sehen.

Odysseus taumelte zurück, und seiner Brust entrang sich ein keuchender Laut. Penelope, so leibhaftig, als würde er ihr in diesem Moment im Thronsaal gegenüberstehen! Ihr schmales Gesicht mit den strahlenden Augen, die einen Herzschlag lang sorgenvoll auf ihm ruhten, als sehe sie ihn genauso wie er sie. Ihre Hand, nach ihm ausgestreckt, zitterte leicht, verlor sich in einem Wirbel flimmernder Luft, stabilisierte sich, um sich dann in kochender Luft aufzulösen. Durch ihr Gesicht verlief ein Riss, Hitzeblasen jagten über ihre Haut und rissen sie in einem wilden Wirbel auseinander. Die Konturen ihres Körpers lösten sich auf, wurden auseinander getrieben, und dann, von einem Moment auf den anderen, waren nur mehr kochende Schatten um Odysseus, die von neuerlichen Windstößen vollends auseinander getrieben wurden.

Die entsetzliche Halluzination konnte nicht mehr als ein paar Sekunden gedauert haben, aber Odysseus erschien es, als wäre die Zeit stehen geblieben. Er zitterte am ganzen Körper. Schweiß stand auf seiner Stirn und verklebte seine Augen. Das, was er gesehen hatte, konnte nicht sein, musste ein Wunschbild seiner geheimsten Gedanken gewesen sein. Und doch ... es war so erschreckend real gewesen.

Als Penelopes Bild verschwunden war, blieb in ihm nichts als eine gewaltige, sinnverwirrende Leere zurück. Seine Gedanken fanden nirgendwo Halt, und in seinem Kopf breitete sich ein Schwindelgefühl aus, das ihn zu verschlingen drohte. Es vergingen endlose, fürchterliche Sekunden, in denen er mit aller Kraft um seinen Verstand kämpfte. Die Erscheinung Penelopes hatte eine Sehnsucht in ihm geweckt, die ihn zu übermannen drohte. Irgendwo in seinem Inneren war eine Tür aufgestoßen und Gefühle emporgeschwemmt worden, die er sonst mit aller Kraft unterdrückte. Was hatte Teiresias gesagt? Es ist die Seele, die euch die Götter geschenkt haben – nicht der Verstand.

Trotz der Hitze überkam ihn ein eisiges Frösteln. In all seiner Verwirrung begann er plötzlich zu begreifen, wie wichtig es ihm war, nach Ithaka zurückzukehren. Der Grund hieß Penelope und nicht die Macht, die er über sein Königreich ausübte.

Und plötzlich, ohne Vorwarnung und von einem Moment auf den anderen, kehrte die Erinnerung zurück: die Rinder und Schafe des Sonnengottes! Er musste sofort zu seinen Gefährten zurück, bevor ein Unglück geschah.

Er rannte los.

Der Rückweg war die Hölle. Halb wahnsinnig vor Durst, beinahe blind, ohne die mindeste Möglichkeit einer Orientierung, ja ohne zu wissen, wo er sich überhaupt befand, stolperte Odysseus durch die Hitze, dankbar für jeden Luftzug, der von der See herangetragen wurde. Alles in ihm schrie danach, so schnell wie möglich zum Strand und seinen Gefährten zu kommen. Er wusste nicht, ob die Richtung, die er einschlug, richtig war, bis er auf die ersten Ausläufer grasbedeckter Steppe stieß. Trotz seiner Erschöpfung spürte er eine Welle der Erleichterung, die ihm für Augenblicke sogar ein wenig Kraft gab. Er blieb einen Moment stehen, keuchend, zitternd vor Schwäche und Müdigkeit, starrte dankbar auf die ferne Hügelkette, die zu seiner Rechten in die beginnende Dämmerung ragte.

Jetzt wusste er wieder, wo er war. Wenn er die Hügel hinter sich ließ, musste er geradewegs auf den Strand zulaufen. Trotz seines brennenden Durstes, den stechenden Schmerzen in seiner Lunge und seinen verkrampften Beinen verzichtete er auf eine Ruhepause. Mit dem letzten Rest klaren Denkens, der ihm noch geblieben war, begriff er, dass er nach einer Rast nicht mehr auf die Beine kommen würde. Jedenfalls nicht vor dem nächsten Morgen. Und ob ihm so viel Zeit blieb, war fraglich – ohne Wasser brachte ihn jede Stunde mehr in dieser Dürre dem Verdursten näher.

Er stolperte weiter, setzte wie von selbst ein Bein vor das andere. Die ganze Zeit über dachte er nur an Penelope und an die Gefahr, dass seine Gefährten in seiner Abwesenheit eine Dummheit begehen würden. Das Gefühl verdichtete sich zu panischer Angst; wie in einer entsetzlichen Vorstellung sah er, wie seine Freunde, von Eurylochos angeführt, Rinder und Schafe zusammentrieben, Messer wetzten und sich mit unziemlicher Freude an ihr grausiges Werk machten. Gleichzeitig sah er Penelope zusammenfahren, schmerzhaft aufstöhnen, mit weit aufgerissenen Augen in seine Richtung starren, als sehe sie seine Gefährten, die nun die ersten Rinder niedermetzelten und damit auch ihr Schicksal besiegelten.

Unglück sollte sich über sein Haus legen, wenn sie sich an den Tieren des Sonnengottes vergingen. Odysseus hatte davor fast noch mehr Angst als vor dem dann drohenden Tod seiner Gefährten.

Der Weg erschien ihm endlos und er musste seinen Schritt verlangsamen, wollte er sich nicht verausgaben, lange ehe er den Strand erreichte. Der Durst hielt ihn weiter gepackt und wühlte mit feurigen Zähnen in seinen Eingeweiden – aber er war ein Schmerz, den er mit zunehmender Erschöpfung kaum mehr bewusst wahrnahm. Sein Körper schien nicht mehr zu ihm zu gehören. Jeder Schritt war eine Qual. Doch selbst wenn er sich jetzt vorgenommen hätte, eine Rast einzulegen, hätte er es gar nicht mehr gekonnt; seine Beine zwangen ihm ihren eigenen Rhythmus auf, der nicht mehr von seinem bewussten Denken gesteuert wurde; er war wenig mehr als eine Maschine, zu nichts anderem geschaffen als zum Laufen.

Endlich tauchte der schmale Streifen der Küste vor ihm auf. Die Vegetation in diesem Landstrich erschien ihm plötzlich üppig. Büsche und kleine Bäume wechselten miteinander ab und von der Küste wehte ein leichter, erfrischender Lufthauch. Sein Herzschlag beschleunigte sich. Vor seinen Augen flimmerten dunkle Punkte; stechende Schmerzen in seiner Lunge erinnerten ihn daran, dass er nun schon seit Stunden durch diese Einöde stolperte. Es wäre Wahnsinn, jetzt aufzugeben. Er kämpfte gegen das Bedürfnis an, sich einfach fallen zu lassen, die Erlösung anzunehmen, die ein schneller Tod bedeutete. Seine Füße schienen bei jedem Schritt in den Boden einzusinken. Fast war ihm, als bliebe die Zeit stehen, als brauche er für jede Bewegung Stunden oder auch Tage. Die Welt um ihn verschwamm immer wieder; blendende Helligkeit löste sich mit fast vollständiger Dunkelheit ab. Mit dem letzten Rest seines Verstandes erkannte er, dass er im Begriff war, sich in den verlockenden Schlaf der Bewusstlosigkeit fallen zu lassen.

Für einen kurzen Augenblick sah er nochmals Penelope vor sich, nicht so deutlich wie in der Vorspiegelung, aber doch mit erschreckender Klarheit. In ihrem Blick lag eine abgrundtiefe Furcht. Furcht, dass Odysseus jetzt aufgab und sie im Stich ließ, sie, die die ganzen Jahre zu ihm gehalten hatte.

Die Vorstellung riss ihn noch einmal in die Wirklichkeit zurück. Er mobilisierte seine letzten Kraftreserven und kämpfte gegen das immer mächtiger werdende Gefühl der Erschöpfung an. Verbissen zwang er sich vorwärts, erreichte den Pfad, der zum Lager hinunterführte, stolperte die letzten Meter hinunter, weiter, weiter, immer nur weiter, einen Fuß vor den anderen, einen Schritt nach dem nächsten ... Es gab nichts anderes auf der Welt als dies. Er musste weiter!

Sie waren da, seine Gefährten, Menschen aus Fleisch und Blut, die sich um ihn kümmern würden, auch wenn er jetzt zusammenbrach. Doch trotz des trüben Schleiers aus Benommenheit und Schwäche fiel ihm auf, dass irgendetwas nicht stimmte.

In der hitzeflimmernden Luft schienen die Gestalten der Männer zu verschwimmen, und einen kurzen, aber entsetzlichen Moment lang hatte er die absurde Furcht, dass sie sich einfach auflösen würden, verschwinden wie Trugbilder, und er wieder allein wäre. Odysseus verhielt keuchend, ließ seinen Blick von einem zum anderen schweifen. Die Szene hatte etwas Gespenstisches.

Er begriff nur langsam, was er wirklich sah.

Xanopher hielt ein Opfermesser in der Hand, das Messer, mit dem er die beiden schwarzen Lämmer zu Ehren Teiresias' geopfert hatte. Unter sich, von zwei kräftigen Männer niedergedrückt, wand sich ein Schaf im Gras.

Odysseus wusste nicht, was ihn mehr erschütterte; die Tatsache an sich oder dass Xanopher ausgerechnet das Messer benutzte, dem Odysseus unter anderem seinen Einstieg in den Hades und die Warnung des toten Sehers verdankte.

Sein Blick wanderte zu Eurylochos, der inmitten der Männer stand und keinerlei Anstalten machte, Xanopher in den Arm zu fallen. Eurylochos erwiderte seinen Blick mit einer Mischung aus Furcht und Entsetzen. Die zitternde und abgerissene Gestalt, die so plötzlich aus dem Gebüsch getaumelt war und sich nur noch mit Mühe auf den Beinen halten konnte, schien er in diesem Moment nicht erwartet zu haben.

»Odysseus!«, hauchte er. Er erbleichte.

Odysseus nickte grimmig. Zorn wallte in ihm empor und verscheuchte die Schwäche. »Jawohl, Hauptmann«, krächzte er. Seine Kehle schmerzte bei jedem Wort, aber er achtete nicht darauf. »Ganz recht. Es freut mich, dass du mich überhaupt noch erkennst. Dein Gedächtnis scheint ja sonst nicht mehr richtig zu funktionieren, wie?« Zornig deutete er auf das Schaf und die beiden Männer, die mitten in der Bewegung erstarrt waren und ihn fassungslos anblickten. »Was geht hier vor? «

Eurylochos wand sich unter seinem Blick, suchte einen Moment vergeblich nach Worten und sah dann betreten zu Boden. »Es freut mich, dich wiederzusehen, mein König«, sagte er wie benommen. »Wir . . . haben nicht damit gerechnet, dich noch einmal zu sehen.«

»Was soll das heißen?«, fragte Odysseus mit einer Schärfe, die fast über seine Kräfte ging. »Ich brauche nur einen Tag auf die Jagd zu gehen und schon werden hinter meinem Rücken meine Befehle missachtet?! Dankst du mir so meine Freundschaft, Eurylochos?«

»Einen Tag?«, fragte Eurylochos überrascht. Er schüttelte den Kopf, als könne er nicht glauben, was er gerade gehört hatte. »Warum scherzt du so grausam, mein König? Seit mehr als drei Wochen vermissen wir dich. Die Kundschafter, die ich ausschickte, verloren deine Spur im Staub dieser menschenunwürdigen Einöde . . .«

»Drei Wochen!« Odysseus starrte den Hauptmann an. Ein eiskaltes, lähmendes Gefühl von Entsetzen breitete sich in seinem Inneren aus. Drei Wochen? Aber das war unmöglich! Nur mit aller Kraft gelang es ihm, sich auf das Gesicht des Hauptmanns zu konzentrieren. Es erschien ihm in diesem Moment weniger real als das Penelopes, grausamer als die Trugbilder, die ihn genarrt hatten.

»Was redest du da, Hauptmann?«, brachte er schließlich mühsam hervor. »Ich war lediglich einen Tag unterwegs. Ich verfolgte die Spur eines Rehbocks, bis mich Wassermangel zur Umkehr zwang.«

»Einen Tag, mein König?« Eurylochos schüttelte traurig den Kopf. »Wenn es wirklich das ist, was du glaubst, so ist auch hier böse Magie im Spiel.« Er machte eine ausholende Geste und deutete auf die Männer, die schweigend und regungslos das Gespräch verfolgten. »Sieh sie dir an, deine Gefährten und treuen Gefolgsleute. Es ist keiner mehr unter ihnen, der nicht schon seit Tagen hungert. Hast du ein Gemüt aus Stein, Odysseus, oder was ist mit dir geschehen, dass dich die Not deiner Gefährten kalt lässt?«

Odysseus folgte der Aufforderung seines Hauptmanns. Die Männer sahen tatsächlich schlecht aus; ihre von schwarzen Rändern gezeichneten Augen starrten ihm stumpf und glanzlos entgegen, und die verschlissenen Gewänder schlotterten um ihre dürren Körper. Obwohl Odysseus sich darüber im Klaren war, dass auch er selbst keinen besseren Anblick bieten musste, erschreckte ihn der Zustand seiner Gefährten über alle Maßen. Über drei Wochen, hämmerte es in seinen Gedanken. Es erschien ihm unglaublich, dass er drei Wochen durch die Einöde gestolpert sein sollte, während es ihm nur wie ein Tag erschienen war. Wieso lebte er noch?

Und trotzdem empfand er neben diesem neuerlichen Schrecken eine tiefe, unendlich tiefe Erleichterung. Was auch immer geschehen war und welche Art von Zauberei ihm diese drei Wochen gestohlen hatte – er schien gerade noch rechtzeitig gekommen zu sein, um das Schlimmste zu verhindern. Die gespannte Haltung der Männer verriet ihm, dass sie genau dasselbe dachten wie er – nur unter umgekehrten Vorzeichen.

»Ich sehe, dass ihr hungrig seid«, sagte er langsam. »Und ich verstehe eure Ungeduld. Doch nun, da ich wieder da bin, sollten wir erst einmal in Ruhe beratschlagen, was zu geschehen hat.«

»Wir haben genug Zeit mit Reden verschwendet«, knurrte einer der Männer. Die anderen brummten zustimmend.

»Lasst uns endlich dieses verdammte Schaf schlachten!«, rief einer der Schwertkämpfer, die bislang immer treu zu Odysseus gestanden hatten.

Einen Moment herrschte absolute Stille; keiner der Männer wagte etwas zu sagen oder sich zu rühren, ja, so mancher atmete nicht einmal – doch die Gier in ihren Augen verriet, dass sie es nicht lange dabei belassen würden.

Langsam, ganz langsam ließ Xanopher das Messer auf die Kehle des Schafes hinabsinken, zu langsam für einen schnellen Schnitt, aber immer noch schnell genug, um das Tier durch einen raschen Stich töten zu können, ehe Odysseus bei ihm war. Das Schaf blökte und bäumte sich im Griff seiner Bezwinger auf, ein dummes Tier, das nicht wissen konnte, dass sein Schicksal mit dem eines Königs aus dem fernen Ithaka verbunden war.

»Wer das Tier anrührt, ist des Todes«, sagte Odysseus heiser. Und es war ihm vollkommen ernst mit diesen Worten. Dabei war er sich nicht einmal sicher, ob er überhaupt die Kraft aufbrachte, seine Drohung wahr zu machen.

Ohne Xanopher aus den Augen zu lassen, der mit dem Messer in der Hand über dem Hals seines Opfers erstarrt war, trat er einen Schritt vor. Langsam hob er den Bogen, legte einen Pfeil auf die Sehne und spannte sie leicht. Die kleine Mühe überstieg fast seine Kräfte.

Keiner der Männer rührte sich oder machte Anstalten, sich ihm in den Weg zu stellen. Doch Odysseus spürte ihren Unmut, der in wenigen Augenblicken in Hass umschlagen konnte, in Hass auf ihn, den sie für ihr Schicksal verantwortlich machten.

»Schieß auf mich, wenn du dich traust«, zischte Xanopher. Das Messer in seiner Hand blitzte drohend, als er die Klinge leicht drehte. »Was haben wir zu verlieren? Vielleicht die Gunst der Götter?« Er spie aus. Sein Gesicht verzerrte sich, Hass und Vernunft rangen einen kurzen

Moment miteinander, aber der Hass – der Hunger – gewann. Xanopher kniete neben dem Schaf im Staub, mit nicht mehr bewaffnet als mit einem Opfermesser. Und doch wirkte er in diesem Moment bedrohlicher als Odysseus, der den Bogen auf ihn angelegt hatte.

Odysseus begriff, dass er die Situation so schnell wie möglich bereinigen musste. Natürlich durfte er nicht auf Xanopher schießen, wollte er selbst mit dem Leben davonkommen; die anderen würden sich sofort auf ihn stürzen und ihn kurzerhand niedermachen. Gegen ihre Übermacht hätte er selbst dann nichts ausrichten können, wenn er nicht total erschöpft wäre. Aber darum ging es gar nicht. Es spielte keine Rolle, ob er einen Kampf gewann oder nicht – er hatte schon verloren, wenn es nur dazu kam, selbst wenn er sie alle niedermachen sollte.

»Xanopher hat Recht«, unterbrach Eurylochos' Stimme seine Gedanken. »Mag uns der Zorn der Götter noch furchtbarer treffen, als er schon getan hat – es ist immer noch besser, als auf dieser verfluchten Insel zu verhungern.«

Odysseus fuhr unmerklich zusammen. Nicht das! dachte er. Wenn sich Eurylochos offen gegen ihn stellte, durfte er nicht darauf hoffen, dass irgendein anderer seiner Gefährten zu ihm hielt.

Unwillkürlich spannte er den Bogen, als wolle er wirklich schießen. Die Pfeilspitze zeigte genau auf Xanophers Kehle.

In diesem Moment raschelte etwas hinter ihm. Odysseus zuckte zusammen, wollte herumfahren. Aber er schaffte es nicht mehr. Irgendetwas traf seine Schulter, glitt an ihr ab, schlug gegen seine Schläfe und jagte eine Woge dumpfen, betäubenden Schmerzes durch seinen Schädel. Seine rechte Hand ließ die Sehne los. Der Pfeil jagte davon, blind und gegen seinen Willen.

Das Letzte, was er bewusst sah, bevor ihn Dunkelheit einhüllte, war der zitternde Schaft des Pfeiles, der sich in den Hals des Schafes bohrte.

Skylla und Charybdis

Es gab zwei Dinge, die er gleichzeitig gewahrte, als er erwachte, und er wusste nicht, welches schlimmer war:

Das Erste war der entsetzliche, dumpfe Schmerz in seinem Kopf. Seine rechte Gesichtshälfte war taub, aber seine Schläfe schmerzte furchtbar, wo ihn der Hieb getroffen hatte.

Das Zweite war, dass man ihn gefesselt hatte.

Seine Hände und Füße waren gebunden, mit dünnen, aber sehr kräftigen Stricken, nicht so fest, dass es ihm das Blut abschnürte, aber fest genug, jeden Gedanken an eine Flucht im Keim zu ersticken. Ein Verband spannte sich um seinen Schädel und als er die Augen öffnete, sah er einen blauen, vollkommen wolkenlosen Himmel über sich, der leicht hin und her schwankte.

Er war wieder auf dem Schiff, und das Schiff war auf dem Meer.

Dann erwachte er, und mit dem Erwachen kam die Erinnerung: das Schaf. Xanopher. Eurylochos und der Pfeil.

Odysseus stöhnte leise. Es war geschehen. Das, wovor Teiresias ihn am meisten gewarnt hatte, war getan worden und er selbst war es gewesen, der den verhängnisvollen Pfeil abgeschossen hatte, wenn auch nicht freiwillig.

»Du bist wach.«

Ein Schatten legte sich über sein Gesicht, und als er aufsah, erkannte er den vertrauten Umriss Eurylochos', eine hoch aufgerichtete, finstere Gestalt, die sich wie ein bedrohlicher Schattenriss gegen den grellen Feuerball der Sonne erhob, eingerahmt von flammenden Linien schmerzhaft hellen Lichts, wie um den düsteren Eindruck noch zu verstärken. Er konnte sein Gesicht nicht erkennen, aber er fühlte die Sorge, mit der der Hauptmann auf ihn herabblickte. Er schwieg.

Eurylochos seufzte, ließ sich neben ihm in die Hocke sinken und wurde von einem flachen Schatten zum Menschen. Er sieht alt aus, dachte Odysseus bestürzt. Alt und unendlich müde.

»Hast du Schmerzen?«, fragte Eurylochos.

Odysseus unterdrückte im letzten Moment den Impuls, den Kopf zu schütteln. Die Zeit, da er sich Stolz erlauben konnte, war wohl endgültig vorüber. »Ja«, sagte er. »Aber sie sind zu ertragen. Binde mich los.«

Eurylochos' Antlitz verdüsterte sich. »Nein«, sagte er nach einer Weile. Jetzt noch nicht.«

»So?« Odysseus versuchte vergeblich, verletzenden Hohn in seine Stimme zu legen. »Wann dann, Hauptmann? Wenn wir alle tot sind?«

»Bald«, erwiderte Eurylochos ruhig. »Wenn wir Ithaka erreicht haben. Vielleicht auch eher. Wenn du uns dein Ehrenwort gibst, vernünftig zu sein.«

»Vernünftig«, wiederholte Odysseus ungläubig. »So vernünftig wie ihr alle, wie? Ihr habt –«

»Das Einzige getan, was uns zu tun blieb«, unterbrach ihn Eurylochos. Seine Stimme bebte. Der Klang darin war Furcht, aber auch noch etwas anderes, das Odysseus nicht einordnen konnte.

»Du hast dich gegen deinen König gestellt«, sagte er ruhig.

»Das habe ich nicht«, widersprach Eurylochos heftig. »Ich habe mich gegen einen Mann gestellt, der nicht mehr weiß, was er tut. Es ist mir nicht leicht gefallen und ich weiß, dass ich einen hohen Preis dafür zahlen muss. Aber ich würde es wieder tun.«

»Was?«, fragte Odysseus. »Den Tod wählen?«

»Das Leben«, widersprach Eurylochos. »Noch leben wir, Odysseus. Das Schiff ist repariert, wir haben zu essen und wir machen gute Fahrt. In wenigen Tagen schon werden wir Ithaka erreichen. Dann kannst du mich anklagen und meinetwegen hinrichten lassen. Zumindest habe ich das Leben der anderen gerettet. Und deines.«

Odysseus starrte ihn an. Eurylochos' Blick flackerte vor Furcht, aber es war auch gleichzeitig eine Entschlossenheit darin, die Odysseus schaudern ließ.

Hat er Recht? dachte er. Hat er Recht und ich nicht? War dies alles nur ein grausamer Streich, den ihm seine überreizten Nerven gespielt hatten, hatte er versagt? Er hatte Teiresias' Worte gehört und er hatte sie nicht vergessen, aber – Es war auch möglich, dass es Zeus, Pallas Athene und den grausamen Meeresgott Poseidon gar nicht gab, dass einzig und allein der Hades Realität war und vielleicht nicht einmal das.

Aber dieser Gedanke war ungleich erschreckender als der, dass sich Teiresias' Worte erfüllen sollten. Wenn nur der Schrecken Realität hatte, was war dann mit dem Trost, den andere Seiten der Götterwelt vermittelten? Sollten diese nicht existieren und die Menschen völlig ihren Trugbildern überlassen bleiben? Gab es nur die böse Seite der Götter? Odysseus wusste es nicht, aber in einem Punkt war er sich sicher: Dass er mit seinem Abstieg in den Hades das Geheimnis von Leben und Tod nicht hatte lösen können. Er hatte mehr Fragen als Antworten mitgebracht und vielleicht war sein Versagen, Eurylochos' und der anderen Meuterei und alles andere nichts als eine direkte Folge davon. Was er erlebt hatte, war zuviel für einen einfachen Sterblichen. Möglich, dass er der Lösung nahe gewesen war, aber er bezweifelte, ob die Menschen überhaupt zu begreifen in der Lage waren. Vielleicht hatte er sich einfach geirrt.

An diesem Punkt seiner Überlegungen angekommen, spürte Odysseus eine absurde Erleichterung. Das, was ihm Teiresias geweissagt hatte, war grässlich, aber er hatte keinen Beweis, dass es wirklich geschehen würde. Und selbst wenn, war andererseits zumindest eine Gewissheit darin enthalten: Dass er seine Heimat wiedersehen würde, wenn er auch nicht wusste, in welchem Zustand er sie vorfinden würde. Doch gleichgültig, was das Schicksal noch für ihn bereithielt: Aus all den Niederlagen, die er in seinem Leben bereits hatte einstecken müssen, war er jedesmal gestärkt hervorgegangen, erfahrener und erst dadurch in der Lage, mit der nächsten Prüfung fertig zu werden. Das, was ihm jetzt bevorstand, mochte vielleicht sogar schlimmer sein als sein Erlebnis im Hades, aber solange er innerlich bereit war, zu kämpfen, würde er es durchstehen.

Eurylochos musste sein Schweigen falsch deuten, denn in seine Augen trat erneut ein Ausdruck dumpfen Schmerzes. »Du ... hasst mich, nicht wahr?«, fragte er leise. »Du glaubst, ich hätte dich verraten.«

»Das hast du«, antwortete Odysseus, ohne ihn anzusehen.

»Aber ich musste es tun.«

»Ich weiß«, murmelte Odysseus.

Eurylochos schwieg einen Moment. »Dann ... akzeptierst du, was ich getan habe?«, fragte er stockend.

Odysseus schüttelte den Kopf. »Nein. Aber ich verstehe es.« Er richtete sich auf, soweit es die Schmerzen in seinem Schädel und die Fesseln zuließen, und sah Eurylochos an. »Du hast getan, was tun zu müssen du glaubtest«, fuhr er fort. »An deinem Verhalten ist nichts Ehrloses. Ich hasse dich nicht. Aber das heißt nicht, dass ich dir verzeihen würde.« Er streckte Eurylochos die gefesselten Hände entgegen. »Binde mich los.«

Eurylochos starrte ihn an. »Heißt das, dass —«

»Ich gebe dir mein Wort«, unterbrach ihn Odysseus, »nichts gegen dich und die Männer zu unternehmen, die dir folgen, bis wir Ithaka erreicht haben – oder irgendeinen anderen Hafen. Nicht mehr.«

Wieder schwieg der Hauptmann für lange Zeit. Dann nickte er. »Mehr wollte ich nicht hören«, sagte er. Mit einer raschen Bewegung zog er das Messer, durchtrennte Odysseus' Fesseln und stand auf. »Dein Wort, Odysseus«, erinnerte er. »Bis wir Ithaka erreichen.«

»Oder die Strafe der Götter uns«, fügte Odysseus hinzu.

Eurylochos nickte. »Oder die Strafe der Götter uns.«

Die nächsten vier Tage verlief ihre Reise monoton und nahezu ereignislos. Der Wind blies beständig aus derselben Richtung und trieb sie in ruheloser Trägheit einem unbekannten Ziel entgegen. Odysseus sprach nicht viel in diesen vier Tagen, und er bewegte sich kaum aus dem kleinen Zelt heraus, das eigens für ihn im Heck des Schiffes aufgeschlagen worden war; gerade genug, seinen Gliedern ein wenig Bewegung zu gönnen.

An Bord des Schiffes herrschte eine gedrückte, niedergeschlagene Stimmung. Wenn Odysseus einem der Männer begegnete, senkte dieser meist den Blick oder ging rasch weg und Odysseus seinerseits war froh darüber.

Aber er spürte auch, dass es nicht allein seine Gegenwart war, die die Männer bedrückte, oder die Meuterei, die – dessen war er jetzt ganz sicher – fast ohne ihr eigenes Zutun ausgebrochen war. Irgendwie war alles so gekommen, wie es hatte kommen müssen. Die Dinge hatten sich einfach entwickelt, und nicht einmal er war in der Lage gewesen, etwas daran zu ändern. Jetzt warteten sie, und worauf, wussten sie wohl selbst nicht so recht. Vielleicht darauf, endlich die Heimat zu erreichen; vielleicht auf die Strafe der Götter, die Teiresias ihnen allen prophezeit hatte.

Sie ereilte sie am Mittag des fünften Tages.

Odysseus stand zu diesem Zeitpunkt zusammen mit Eurylochos am Bug des Schiffes und starrte auf das trügerisch glatte Meer hinaus. Er hatte sein Zelt verlassen, ohne eigentlich wirklich zu wissen, warum. Eine nevöse Unruhe hatte von ihm Besitz ergriffen und er war nicht der Einzige, der von diesem Gefühl geplagt wurde, wie er sehr wohl bemerkte. Die Bewegungen der Männer waren immer fahriger geworden, immer öfter blickten sie unsicher auf das Meer hinaus. Selbst Eurylochos, der ihm während der letzten vier Tage beständig ausgewichen war, war stehen geblieben, als Odysseus neben ihn trat. Sein Blick war auf das Meer gerichtet. Odysseus sah, dass seine Hände in kleinen nervösen Bewegungen über das Geländer fuhren, deren er sich nicht bewusst zu sein schien. Etwas geschieht, dachte er. Aber er wusste nicht, was.

»Du spürst es auch, nicht wahr?«, flüsterte Eurylochos plötzlich. Er sah Odysseus bei diesen Worten nicht an. Sein Blick blieb weiterhin starr auf das Meer gerichtet. Nicht einmal den Wind, der sein Gesicht peitschte, schien er zu bemerken.

Odysseus nickte. Ja, er spürte es, so deutlich wie jeder einzelne Mann hier an Bord. Dann hörten sie es beide im selben Augenblick: ein dumpfes, gleichmäßiges Grollen und Dröhnen, von dem er im ersten Moment glaubte, dass es nichts als das Rauschen seines Blutes in seinen eigenen Ohren sei. Aber dann fuhr Eurylochos zusammen, und ein paar der anderen Männer hoben die Blicke und starrten auf das Meer hinaus. In ihren Augen erschien die Furcht, die sie in den letzten Tagen mühsam unterdrückt hatten.

»Was ist das?«, fragte er leise. »Hörst du es auch, Eurylochos? Fast, als ... als würden wir geradewegs auf einen Wasserfall zusteuern.«

Und genau so war es. Wie treffend dieser Vergleich war, begriff Odysseus erst, als er seine eigenen Worte hörte: Es war das Geräusch eines Wasserfalles. Aber ein Wasserfall – auf dem offenen Meer? Unmöglich, dachte er.

»Ich höre es«, flüsterte Eurylochos. »Und es gefällt mir nicht.« Er löste die Hände vom Geländer, sah für einen Moment Odysseus an und starrte dann wieder nach vorne. Seine Augen weiteten sich, obwohl es noch immer nichts zu sehen gab außer einer blauen Unendlichkeit.

Charybdis, dachte Odysseus. Eurylochos musste es im selben Augenblick begriffen haben wie er. Was sie hörten, war die Stimme der Charybdis, des entsetzlichen Höllenstrudels, vor dem sie Circe gewarnt hatte. Aber das sprach er nicht aus.

Irgendwie spürte er, dass es nicht mehr nötig war, irgendetwas auszusprechen. Es war kein Zufall, dass er sich gerade in diesem Moment der Charybdis erinnerte, und der schrecklichen Skylla, die sie bewachte. Eurylochos wusste es und Odysseus spürte, dass dieses Wissen im selben Moment in jedem einzelnen Mann der Besatzung war.

»Das ... ist das Ende«, murmelte Eurylochos. »Du ... du hattest Recht, Odysseus. Du hattest Recht und ich habe mich getäuscht. Nicht ... nicht du warst es, der versagt hat.«

»Schweig«, murmelte Odysseus. Es war kein Befehl, sondern eine Bitte und Eurylochos kam ihr nach. In seinem Gesicht zuckte es.

Eine unnatürliche, bedrückende Stille breitete sich auf dem Deck des kleinen Schiffes aus. Die Männer erstarrten und Odysseus sah auf ihren Gesichtern denselben halb entsetzten, halb resignierten Ausdruck. Das Entsetzen, das von ihnen Besitz ergriffen hatte, lähmte sie gleichzeitig. Niemand rührte sich mehr. Sie machten keinen Versuch, den Kurs zu ändern. Auch dieses Wissen war mit unerschütterlicher Sicherheit in jedem Einzelnen von ihnen: dass es sinnlos wäre, es auch nur zu versuchen.

Selbst dieses plötzliche, allumfassende Wissen gehörte zu dem bösen Spiel, das die Götter mit ihnen spielten. Was nutzt ein Triumph, dachte Odysseus bitter, wenn er nicht vollkommen ausgekostet wird. Das Schiff wurde schneller, obwohl der Wind eher nachließ. Das große Segel hing jetzt schlaff am Mast, aber das Schiff teilte die Wogen immer rascher und die Planken unter ihren Füßen zitterten jetzt nicht mehr im Takt der Wellen, sondern in einem anderen, grollenden, drohenden Rhythmus. Dann kam Nebel auf, ein feiner grauer Schleier, der fast reglos über dem Meer vor ihnen hing, aber schon bald begriff Odysseus, dass das, was er für Nebel hielt, nichts als hochgewirbelte Gischt war, der Atem des Meeresstrudels, der schon ganze Flotten zermalmt hatte. Aus dem ruhigen, wenn auch jetzt sehr schnellen Dahingleiten des Schiffes wurde ein stampfendes Schlingern, bei dem sich die Männer kaum mehr auf den Beinen halten konnten. Und noch immer rührte sich keiner von ihnen.

Etwas wuchs in der grauen Gischt heran, etwas Großes, Glänzendes, ein entsetzliches Ding aus schleimigem Fleisch und mit tangglitzernden Gliedern. Mannsgroße gelbe Augen ohne Pupillen starrten mit dumpfer Bosheit auf das kleine Schiffchen herab, das sich seinem Schlund näherte.

Die Skylla. Die Geißel der Meere, die schon zahllose Seefahrer verschlungen hatte. Niemand, keiner von ihnen, hatte daran geglaubt, dass es sie wirklich gab, aber jetzt sahen sie sie. Sie war da, groß wie ein Berg und mit Hunderten von peitschenden, mannsdicken Armen, halb Krake, halb zum Leben erwachter Albtraum, der letzte der Titanen, den die Götter am Leben gelassen hatten, um Narren wie sie zu verschlingen.

Odysseus starrte den grauschwarzen Giganten an, reglos, gelähmt vor Schrecken und Unglauben, und wie er waren auch Eurylochos und alle anderen an Bord erstarrt. Nicht einmal ein Schrei drang durch das Schäumen und Rauschen des Wasser, denn ... denn dies alles gehörte zur Falle der Skylla!

Die Erkenntnis kam mit solcher Wucht, dass Odysseus aufstöhnte. Plötzlich begriff er.

»Bei Zeus!«, keuchte er. »Es ist das Ungeheuer!«

Eurylochos erwachte halbwegs aus seiner Erstarrung. Verwirrt wandte er den Kopf, blickte ihn aus schreckgeweiteten Augen an und versuchte etwas zu sagen, brachte aber nur ein unartikuliertes Stöhnen zustande. Sein Gesicht war grau vor Schrecken. »Es ist das Ungeheuer!«, brüllte Odysseus noch einmal. Plötzlich fuhr er herum, packte Eurylochos bei den Schultern und schüttelte ihn so heftig, dass dieser gegen das Schiffsgeländer taumelte. »Versteh doch!«, schrie er. »Es lähmt uns! Die Skylla betäubt unsere Gedanken!«

Und wie zur Antwort stieß die Skylla ein ungeheures Grollen aus; ein Laut, mächtiger als das Dröhnen der Charybdis, die – auch das erkannte Odysseus mit jener fast unnatürlichen Klarheit, die plötzlich von seinem Denken Besitz ergriffen hatte – nichts anderes war als der Sog, den der ungeheure Körper des Titanen verursachte, wenn er das Wasser teilte. Der Blick dieser riesigen gelben Augen richtete sich direkt auf Odysseus. Ein einzelner langer Krakenarm löste sich aus dem Wasser und klatschte schwerfällig zurück.

Das Schiff ächzte und schlingerte unter der Flutwelle, die schon diese eine, nicht sehr heftige Bewegung hervorrief. Odysseus taumelte gegen das Geländer und hielt sich mit letzter Kraft fest. Zwei, drei Männer wurden von den Füßen gerissen und fielen und einer stürzte über das Geländer und versank im schäumenden Wasser.

»Rudert!«, schrie Odysseus. Verzweifelt stieß er sich vom Geländer ab, zerrte Eurylochos mit sich und taumelte über das schlingernde Deck nach hinten, zum Ruder. »Geht an die Ruder!«, schrie er, so laut er konnte. »Was ihr spürt, ist der Geist der Skylla! Sie lähmt euren Willen!«

Seine Worte brachen endlich den bösen Bann. Plötzlich machte die dumpfe Betäubung der Männer schierem Entsetzen Platz – und sie begannen sich wieder zu bewegen!

Die Skylla stieß ein ungeheures, zorniges Kreischen aus, als sie spürte, wie ihr Einfluss zerbrach. Ihr riesiger Leib hob sich wütend aus dem Meer, ein Berg, der zu widerwärtigem Leben erwacht war; Odysseus sah den gigantischen Krakenschnabel, groß genug, einen Mann zu verschlingen, die entsetzlich langen, sich windenden Arme, die in rasender Wut den Ozean peitschten.

»An die Ruder!«, brüllte er. »Rudert, Männer! Rudert um euer Leben! «

Mehr und mehr Männer griffen jetzt nach den Riemen. Ein schwerfälliges, dumpfes Zittern lief durch den Rumpf, als die Ruder eintauchten und versuchten, den Bug herumzuzwingen, den Kurs in den Tod noch einmal zu ändern.

Aber sosehr sie sich auch gegen die Ruder stemmten, das Schiff wich kaum von seinem Kurs ab – einem Kurs, der es geradewegs in die gierigen Arme des Titanen hineinführen musste.

Dann – von einem Augenblick auf den anderen – kam Sturm auf.

Der Himmel verfinsterte sich, so rasch, als zöge jemand einen schwarzen Vorhang vor die Sonne. Das Segel über Odysseus' Kopf spannte sich mit einem Knall. Das Ruder wurde ihm aus der Hand gerissen. Der Sturm packte ihn, hob ihn wie ein Blatt in die Höhe und schleuderte ihn drei, vier Manneslängen weit durch die Luft. Er schlug krachend auf, blieb einen Moment benommen liegen und stemmte sich dann mühsam hoch. Er sah alles nur noch wie durch einen blutigen, tanzenden Nebel.

Das Schiff erzitterte unter seinen Füßen, und er spürte, wie sich der Boden langsam, aber unbarmherzig auf einer Seite zu senken begann. Irgendwo über ihm in den Masten zerbrach etwas; zertrümmertes Holz und Segeltuch regneten auf ihn herab. Das Schiff stampfte und zitterte ununterbrochen, rings um sie kochte das Wasser und der Wind steigerte sich von einem Atemzug auf den anderen zu einem tobenden Orkan, der das Segel endgültig zerfetzte. Über allem lag das wütende Schreien und Zischen der Skylla.

Mit verzweifelter Kraft stemmte sich Odysseus hoch, taumelte über das Deck und gewahrte eine zusammengesunkene Gestalt im Bug. Eurylochos! Mit einem Schrei war er bei ihm, zerrte ihn auf die Füße und ließ ihn abrupt wieder los, als er seinem Blick begegnete.

Es war der eines Wahnsinnigen.

»Odysseus!«, stammelte der Hauptmann. »Du ... du hattest Recht! Du hattest Recht und ich ... ich habe versagt. Das alles hier ist meine Schuld! Ich –« Odysseus schüttelte ihn grob. »Hör auf!«, schrie er. »Dazu ist jetzt keine Zeit. Geh ans Ruder! Wir haben eine Chance!«

Aber der Hauptmann schien ihn gar nicht zu hören. »Es ist meine Schuld!«, wimmerte er. »Vergib mir, Odysseus! Vergib mir, wenn –«

In diesem Augenblick barst das Meer in einer gigantischen Fontäne aus Schaum und siedendem Wasser, und etwas Ungeheures, formlos Grauenhaftes tauchte empor. Die Schreckensschreie der Männer gingen in einem ungeheuerlichen Brüllen unter, einem Laut, wie ihn Odysseus noch nie zuvor gehört hatte; ein Schrei, der das Firmament zum Beben und das Meer zum Erzittern brachte. Rings um das Schiff wuchs ein Wald peitschender, grüner Schlangenarme aus dem Meer, schoss auf die Männer zu und packte sie, wickelte sich um das Geländer, um die Masten, packte die Aufbauten und zermalmte sie. Ein ungeheurer Ruck ging durch das Schiff. Odysseus fiel, fing den Sturz im letzten Moment mit den Händen ab und starrte durch einen Nebel von Blut und Übelkeit zum Heck des Schiffes. Er kam gerade zurecht, um zu sehen, wie einer der mannsdicken Krakenarme vorschnellte, auf Xanopher herabstieß und ihn in die Höhe riss. Der gellende Schrei des Mannes vermischte sich mit dem triumphierenden Brüllen der Bestie. Odysseus sah, wie einer der Männer einen Speer hob und schleuderte. Die Klinge ritzte nicht einmal die Haut des Ungeheuers, aber ein weiterer, oberschenkeldicker Arm schnellte wie eine Peitschenschnur aus dem Wasser, wickelte sich um den Leib des Mannes und riss ihn in den schäumenden Tod hinab. Und auch die anderen, gierig suchenden Arme der Skylla hatten ihre Opfer gefunden. Zappelnd hingen die Männer in den tödlichen Schlingen, mit Messern, Schwertern oder bloßen Händen um sich schlagend und hilflos, eine willkommene Beute für das unvorstellbare Monster.

Er wusste nicht, wie lange es dauerte. Sekunden, Minuten, Stunden – sein Zeitgefühl erlosch, und alles, was er spürte, war Furcht. Das Schiff barst; Holzplanken wurden von Kräften zermahlen, die über jedes Vorstellungsvermögen gingen. Durch den Rumpf des Schiffes ging ein harter, zerschmetternder Ruck, der alle von den Füßen fegte, die bislang dem Toben widerstanden hatten. Die beiden Vordertaue des Mastbaums rissen, der Mast stürzte krachend nach hinten aufs Schiff. Der Steuermann wollte sich mit einem verzweifelten Satz in Sicherheit bringen, aber er schaffte es nicht mehr. Der Mast streifte ihn, schleuderte ihn wie ein Spielzeug herum und zerschmetterte ihn.

Odysseus wurde von den tobenden Gewalten über Deck geschleudert. Er schlug mit den Armen wild um sich, bekam irgendwo ein Stück Holz zu fassen und klammerte sich mit aller Kraft fest. Eine riesige Welle brach über ihn hinweg, riss ihm die Luft von den Lippen und erstickte seinen Schrei. Das Tosen des Sturms vermischte sich mit dem Bersten der Schiffsplanken, den Todesschreien der Männer und dem ungeheuerlichen Brüllen der Skylla zu einem wahren Inferno.

Ein grüngrau geschupptes, schleimiges Etwas zuckte in seine Richtung. Odysseus duckte sich, entging dem Zuschnappen des mörderischen Fangarmes um Haaresbreite und prallte mit grausamer Wucht gegen den Rest des Geländers. Dann traf ihn eine zweite Woge, hob ihn in die Höhe, riss ihn mit sich und drückte ihn unter Wasser. Als er wieder hochkam, lockerte sich sein Griff, und er ließ das glitschige Stück Holz los, den einzigen Halt, den er in dem tosenden Element noch hatte. Verzweifelt schlug er mit den Armen um sich, bemüht, irgendetwas anderes zu fassen, an dem er sich festhalten konnte.

Für einen kurzen Augenblick tauchte das sinkende Schiff vor seinen Augen auf. Das Heck kippte ab, zog den Bug mit sich in einen Strudel aus kochendem Wasser und berstenden Planken. Irgendjemand schrie auf, kurz und so schmerzerfüllt, dass er selbst das Tosen des Sturms übertönte. Und für einen noch entsetzlicheren Augenblick glaubte er zu erkennen, wer es war, der da schrie: Eurylochos, der einzige Freund, den er vielleicht jemals gehabt hatte, mit Ausnahme Penelopes und seines Sohnes der einzige Mensch, für den Odysseus sein Leben zu opfern bereit gewesen wäre und der nun in dem Bewusstsein sterben musste, einen entsetzlichen Fehler begangen zu haben; die Verantwortung für den Tod all seiner Kameraden zu tragen.

Bevor Odysseus die Endgültigkeit ihres Scheiterns bewusst werden konnte, wurde er erneut unter Wasser gedrückt, musste er mit aller Gewalt dagegen ankämpfen, das Wasser einzuatmen, das ihn mit sich riss. Seine Kräfte begannen zu erlahmen. Der Druck auf seine Lunge wurde unerträglich, und in seinen Eingeweiden erwachte ein wühlender, unerträglicher Schmerz, der sich beständig steigerte. Noch Sekunden, und er würde den Mund öffnen und das tödliche Wasser einatmen ...

Als seine Lunge zu platzen drohte und er nichts mehr sah außer flammenden Feuerrädern, wurde er von einer Woge nach oben gehoben, tauchte sein Kopf einen Moment aus dem Wasser, lang genug für einen verzweifelten, schmerzhaften Atemzug. Doch gleich darauf wurde er von einer erbarmungslosen Welle wieder unter die Wasseroberfläche gedrückt, als spiele das Meer ein grausames Spiel mit ihm. Er ruderte verzweifelt mit Armen und Beinen, aber es gelang ihm nicht, erneut an die Oberfläche vorzustoßen.

Er versuchte zu atmen, hustete, spuckte Wasser aus und schluckte neues. Sein Kopf war einem gnadenlosen Druck ausgesetzt. Das ist das Ende, hämmerten seine Gedanken. Eine unglaubliche Angst hielt ihn gepackt, die panische Gewissheit, dass es diesmal kein Entrinnen gab. Bei diesem Gedanken verlor er das Bewusstsein.

Kalypso

Zum zweiten Male tauchte er aus dem Dunkel der Bewusstlosigkeit ins Wachsein empor. Kälte und Feuchtigkeit. Das war das erste, was er empfand. Eine Kälte, die sich über seinen ganzen, zerschundenen Körper ausbreitete, und eine Feuchtigkeit, die bis in seine Knochen zu dringen schien. Schmerz. Aber ein Schmerz, der nicht körperlicher Art war. Etwas Entsetzliches war geschehen.

Langsam nahm er weitere Eindrücke wahr: Die harten Kiesel unter seinem wunden Körper, das schattengemilderte Licht der Abendsonne, den undeutlichen Umriss eines nahen Waldes. Und jetzt auch wirklichen, körperlichen Schmerz. Jeder Stein unter ihm schien sich wie eine spitze Nadel in seine Haut zu bohren, seine Arme und Beine taten furchtbar weh, jeder einzelne Muskel in seinem Leib war verkrampft.

Über ihm spannte sich ein wolkenloser, ganz leicht rötlich schimmernder Himmel. Der Sturm hatte sich gelegt, und selbst das Wispern des Windes war verklungen. Alles, was er hörte, war das leise Geräusch der Brandung, das in seiner Eintönigkeit beruhigend wirkte. Nach dem Inferno, das er überstanden hatte, kam ihm die Stille plötzlich fast störend vor.

Er erhob sich vollends, sah sich um und schüttelte verwirrt den Kopf. Im ersten Moment hatte er Mühe, sich darauf zu besinnen, was geschehen war. Natürlich erinnerte er sich an den Untergang des Schiffes, an das entsetzliche Ungeheuer, den Tod seiner Kameraden – aber all diese Bilder und Eindrücke wirbelten in seinem Kopf durcheinander; er war nicht fähig, Ordnung in seine Erinnerungen zu bringen. Das Einzige, was er wirklich wusste, war die Tatsache, dass er noch lebte und dass das Meer ihn freigegeben hatte. Die Wogen hatten ihn auf einen flachen, mit feinen Kieseln übersäten Sandstrand gespült. Nichts deutete auf die Anwesenheit von Menschen hin ...

Seine Gefährten! Der Gedanke an sie traf ihn wie ein Schlag. Verzweifelt sah er sich nach allen Richtungen um, noch nicht bereit, das hinzunehmen, was er im Innersten schon längst wusste: dass sich die Prophezeiung Teiresias' erfüllt hatte. Der Sonnengott hatte sich auf grausame Weise für den Frevel gerächt, den sie an seinen heiligen Tieren begangen hatten.

Mühsam erhob er sich. Auf kraftlosen Beinen taumelte er den Strand entlang, suchte nach Spuren des Schiffes, nach Trümmern, Strandgut, nach Überlebenden.

Aber er fand nichts. Kein Holz, kein Tauwerk, keine Fässer oder Tuchfetzen, nichts von alledem, was das Meer nach einem Schiffsuntergang an Land schwemmte. Und erst recht keine Spur eines seiner Gefährten. Er war der einzige Überlebende.

Müde ließ er sich schließlich am Strand nieder. Jetzt, wo die Last der Verantwortung von seinen Schultern genommen worden war, fühlte er sich hin und her gerissen zwischen einem Gefühl der Trauer und einer Erleichterung, die ihn selbst erschreckte, gegen die er aber machtlos war. Sosehr ihn der Tod der Gefährten auch bedrückte, war er doch etwas, mit dem er letztendlich gerechnet hatte. Er war nun wieder ein freier Mann, der gehen konnte, wohin er wollte, und der niemandem etwas schuldig war. Der Gedanke kam ihm zwar wie blanker Hohn vor, angesichts seines eigenen Zustandes und der Ungewißheit, an welcher Küste er gestrandet war – aber jetzt war er erst recht nicht bereit, aufzugeben. Der Preis, den so viele andere für seine Freiheit bezahlt hatten, war einfach zu hoch, um sie jetzt einfach wegzuwerfen. In diesem Punkt war sein erster Gedanke nicht richtig gewesen: Er war seinen toten Kameraden etwas schuldig. Zu überleben nämlich.

Er blickte auf die Bucht hinab, in deren trügerisch ruhigen Wasser sich die Sonnenstrahlen brachen. Während er noch über seine nächsten Schritte nachsann und überlegte, wo er am besten die Nacht verbrachte – direkt am Strand oder weiter im Landesinneren –, hörte er plötzlich ein Geräusch hinter sich. Das Knacken von Zweigen, dann zwei, drei leise Schritte. Jemand kam! Vielleicht einer seiner Gefährten! Vielleicht war er doch nicht der einzige Überlebende und vielleicht –

Odysseus fuhr herum und erstarrte.

Es war keiner der anderen. Vor ihm, nur noch auf Armeslänge entfernt, stand eine Frau, die so gleichmütig auf ihn hinabblickte, als stolpere sie jeden Tag am Strand über Schiffbrüchige. Sie zeigte auch nicht die mindesten Zeichen von Furcht.

Verwirrt stand Odysseus auf. Seine Hand legte sich sofort auf die Stelle, an der normalerweise das Schwert hing. Die Waffe war nicht mehr da.

Der Frau war die Bewegung keineswegs entgangen. Aber sie zeigte keine Reaktion, sondern musterte ihn nur kühl. Der Blick ihrer meerblauen Augen blieb vollkommen ausdruckslos. Auch als sich ihr Mund zu einem spöttischen Lächeln verzog, veränderte sich der Ausdruck ihrer Augen nicht.

»Willkommen, König des fernen Ithaka«, sagte sie mit voller, sehr wohltönender Stimme. »Wenn du dein Schwert suchst, dann wende dich an Poseidon, der dir und deinen Gefährten so übel mitgespielt hat. Ich bin mir aber nicht sicher«, fügte sie mit einem deutlich spöttischeren Lächeln hinzu, »dass er es dir wiedergeben wird. Er ist im Moment nicht sehr gut auf dich zu sprechen.«

»Du kennst mich?«, fragte Odysseus überrascht. Unwillkürlich trat er einen Schritt zurück. Sein Blick glitt an der Unbekannten vorbei, suchte vergebens nach ihren Begleitern, die sich im nahen Gebüsch versteckt haben mochten.

»Wer kennt den großen Odysseus nicht?«, fuhr sie fort. »Doch bevor ich dir weitere Fragen beantworte, möchte ich mich dir gerne vorstellen.« Sie lächelte erneut. »Schließlich sollst du wissen, mit wem du es zu tun hast.«

Dass sie überhaupt wusste, wer er war, reichte Odysseus bereits. Bei Zeus – er hatte keine Lust mehr für Spiele, selbst wenn es Spiele der Götter waren. Sein Bedarf an Geheimnissen und Prophezeiungen war gedeckt. Nur mit Mühe zügelte er seine Ungeduld und starrte sie ärgerlich an, als sie nun schwieg. »Also, wer bist du?«, fragte er schroff. Die Unbekannte schüttelte tadelnd den Kopf.

»Man hat behauptet, du wärst ein ruhiger und besonnener Mann«, sagte sie. »Ich werde mich in dir doch nicht getäuscht haben?«

»Ich weiß nicht, was du von mir erwartest«, sagte er ungehalten. »Aber wenn du meine Besonnenheit suchst, dann sieh an der Stelle nach, an der Poseidon mein Schwert versenkt hat. Es würde mich gar nicht wundern, wenn sie direkt daneben liegt.«

Die Fremde lachte hell auf, um gleich darauf wieder ernst zu werden. »Diese Worte passen eher schon zu dem Mann, der Troja bezwungen –«

»– und seine Gefährten dem nassen Tod ausgeliefert hat, ich weiß«, beendete Odysseus ihren Satz. »Also noch einmal: Wer bist du?«

»Nun, was ich bin, würdest du sowieso nicht verstehen«, antwortete die Unbekannte nachdenklich. »Auch du, der wahrlich schon weit in der Welt herumgekommen ist, bist bestimmt noch nie auf jemanden wie mich gestoßen.«

»Schluss mit dem Rätselraten«, sagte Odysseus. Sein Ärger begann sich allmählich in Wut zu verwandeln. Und ein schmerzhaftes Ziehen hinter seinen Schläfen erinnerte ihn daran, dass er es nur einem Wunder zu verdanken hatte, noch am Leben zu sein. »Ob du mir nun sagen willst, wer du bist oder nicht, magst du dir noch in Ruhe überlegen. Beantworte mir zumindest die Frage, wo wir uns hier befinden.«

»Auf meiner Insel natürlich.«

Odysseus fühlte eine Woge kalter Wut in sich aufsteigen. Alles, was er in den letzten Stunden an Enttäuschung und Schmerz empfunden hatte, war vergessen angesichts dieser wortverdrehenden Frau, die sich den denkbar schlechtesten Moment ausgesucht hatte, um ihn zu foppen.

»Wenn du mir jetzt nicht gleich sagst, wer du bist«, drohte er und trat einen Schritt auf sie zu, »dann erdrossle ich dich mit meinen eigenen Händen, so wahr ich Odysseus heiße.«

»Ich wüsste auch nicht, wessen Hände du sonst nehmen wolltest«, seufzte die Unbekannte. »Aber lassen wir das. Schließlich stellst du kein unbilliges Ansinnen ... «

»Wie du heißt, will ich wissen«, zischte Odysseus.

Die Unbekannte lächelte; ein Lächeln, das irgendetwas in Odysseus schier zur Weißglut brachte. Er hatte das Gefühl, als spanne sich in ihm eine gewaltige, stählerne Feder, die bald zerbrechen musste.

»Kalypso heiße ich«, sagte die Fremde schließlich, »und mein bescheidenes, um nicht zu sagen kärgliches Heim ist nur wenige hundert Meter vom Strand entfernt. Wenn es auch eines Königs nicht würdig ist und – und schon gar nicht zu vergleichen mit dem Palast dieser Circe –, so bleibt mir nichts anderes übrig, als es dir anzubieten.«

»Du scheinst ja genauestens über mein Leben informiert zu sein«, knurrte Odysseus. »Dann erinnere dich aber auch bitte daran, wie es Circe erging, als sie mich im Gewand falscher Gastfreundlichkeit hintergehen wollte.«

»Bin ich etwa eine Schlange?«, fragte Kalypso und zog die Augenbrauen hoch. »Du willst mich doch hoffentlich nicht mit diesem aalglatten Weibsbild vergleichen!« Sie schien wirklich getroffen zu sein. Ihr Ärger war nicht gespielt.

»Ich will dich mit überhaupt niemandem vergleichen«, behauptete Odysseus. »Ich will dir bloß klarmachen, dass du nur mit Ehrlichkeit und Offenheit etwas bei mir erreichen kannst.«

»Erstaunliche Worte für einen professionellen Lügner«, wunderte sich Kalypso. »Aber lassen wir das. Schließlich ist so ein Schiffbruch keine Kleinigkeit und ehe du jetzt aus reiner Verzweiflung die Nerven verlierst, biete ich dir meine Gastfreundschaft an – ohne heimtückische Hintergedanken.« Sie drehte sich um und winkte Odysseus, ihr zu folgen. Seufzend und von dem kurzen Gespräch erschöpft, stolperte er hinter ihr her.

Kalypso führte ihn auf einem Pfad über den Strand, unter dessen üppiger Grasdecke nackter Felsen schimmerte. Der Pfad wand sich an einer Klippe empor. Er war so steil und glitschig, dass Odysseus seine ganze Konzentration aufwenden musste, um nicht auszugleiten. Die wenigen Blicke, die er seiner Umgebung widmen konnte, genügten immerhin, um ihn halbwegs zu beruhigen. Der Pfad war ein denkbar schlechter Ort für einen Hinterhalt. Dann wäre es schon einfacher gewesen, ihn am Strand zu überrumpeln, mit der Deckungsmöglichkeit des nahen Gebüschs. Hier war nichts, was Deckung bieten konnte. Der Grasbewuchs wurde immer spärlicher, bis nichts mehr als nackter Felsen um ihn herum war.

Dann kam ihm zu Bewusstsein, wie närrisch dieser Gedanke war. Wenn Kalypso wirklich Übles im Sinn gehabt hätte – was hätte sie wohl daran gehindert, ihn wie einen Hund zu ersäufen, als er bewusstlos am Strand lag?

Schließlich erreichten sie eine Grotte, vor dessen Eingang eine aus schmalen Holzlatten gezimmerte Hütte stand. Sie war tatsächlich so bescheiden, wie Kalypso behauptet hatte – um nicht zu sagen: ärmlich.

Als Odysseus über die Schwelle trat und sich umsah, war ihm, als müsse er seinen ersten Eindruck von Kalypso revidieren. Er hatte sie für oberflächlich und schwatzhaft gehalten, für mehr nicht. Doch trotz der fast armseligen Einrichtung der Hütte wirkte sie auf eigentümliche Art anheimelnd. In einer Ecke war die Schlafstelle, ein Lager aus Stroh, über dem Ziegenfelle ausgebreitet waren. In der Mitte der gegenüberliegenden Wand war die Feuerstelle eingelassen, in der sich noch die Reste eines verglimmenden Feuers befanden. Links von ihm stand ein schmaler Tisch mit zwei Stühlen, und an den Wänden hingen allerlei Gerätschaften, so kunstvoll angeordnet, dass sie insgesamt das Gefühl von Ruhe vermittelten. Kalypso war vielleicht nicht reich an weltlichen Gütern, aber reich an Geschmack.

»Und wo hast du deine Leibgarde versteckt?«, fragte Odysseus, nachdem er sich von seiner Überraschung erholt hatte.

»Zsss, zsss.« Kalypso schüttelte vorwurfsvoll den Kopf. »Eine Nymphe mit Leibgarde wäre doch eine etwas seltsame Vorstellung. Ich bin mir selbst Schutz genug.«

»Du bist eine Nymphe?«, fragte Odysseus spöttisch. »Seit wann wohnen Nymphen in Hütten?«

Kalypso zuckte mit den Achseln. »Seit wann schwimmen Könige nach Hause, statt ein Schiff zu benutzen?«, gab sie spitz zurück, fügte aber, als sie seinen neuerlichen Ärger bemerkte, rasch hinzu: »Die Grotte war mir auf die Dauer nicht bequem genug und aus dem Alter, irgendwo an einer Quelle hocken zu müssen, bin ich nun wirklich heraus.«

Odysseus runzelte die Stirn. Kalypsos Stimme war frei von jedem Spott, und doch konnte er kaum glauben, was er hörte. Nymphen waren schattenhafte, zarte Wesen, Naturgeister, die es schon gegeben hatte, bevor Zeus mit seinem Gefolge auf dem Olymp einzog. Bislang war Odysseus noch nie einer Nymphe begegnet – niemand, den er persönlich kannte, war das, ja er hatte überhaupt nicht an ihre Existenz geglaubt.

Aber selbst, wenn Kalypso nicht log und war, was zu sein sie behauptete – er war mehr als nur verwirrt. Ein Naturgeist, gut … aber es war etwas vollkommen anderes, dieser seltsamen Frau gegenüberzustehen, die plötzlich behauptete, zu den Nymphen zu gehören.

Genauer zu den Najaden, erinnerte sich Odysseus. Nymphen unterteilten sich in Najaden, die Quellen bewohnten, den Oreaden auf den Bergen, den Dryaden in den Bäumen und den Nereiden und Okeaniden des Meeres.

Von Nymphen, die in Hütten wohnten, weil ihnen Quellen zu langweilig geworden waren, hatte er allerdings noch nichts gehört.

Nun – gleichgültig, was Kalypso war – sie war in jedem Fall eine außergewöhnliche Frau.

»Du siehst plötzlich so nachdenklich aus, König des fernen Ithaka«, sagte Kalypso lächelnd. »Glaube mir, du wirst hier noch genug Zeit zum Nachdenken finden. So schnell lasse ich dich jedenfalls nicht mehr weg.«

»Was soll das heißen?«, fragte Odysseus.

»Das soll heißen, mein lieber Odysseus«, lächelte Kalypso, »dass ich dich zu meinem Gemahl erkoren habe.«

In diesen Tagen begann er die frühen Morgen zu lieben. Es war ein einzigartiges Erlebnis, ganz früh an den Strand Ogygias zu gehen, wenn die Dämmerung allmählich in den strahlenden Tag überging. Gewöhnlich flaute dann der Nachtwind ab, und die Bucht lag still und glatt wie ein Spiegel da, in dem sich das tiefe Blau des Himmels brach. Die Luft war erfrischend kühl und er genoss es, sich von der zunehmenden Wärme der steigenden Sonne durchströmen zu lassen.

Doch auch während er am Strand auf und ab ging oder sich für eine Weile auf dem trockenen Sand niederließ, kamen seine Gedanken nie zur Ruhe. Er war sich ständig bewusst, dass es nur wenige Schritte bis zu Kalypsos Hütte waren, in dem bereits ein komplett zubereitetes Frühstück für ihn bereitstand: leichter roter oder weißer Wein, gebratener Fisch, frisches Brot und gelegentlich ein Stück Wild. Er wäre froh gewesen, wäre es nicht so. Es hätte einiges einfacher gemacht. In den ersten Tagen war er für Kalypsos Fürsorge mehr als dankbar gewesen, hatte sie ihm doch Trost gespendet, als ihn der furchtbare Schmerz um den Tod seiner Gefährten niederzuringen gedroht hatte. Doch nun, da er wieder frischen Lebensmut entwickelte, begann er ihre Fürsorge immer mehr als Einengung zu empfinden. Sie war immer für ihn da, wenn er sie brauchte, ohne seine

Bewegungsfreiheit auf der Insel Ogygia einzuschränken.

Aber das war es ja gerade: diese Insel. Sicherlich eine Idylle und ideal, um die Wunden seines Körpers und auch seiner Seele auszuheilen. Doch bis zum Ende seiner Tage konnte er und wollte er hier nicht bleiben. Auch wenn er mit Kalypso Tisch und Bett teilte, so war sie doch nicht seine Frau, und was viel wichtiger war: Er liebte sie nicht.

Und außerdem war Ogygia nicht sein Königreich. Er gehörte nach Ithaka, an die Seite seines Weibes Penelope, um mit ihr gemeinsam über sein Land zu regieren und Telemach auf die Übernahme seines schweren Erbes vorzubereiten. Er hätte sie nie verlassen sollen, nicht, um Krieg gegen das ferne Troja zu führen, der seinen Ruhm und seine Macht stärken sollte. Ruhm und Macht, das erkannte er erst jetzt, waren nichts weiter als Stützen der Eitelkeit und was wirklich zählte, waren allein Liebe und Freundschaft – etwas, was er nur in Ithaka fand.

Ithaka ...

Mit wie viel Wehklang war dieser Name bereits verbunden, wie viele tapfere Männer waren in dem Glauben gestorben, ihre Heimat bald wieder zu sehen? Stolze achthundert Krieger waren sie gewesen, die siegestrunken von den Küsten Trojas aufgebrochen waren, und sie alle waren nun tot; Menschenfressern in die Hände gefallen, erschlagen von fürchterlichen Gegnern oder der stürmischen See zum Opfer gefallen. Gefressen von der Skylla.

Er als Einziger hatte überlebt, bislang, doch wozu, das wusste er nicht. Das Einzige, was er zu wissen glaubte, hatte er der düsteren Prophezeiung Teiresias' entnommen. Er würde die Heimat wieder sehen, hatte ihm der tote Seher geweissagt, doch eine Heimat, die er nicht wieder erkennen würde. Er wusste nicht einmal, ob Penelope und Telemach noch am Leben waren. Und er wusste nicht, ob sich eine Rückkehr lohnte.

Während er auf die Bucht hinausstarrte, kam er zu einem Entschluss. Er würde mit Kalypso sprechen, heute noch. Sie musste ein Einsehen mit ihm haben und konnte nicht so grausam sein, ihn den Rest seines Lebens auf Ogygia gefangen zu halten. Er wusste, dass sie die Macht dazu hatte, seine Reisepläne zum Scheitern zu bringen; nur mit ihrer Hilfe konnte er überhaupt hoffen, ein halbwegs seetüchtiges Fahrzeug auf den richtigen Kurs zu bringen. Und er war sich alles andere als sicher, ob sie dazu bereit war. Ogygia war nicht nur ein Paradies, es war auch ein Käfig; ein Käfig mit unsichtbaren Stäben zwar, aber sehr festen.

Mit einem entschlossenen Ruck wandte er sich um und ging den Hügel zu der Hütte empor, die Kalypso in den Berg gebaut hatte. Die Morgenbrise hatte inzwischen eingesetzt und der leichte Wind strich über seinen nackten Rücken. Alles, was er am Leib trug, war ein grobgewebtes Gewand, das wie er selbst als Strandgut auf Ogygia gelangt war. Er wusste, dass Kalypso dabei war, ihm neue Kleider zu nähen, und dieses Wissen versetzte ihm einen feinen Stich.

Als er die Hütte betrat, hockte Kalypso vor der Feuerstelle und blies in die verlöschende Glut. Obwohl er sich aus alter Gewohnheit nahezu lautlos bewegte, hatte sie ihn gehört, denn sie hatte die Sinne einer Nymphe, die um vieles feiner waren als die eines Menschen. Sie wandte sich zu ihm um, lächelte sanft und deutete auf den Tisch, auf dem sie zwei Teller und eine Schale mit frischem Obst vorbereitet hatte.

»Du bist heute früh dran«, sagte sie in einem Tonfall, in dem die Spur eines Vorwurfs mitschwang. »Die Glut ist noch nicht entfacht und der Fisch noch nicht gebraten.«

»Tu mir einen Gefallen«, sagte Odysseus so vorsichtig wie möglich und zwang sich ein Lächeln ab, »vergiss heute den Fisch, ja? Dein Frühstück ist so gut und reichhaltig, dass . . .«

Als er sich bewusst wurde, was für einen Unsinn er zu reden im Begriff war, verstummte er mitten im Satz. Was war mit ihm los, dass es ihm nicht wie gewohnt gelang, zu jeder Situation die passenden Worte zu finden?

Kalypso erhob sich vollends und musterte ihn stirnrunzelnd. »Was ist geschehen, dass du so außer Fassung bist? Hast du ein Schiff am fernen Horizont entdeckt, dem nun dein Herz nachweint?«

»Unsinn«, brummte Odysseus ungehalten. Er ärgerte sich, vor Kalypso derart die Fassung verloren zu haben. Der listenreiche Odysseus, wie man ihn nannte, war dafür bekannt, auch in aussichtslosen Situationen klaren Kopf zu bewahren und mit scharfer Zunge seine Ziele durchzusetzen. Wenn er jetzt seine Gefühle schon so wenig unter Kontrolle hatte, dass ihm eine Frau seine Verwirrung auf den ersten Blick ansah, dann war das ein alarmierendes Zeichen.

Natürlich war Kalypso nicht irgendeine Frau. Sie stand auf geheimnisvolle Weise mit den Göttern im Bunde, schützte ihn vor ihrem Zorn, solange er sich auf Ogygia befand. Anders ausgedrückt: Er war ihr Gefangener. Sie wussten es beide, ohne es je ausgesprochen zu haben.

»Ich habe kein Schiff am Horizont entdeckt«, sagte Odysseus scharf. »Und wenn, würde es auch keinen Unterschied machen. Du würdest mich nicht gehen lassen.«

Kalypso trat an den Tisch, nahm einen Apfel aus der Obstschale und spielte gedankenverloren damit. »Wenn du kein Schiff gesehen hast, verstehe ich deine Aufregung um so weniger, lieber Odysseus. Dass du hier bei mir weilst, verdankst du deinem Dickschädel, mit dem du den Zorn der Götter herausgefordert hast. Sie, die dich Troja bezwingen ließen, haben deinen Unglauben und Größenwahn nicht hinnehmen können. Sag mir ehrlich: Fühltest du dich selbst nicht wie ein Gott, als es dir gelang, den furchtbaren Zyklopen zu blenden?«

»Da ist eine andere Geschichte, die nicht hierher gehört«, antwortete Odysseus ungehalten. »Du sprachst von Troja und du sollst eine ehrliche Antwort erhalten: Ja, ich zweifelte an der Existenz der Götter, sowohl vor den Toren Trojas als auch in den langen Jahren vorher. Aber ich brachte ihnen Opfer dar und sprach ihre Namen mit Ehrfurcht aus.

Und jetzt?« Er lachte rauh. »Es ist wohl nicht mehr an der Zeit, an ihrer Existenz zu zweifeln Aber was für Götter sind das, Kalypso, wenn sie achthundert tapfere Männer untergehen lassen, nur weil sie ein Einzelner in ihren Augen herausgefordert hat...«

»Du hast die Götter nicht herausgefordert, sondern sie gelästert«, unterbrach ihn Kalypso. Plötzlich wirkte sie sehr ernst. »Das ist ein wesentlicher Unterschied.«

»Ach, ist es das?« Odysseus trat einen weiteren Schritt in den Raum und starrte in die Glut, die durch Kalypsos Atem zu prasselndem Feuer entfacht war. Sein ganzes Leben hatte er sich mit List und Lügen durchgeschlagen, doch jetzt wollte er nicht mehr. Vielleicht, weil er spürte, dass er alt wurde. Oder war es, weil er begriffen hatte, dass es an der Zeit war, sich selbst und anderen nichts mehr vorzumachen?

Er straffte sich und sah Kalypso geradewegs in die Augen. »Ich will dir sagen, was ich glaube, auch wenn der Zorn der Götter mich dann endgültig trifft.« Er machte eine kleine Pause, fragte sich, ob es wirklich das war, was er jetzt wollte: Wahrheit. Aber er war zu weit gegangen, um jetzt noch aufhören zu können. »Die Götter verfolgten meinen Weg mit einer Mischung aus Freude und Neid«, fuhr er schließlich fort. »Um selber zu leben, brauchen sie Helden, die Unglaubliches, ja fast Unmögliches vollbringen. Diese Helden, Kalypso, sind Götter, in ihren eigenen Augen. Wahrscheinlich sind die Götter früher selbst nichts anderes gewesen als Helden, zu Mythen erst gemacht von ihren Mitmenschen. Doch was ist, wenn einer der lebenden Helden selbst nicht an die Götter glaubt? Entzieht er ihnen dann nicht die Lebensgrundlage?«

»Das ist... ungeheuerlich«, keuchte Kalypso. »Ich hoffe, du weißt nicht, was du da gesagt hast, Odysseus. Du versteigst dich in deinem Größenwahn zu Dingen...«

»... die auf der Hand liegen«, beendete Odysseus ihren Satz.

»Ich kann es einfach nicht glauben«, stöhnte Kalypso.

»Selbst jetzt, nachdem du die Existenz der Götter leibhaftig erfahren hast, nachdem du ins Totenreich hinabgestiegen bist, bist du so vermessen, die Götter zu verhöhnen. Hältst du dich selbst etwa für einen Gott, bereit, bei nächster Gelegenheit auf den Olymp zu steigen?«

»Ja, aber nur, um ihn in Brand zu setzen!«, sagte Odysseus wütend. Kalypso stieß einen halblauten, erschrockenen Ruf aus und schlug die Hand vor den Mund und auch Odysseus begriff erst jetzt wirklich, was er da gesagt hatte.

Kein Blitz fuhr vom Himmel und spaltete das Haus und den Lästerer und kein Ungeheuer tauchte auf, ihn für seine Worte zur Verantwortung zu ziehen. Nach einer Weile schüttelte Odysseus traurig den Kopf. »Nein, Kalypso«, fuhr er sehr viel ruhiger fort. »Natürlich halte ich mich nicht für einen Gott. Du hast immer noch nicht begriffen. Das Zeitalter der Götter neigt sich dem Ende zu. Weder ich noch einer meiner Zeitgenossen werden zu Göttern werden. Die Götter mögen noch genug Macht haben, um sterbliche Helden wie mich zu vernichten. Doch was geschieht, wenn sie es tun? Sie berauben sich selbst der Basis ihres Lebens.« Odysseus lächelte bitter. »Das ist die einzige Chance, die ich habe. Denn in welcher Form die Götter auch immer existieren: Sie brauchen mich, so wie ich sie brauche. Ohne sie hätten wir Troja nicht besiegen können, aber ohne uns würde ihr Ruhm und damit sie selber sehr schnell verblassen.«

Kalypso antwortete nicht, aber ihrem Gesicht war deutlich anzusehen, wie erschüttert sie war. Der Apfel in ihrer Hand zitterte leicht, als sie ihn in die Obstschale zurücklegte. »Du machst mir Angst, Odysseus«, gestand sie. An dir ist eine wilde Art zu denken, die vor nichts Halt macht, selbst wenn es zu deinem Nachteil wäre. Der Odysseus, von dem man mir berichtet hat, soll dagegen ein vernünftiger Mann gewesen sein.«

»Wenn ich so vernünftig wäre, wäre ich wohl nicht hier. Das hast du mir selbst doch gerade gesagt.«

Kalypso nickte langsam. »Ich beginne langsam zu begreifen, warum dich die Götter vernichten wollen«, sagte sie leise. »Du zweifelst an allem, nicht wahr? Das ist auch der Grund, warum du über alles ein Lügengebäude setzen kannst, über Dinge, an die du selbst nur bedingt glaubst. Gibt es überhaupt etwas in deinem Leben, an das du bedingungslos zu glauben bereit bist?«

»Ja, das gibt es«, antwortete Odysseus. Er verspürte einen scharfen Stich, als er an Penelope dachte. »Es hat lange gedauert, bis ich begriffen habe, was wirklich wichtig für mich ist. Und deshalb, Kalypso, bitte ich dich, mich freizulassen.«

Kalypsos Gesicht verhärtete sich, ein Schatten lief über ihre Züge und ihre Augen funkelten vor Zorn. »Merke dir das gut, Odysseus«, zischte sie. »Niemals werde ich dich freiwillig gehen lassen, eher töte ich dich! «

Odysseus hielt ihrem Blick stand, aber er spürte, dass er ihrem Zorn nichts entgegenzusetzen hatte. Wortlos drehte er sich um, verließ die Hütte und ging wieder zum Strand hinunter. Seine Gedanken waren in Aufruhr. Er begriff nicht, warum er der direkten Konfrontation mit Kalypso auswich. Wenn er früher in einer solchen Situation gewesen wäre, hätte er gewusst, was zu tun war. Er hätte versucht, auf die eine oder andere Weise seinen Willen durchzusetzen, gleichgültig, was andere dabei empfinden mochten. Er hätte Pläne geschmiedet, eine List ersonnen ...

Wütend ballte er die Fäuste und blieb stehen. Sein Blick wanderte über die dicht bewachsenen Hänge Ogygias, die blühenden Bäume und die üppigen Wiesen. Die Insel war schön, daran konnte kein Zweifel bestehen, ein Paradies, in dem das Wort Krieg unbekannt war. Aber es war nicht sein Paradies.

Mit entschlossenen Schritten eilte er die letzten Meter zum Strand hinunter, spürte den feinen Sand unter seinen Füßen und starrte in den wolkenlosen blauen Himmel, der am Horizont mit dem Blutrot der aufgehenden Sonne verschmolz. Irgendwo dort draußen, weit hinter diesem Horizont, fuhren Schiffe über das Meer, und vielleicht hieß das Ziel des einen oder anderen sogar Ithaka.

Er wusste, dass ihm nicht mehr viel Zeit blieb. Auf Ogygia verlor er seinen Lebenswillen und seine Energie, jeden Tag ein bisschen mehr, bis schließlich von ihm nichts mehr als eine leere Hülle übrig bleiben würde. Sein viel gerühmter scharfer Verstand war bereits träge geworden, eine stumpfe Waffe gegen Kalypsos unbeugsamen Willen, ihn nicht wegzulassen.

Vielleicht wäre es besser gewesen, eine List zu ersinnen, anstatt Kalypso zu sagen, was er wirklich fühlte. Aber er spürte auch, dass ihm gar nichts anderes mehr übrig blieb, als bei der Wahrheit zu bleiben, wollte er sich nicht vollkommen aufgeben. Das ganze feine Gespinst von Lügen und Halbwahrheiten war zerrissen und was darunter zum Vorschein kam, war er selbst, der Kern seiner Persönlichkeit, der wahre Odysseus, den er selbst so wenig kannte. Er wusste, dass er es sich selbst gegenüber schuldig war, sich diesmal ohne jede Spur von Verstellung um sein Ziel zu bemühen.

Er musste noch einmal mit ihr reden.

Während er auf das Meer hinausstarrte, auf die ruhige und sich doch immer bewegende Wasseroberfläche, kamen seine Gedanken langsam zur Ruhe. Ein nie gekanntes Gefühl der Einheit mit dieser wunderlichen Welt durchströmte ihn. Er sah sich selbst nunmehr als winzigen Bestandteil der Welt, der große, mächtige Odysseus nichts weiter als ein Staubkorn gegen die Allmacht der Götter und Naturgewalten. Seltsamerweise verlieh ihm dieses Gefühl neue Kraft und Zuversicht.

Und noch etwas geschah. Nicht zum ersten Male in seinem Leben verfügte Odysseus plötzlich über ein Wissen, das nicht aus ihm kam, aber zum ersten Male in seinem Leben begriff er, warum es so war:

Er war der Wahrheit sehr nahe gekommen, mit dem, was er Kalypso entgegengeschleudert hatte. Etwas von ihm gehörte zur schrecklichen Welt der Götter, und . . .

Ja, und dieses Etwas ließ ihn nun spüren, dass die Zeit des Wartens vorbei war. Wie lange war er hier? Monate? Wochen? Jahre? Er wusste es nicht. Zeit war hier bedeutungslos. Er spürte nur, dass er lange hier gewesen war. jetzt, als er die Wahrheit endlich erkannt hatte, war die Zeit des Wartens vorüber. Vielleicht würden ihn die Götter nun endgültig zur Verantwortung ziehen für den Frevel, den er begangen hatte.

Langsam und wie benommen löste sich sein Blick von der Unendlichkeit des Meeres. Er wusste nicht, wie lange er so dagestanden war, aber er wusste, dass es Zeit war, nochmals mit Kalypso zu sprechen.

Ohne zu zögern, wandte er sich um und schritt den Pfad zur Grotte empor. In ihm war nichts als Ruhe und die Gewissheit, diesmal die richtigen Worte zu finden.

Als er die Hütte betrat, stand Kalypso an dem schmalen Fenster und starrte nach draußen. Offensichtlich hatte sie ihn beobachtet.

»Ich muss mit dir reden«, sagte Odysseus ruhig.

»Ich wüsste nicht, was wir zu bereden haben«, wehrte Kalypso ab. Sie drehte sich zu ihm um und musterte ihn eingehend. »Wenn man dich so ansieht, könnte man meinen, du würdest eine schicksalsschwere Entscheidung nach der anderen treffen.« Ihr Spott traf nicht mehr, vielleicht, weil er nicht echt war.

»Es ist eine einzige Entscheidung, die ich getroffen habe«, berichtigte sie Odysseus. »Aber sie ist wichtig.«

»Wichtig! Es gibt keine Entscheidungen, die sich nicht rückgängig machen ließen«, sagte sie ärgerlich. »Was auch immer du dir für eine List ausgedacht hast, sie wird sich bei mir nicht verfangen.« Aber sie hatte sich bereits verfangen, das spürte Odysseus. Auch mit Kalypso war eine Veränderung vor sich gegangen. Er war nicht der Einzige, der die Stimme der Götter gehört hatte.

»Wenn es keine Entscheidungen gibt, die man nicht mehr zurücknehmen kann, dann bitte ich dich darum, deine Entscheidung von vorhin zurückzunehmen.«

Sie starrte ihn entgeistert an. »Ganz der alte Odysseus, ganz der Wortverdreher, von dem alle Welt spricht«, zischte sie. Sie wirkte unsicher. Zum ersten Mal, seit er sie kannte, war sie unsicher. »Meinst du, mich mit Worten überrumpeln zu können? Weit gefehlt, mein Freund. Eher schneide ich dir die Zunge ab, als auf deine Reden hereinzufallen.«

»Ich will nicht mit dir streiten, Kalypso«, sagte Odysseus leise. »Ich will nichts weiter, als dir meine Entscheidung mitteilen und dich bitten, mir bei meiner Rückkehr nach Ithaka zu helfen. Tust du es nicht, so werde ich mich ohne deine Hilfe auf den Weg machen.«

»Und scheitern«, stellte Kalypso sachlich fest. »Selbst wenn ich dir helfen wollte, wäre das keine Garantie für dich, mehr als auch nur ein paar hundert Meter weit aufs offene Meer hinauszukommen.«

»Ganz so unerfahren in seemännischen Dingen, wie du meinst, bin ich nicht«, antwortete Odysseus. »Schließlich habe ich schon ein paar Schiffbrüche überlebt.«

»Überlebt schon«, sagte Kalypso spöttisch. »Aber wie?«

Odysseus nickte langsam. »Aber wie, Kalypso. Du hast vollkommen Recht. Der Gefangene einer alterslosen Nymphe oder besser gesagt, der Gefangene seiner eigenen Bequemlichkeit, an der er letztendlich zugrunde gehen wird.«

Kalypso starrte ihn an. »Siehst du das wirklich so?«

Odysseus verzichtete auf eine Antwort. Er hatte alles gesagt, was es zu sagen gab. Es war jetzt an Kalypso, zu entscheiden, ob sie sich seinem Weggang widersetzen oder aber ihm helfen wollte. Er würde gehen, das stand fest. Es war dieselbe unsichtbare Macht, die ihn hierher auf diese Insel verbannt hatte, die ihn nun zum Weggehen rief. Nicht einmal Kalypso würde sich ihr widersetzen können.

Kalypso biss sich auf die Unterlippe und schüttelte ungeduldig den Kopf. »Ich verstehe nicht, was dir hier nicht gefällt. Ogygia ist ein Traum, ein Paradies des Friedens.

Du hast hier jede Bewegungsfreiheit, die du dir wünschen kannst. Und ich? Gefalle ich dir gar nicht? Bin ich kein Grund für dich, hierzubleiben?«

Odysseus lächelte leicht. »Es wird wahrlich nicht viele Männer geben, die sich deinem Zauber entziehen können, Schönste aller Nymphen. Doch ist der Zauber der Liebe ein sehr flüchtiger, wenn er von den Lenden und nicht vom Herzen kommt.«

»Damit willst du wohl sehr schmeichelhaft umschreiben, dass du mich nicht liebst«, fragte Kalypso scharf.

Odysseus breitete die Hände zu einer entschuldigenden Geste aus. »Die Liebe ist nichts, was sich erzwingen ließe. Selbst wenn ich dich lieben wollte, so könnte ich es doch nicht, ohne mir selbst das Herz aus dem Leib zu reißen. In meinem Herzen aber wohnen Penelope, mein Sohn Telemach und das Volk von Ithaka, das einen Anspruch auf seinen legitimen König hat.«

Kalypso starrte ihn wortlos an. Lange sprach keiner von ihnen ein Wort.

Aber dann nickte sie. »Dann geh, Odysseus«, murmelte sie. »Ich werde dir keine Steine in den Weg legen. Doch lass mich dir noch eine Warnung mit auf den Weg geben – ich bin es nicht, deren Zorn du fürchten musst. Dort draußen lauert das Meer, das dich vernichten wird. Wisse, Odysseus, dass die Zeit der Entbehrungen und Prüfungen für dich noch lange nicht vorbei ist. Mag sein, dass du Recht hast und die alte Welt untergeht. Aber bedenke auch, dass wir beide Bestandteil dieser alten Welt sind. Wenn die Götter fallen, fallen auch wir.«

Ihre Stimme klang kalt und bar jeden Gefühls, aber Odysseus wusste, dass der Eindruck täuschte. Bei aller Kühle, die sie mitunter an den Tag legte, war sie eine leidenschaftliche Frau, die nie etwas aufgeben würde, wenn sie nicht wirklich wollte. Plötzlich tat sie ihm leid. »Es sind nicht mehr viele Jahre, die ich vor mir habe, Kalypso«, sagte er sanft. »Götter sterben nicht über Nacht. Mögen sie auch den Höhepunkt ihrer Macht überschritten haben, so werden es jedoch weder meine Kinder oder meine Enkel erleben, dass sie fallen. Doch was für einen Grund haben sie, mich noch weiter zu quälen? Ist es nicht Strafe genug, dass ich sämtliche Gefährten verlor? Ich verstehe nicht den Zorn des Sonnengottes, der mich für den Frevel meiner Gefährten bestrafen will, noch die Wut Poseidons, die nicht nachlässt auch nach all dem, was er mir bereits angetan hat.«

»Es ist nicht an dir, die Götter zu verstehen«, wandte Kalypso ein, »du sollst sie akzeptieren, so, wie sie sind. Lernst du das nicht, wirst du letztendlich untergehen.«

»Wie sollte ich sie akzeptieren nach all dem, was sie mir angetan haben?«, fragte Odysseus ungehalten. »Soll ich tatenlos zusehen, wie sie mein Leben zerstören, und ihnen dafür auch noch dankbar sein?«

»Die Götter brauchen deine Dankbarkeit nicht. Es war dein Hochmut, der sie herausforderte, und es wird dein Hochmut sein, wenn du letztendlich scheiterst. Du, der so vermessen war, dein Schicksal ausschließlich deiner Kraft und deinem Verstand anzuvertrauen, beginnst langsam zu begreifen, dass du nichts weiter als ein Staubkorn bist, ein Spielball der wahren Schicksalsmächte. Erst wenn du das endgültig begreifst und dein Schicksal demütig annimmst wie ein Bettler eine wohl gemeinte Gabe, wirst du bestehen können.«

Odysseus runzelte die Stirn und sah zu dem schmalen Fenster hinaus, durch das die Strahlen der aufsteigenden Sonne wie gierige Finger nach ihm griffen – der ferne Gruß des Sonnengottes, von dessen Existenz er trotz allem immer noch nicht vollständig überzeugt war. Es war wohl tatsächlich so, wie Kalypso angedeutet hatte: Er konnte die Existenz der Götter einfach nicht akzeptieren und hatte sich daher immer auf seine eigene Kraft und Stärke verlassen.

»Ich verstehe nicht, warum du mir plötzlich helfen willst«, sagte Odysseus aufrichtig. Er dachte daran, wie sie seinen drängenden Wunsch zur Rückkehr beim ersten

Mal abgeschmettert hatte, vor weniger als einer Stunde: Niemals werde ich dich freiwillig gehen lassen, eher töte ich dich!

Kalypso lachte traurig. »Du traust mir nicht, König des fernen Ithaka. Du glaubst, ich wolle dir eine besonders tückische Falle stellen, indem ich dich dem Zorn Poseidons ausliefere.«

Odysseus wusste nicht, wie er auf diese Anschuldigung reagieren sollte. Er war die Ausflüchte leid, die langen Erklärungen, die nichts erklärten, sondern vielmehr verbergen sollten, was er wirklich dachte. »Vielleicht ist es tatsächlich so, wie du sagst«, gestand er schließlich. »Ich kann einfach nicht verstehen, warum du plötzlich bereit bist, mich gehen zu lassen.«

Aus demselben Grund wie du, du Narr, sagte ihr Blick. Aber das sprach sie nicht aus. Ihre kalt funkelnden Augen glitten an Odysseus vorbei in die Ferne. »Nimm an, ich sei deiner überdrüssig, König des fernen Ithaka.« Sie lachte heiser. »Du bist ein anstrengender Gast. Dein Körper mag zwar hier sein, aber deine Seele ist es nicht. Sie ist in Ithaka, bei deinem Weib und deinem Sohn. Magst du zurückkehren und dort versuchen, glücklich zu werden. Ich jedenfalls werde dich nicht halten.«

Odysseus starrte Kalypso mit wachsendem Unglauben an. Nach all dieser Zeit, all dieser endlosen schönen und zugleich trostlosen Zeit, nach all seinen vergeblichen Versuchen, seine Freiheit von ihr zu erbetteln, zu erfeilschen oder erschleichen … ließ sie ihn plötzlich gehen?

Wieso? Warum nur?

Und dann glaubte er zu begreifen.

Auch Kalypso war letztendlich eine Sterbliche. O ja, ein Wesen, das so alt wie diese Welt war und dessen Leben wohl in Zeiträumen zu messen war, die er sich nicht einmal vorzustellen vermochte – sein eigenes Leben konnte kaum mehr als ein Lidzucken in der Spanne ihrer Existenz sein. Aber sie war keine Göttin. Selbst für sie gab es Mächte, die ihr überlegen waren, denen sie Gehorsam schuldete. Ohne dass es ein Wort der Erklärung bedurft hätte und ohne dass er auch nur den allermindesten Zweifel verspürte, wusste er plötzlich, dass Kalypsos jäher Sinneswandel nicht ihrem eigenen Willen entsprang. Sie war seiner nicht überdrüssig geworden, spielte kein neues Spiel mit ihm, nein, es der direkte Befehl der Götter, auf den sie handelte. Irgendeine Macht wollte aus irgendeinem Grund, dass er irgendwohin ging; vielleicht nach Hause, vielleicht auch nur zu einem anderen Ort auf seiner schrecklichen, scheinbar niemals endenden Reise.

Odysseus sprach nichts von alledem aus, aber schon am nächsten Morgen verließ er Ogygia für immer.

Und drei Monate später – auf den Tag genau zehn Jahre, nachdem er Trojas brennende Trümmer hinter sich zurückgelassen hatte, kam er endlich nach Hause.

Die Heimkehr

Ithaka ...

Welch herrlicher, süßer Klang. Wie oft, wie viele zahllose Male, hatte ihn allein der Klang dieses Namens davon abgehalten, zu verzagen, in wie vielen scheinbar ausweglosen Situationen hatte ihm allein die Erinnerung an seine Heimat noch einmal Kraft gegeben, hatte ihm der Gedanke an ihre sanften Küsten, ihre bewaldeten Berge und die endlosen Wiesen und Felder weiterkämpfen lassen ...

Mit den ersten Strahlen der aufgehenden Sonne war er fortgesegelt, damals, ein Jüngling noch, schon König und Held zwar, aber noch kein Mann, und mit den letzten Strahlen der Sonne trat er nun wieder an Land, als wäre nur ein Tag vergangen.

Es war sehr warm, selbst jetzt noch, nachdem die Dämmerung hereinzubrechen begann. Das Wasser, das Odysseus' Beine bis zu den Knien hinauf umspülte, war warm und sanft, wie die streichelnden Hände einer Frau, und die Nacht, das Wispern des Windes in den nahen Baumwipfeln, das Raunen der Brandung, dies alles schien ihm willkommen! zuzurufen. Er war zu Hause.

Zu Hause!

Er hatte nicht mehr daran geglaubt. Ein Teil von ihm, jener kleine, aber ungemein starke Teil der menschlichen Seele, der logischen Argumenten gegenüber stets verschlossen bleibt, hatte sich an die Hoffnung geklammert, eines Tages doch noch einmal hierher zurückzukommen, aber der andere Odysseus, der kalte Planer und Denker, der er war, hatte ebendiese Hoffnung längst aufgegeben gehabt. Selbst jetzt, als er am Strand stand, das Wasser spürte, all die vertrauten Umrisse vor sich sah, glaubte er es noch nicht wirklich; er schloss die Augen, und einen Moment lang wagte er fast nicht, die Lider wieder zu heben, aus Furcht, dass alles nur ein Trugbild gewesen sein könnte, ein böser Traum, den ihm die Götter geschickt hatten, um seine Hoffnung – und damit seine Qual – noch mehr zu schüren. Aber dann zwang er sich, diesen Gedanken zu verscheuchen, öffnete die Augen wieder und ging mit wenigen, raschen Schritten vollends an Land, wo er erneut stehen blieb und sich wieder zum Meer umwandte.

Das Schiff hatte beigedreht und war schon wieder auf dem Weg zurück. Der Bug zeigte auf das offene Meer, nach Westen, wo – zehn Tagesreisen entfernt – die Heimat seiner Besatzung lag. Der Rumpf selbst war bereits mit der Nacht verschmolzen, nur das Segel leuchtete noch als mattweißer Fleck durch die sich rasch verdichtende Dunkelheit und Odysseus wusste, dass die Männer dort drüben auch ihn nicht mehr erkennen konnten. Trotzdem hob er die Arme und winkte dem Boot zum Abschied zu. Es tat ihm leid, dass er seinen Wohltätern nicht die gebührende Belohnung geben konnte, aber Kapitän und Besatzung des Schiffes hatten es abgelehnt, ihn gänzlich nach Hause zu bringen; statt im Hafen von Ithaka war das Schiff der Phäaken vor der Bucht des Meeresgottes Phorky vor Anker gegangen, nahe genug an der Stadt, dass er sie bei Morgengrauen erreichen konnte, aber weit genug, vom Hafen aus nicht gesehen zu werden.

Odysseus wandte sich wieder um, ging ein paar Schritte den Strand hinauf, blieb abermals stehen und sah sich um. Nichts schien sich verändert zu haben, alles war genauso, wie er es in seiner Erinnerung bewahrt hatte, und obwohl sich die Nacht mittlerweile vollends über Himmel und Meer gesenkt hatte, erkannte er doch jeden Umriss, jede Linie, jede noch so kleine Einzelheit wieder: hinter ihm die beiden mit scharfzackigen Felsspitzen besetzten Landzungen, die wie eine von der Hand der Natur errichtete Wehrmauer ins Meer hinausgriffen und nur eine schmale Zufahrt zur Bucht freiließen, sodass diese auch bei stürmischer See einen sicheren Hafen bildete, zur Linken der große Ölbaum, von den Jahren gebeugt, aber noch immer nicht gebrochen, daneben die Grotte, in deren ewiger Dämmerung – der Sage nach – Meernymphen ihren Wohnsitz haben sollten und in der er als Kind so gerne gespielt hatte.

Nein – nichts schien sich verändert zu haben. Jede Linie, jeder Strauch, jeder Schatten war gleich; selbst das Wasser schien noch dasselbe zu sein, das vor so langer Zeit gegen den Strand gerollt war. Es war, dachte er, als hätte irgendjemand dafür gesorgt, dass dieser kleine Teil Ithakas noch ganz genau so sei wie damals.

Und vielleicht ist es so, überlegte er. Er hatte seine Lektion gelernt, und sie war schmerzhaft genug gewesen. Es gab die Götter und sie hatten Macht, auch wenn sie vielleicht ganz anders waren, als die Menschen glaubten. Aber gleichwie – Odysseus zweifelte keine Sekunde daran, dass es selbst in ihrer Macht stand, der Zeit ihren Willen aufzuzwingen.

Und trotzdem schreckte ihn dieser Gedanke nicht mehr. Selbst wenn sich in diesem Moment der Boden aufgetan hätte, um ihn zu verschlingen, es hätte nichts mehr geändert. Er war zu Hause und das allein zählte. Welche Gefahren konnten ihn jetzt noch schrecken, ihn, der gegen Götter, Zauberer und Ungeheuer gekämpft hatte?

Ein siegessicheres Lächeln auf den Lippen, wandte sich Odysseus nach Westen und marschierte los.

Ein paar Stunden später bedauerte Odysseus es bitter, dass er das Angebot des Kapitäns so voreilig ausgeschlagen hatte, sich einen anständigen Vorrat an Essen und einen Schlauch mit Wasser mit auf den Weg zu nehmen. Entweder hatten ihm seine Erinnerungen einen Streich gespielt oder seine Kräfte waren doch mehr geschwunden, als er bisher geahnt hatte – auf jeden Fall lag die Bucht sehr viel weiter von der Stadt entfernt, als er geglaubt hatte, und als die Mitternacht vorüber war, stolperte er noch immer über steinige Wiesen und durch dunkel daliegende Wälder und Hunger und Durst waren mittlerweile quälend geworden. Seine Füße schmerzten, sein

Rücken tat weh und er hätte viel für einen Schluck Wasser oder ein Stück trockenes Brot gegeben. Und doch hatte er noch nicht einmal den halben Weg geschafft, wie er schmerzhaft erkannte. Vielleicht würde er die Stadt sogar erreichen, wenn die Sonne aufging – aber in welchem Zustand! Odysseus glaubte nicht, dass es seine Feinde sehr beeindruckte, wenn der legitime König dieses Landes auf Händen und Füßen durch das Stadttor gekrochen kam, um sein Recht zu fordern …

Aber wieder hatten die Götter ein Einsehen mit ihm. Vielleicht war es auch nur ein ganz bestimmter Gott, der einzige, der niemals einen Unterschied zwischen Rang und Herkunft der Menschen machte und Zufall hieß. Odysseus hatte sich einen weiteren, steinigen Hang hinaufgequält, nur um dahinter einen neuen, noch ein wenig höheren Berg zu erblicken, als er auf halber Höhe ein Licht gewahrte; ein trübes, gelbes Flackern, das wie ein mattes Auge durch die Nacht zu ihm hinaufblinzelte. Ein Licht – das bedeutete Menschen, Wärme, Wasser und vielleicht sogar etwas zu essen!

Der Anblick gab ihm noch einmal neue Kraft. Er straffte sich, lief mit weiten, federnden Schritten den Hang hinab und fand schon nach wenigen Dutzend Schritten das erste wirkliche Zeichen menschlicher Besiedlung – genauer gesagt, stolperte er darüber und fiel der Länge nach hin.

Odysseus unterdrückte einen Schmerzenslaut, als er sich den Schädel an einem der scharfkantigen Steine stieß, mit denen die Wiese übersät war, blieb einen Moment benommen liegen und spürte, wie Blut über sein Gesicht lief und sich mit dem eingetrockneten Schweiß und Staub darauf vermengte. Erst nach ein paar Sekunden richtete er sich auf, drehte sich mühsam herum und erkannte, worüber er gestolpert war: Es war eine kniehohe Mauer aus grauem Felsgestein, in deren Ritzen und Fugen Moos wucherte. Ärgerlich runzelte er die Stirn. Die Mauer war wahrlich hoch genug, sie nicht zu übersehen, selbst bei Nacht, und dass er es doch getan hatte, zeigte deutlich, wie erschöpft er war. Seine Kräfte – und damit seine Aufmerksamkeit – ließen offensichtlich rapide nach. Er musste vorsichtig sein. Mit aller Deutlichkeit führte er sich vor Augen, was er auf dem Weg hierher über die Lage in Ithaka erfahren hatte. Es war zwar sein eigenes Königreich, in das er heimkehrte, aber er würde es sich erkämpfen müssen. Wenn er unvorsichtig war, konnte es gut sein, dass er das nächste Mal nicht über eine Mauer stolperte, sondern geradewegs in einen Speer rannte.

Er stand auf, schüttelte ein paarmal den Kopf, um den dumpfen Schmerz daraus zu vertreiben, und sah wieder auf das Licht herab. Er war jetzt nahe genug herangekommen, um zu erkennen, dass es aus dem Fenster einer kleinen, aus den gleichen grauen Steinen wie die Mauer erbauten Felsenhütte fiel. Der Anblick berührte etwas in ihm, einen Teil seiner Erinnerungen, den er verschüttet geglaubt hatte, und er hatte das Gefühl, diese Hütte und ihren Bewohner kennen zu müssen – aber sein Kopf blieb leer. Vielleicht durfte er nicht zu viel auf einmal von sich erwarten. Er ging weiter.

Als er näher kam, begann im Inneren der Hütte ein Hund zu bellen. Ein Schatten erschien vor dem Licht, und gleich darauf wurde die Tür aufgestoßen. Das Bellen des Hundes schlug in ein dumpfes Knurren um und plötzlich federte ein dunkler, kräftiger Schatten auf ihn zu. Odysseus drehte sich zur Seite, um dem Hund nicht seine Kehle zum Angriff zu bieten, und hob die Arme.

Aber der erwartete Anprall blieb aus. Kurz bevor der Hund ihn erreichte, erscholl aus der Hütte heraus ein schriller Pfiff. Das Tier brach seinen Angriff auf der Stelle ab, wich jedoch nicht zurück, sondern blieb mit sprungbereit gespannten Hinterläufen stehen und knurrte ihn an. Seine Fänge leuchteten in der Dunkelheit wie kleine Messer.

Odysseus blickte wieder zur Hütte hinüber. Unter der Tür war ein breitschultriger Mann erschienen, dessen Gesicht Odysseus in der Dunkelheit nicht erkennen konnte.

Dafür schien der Mann ihn um so genauer zu sehen, denn er musterte den nächtlichen Besucher eine ganze Weile stumm, ehe er endlich vollends aus dem Haus heraustrat.

»Kommt näher, Fremder, wenn Ihr nichts Böses im Sinn habt«, rief er.

Und im selben Moment, in dem er seine Stimme hörte, erkannte ihn Odysseus.

Er musste mit aller Macht an sich halten, um nicht vor Freude aufzuschreien. Es war Eumäos, der alte Sauhirte, sein Freund aus frühesten Kindertagen und trotz seines niederen Standes enger Vertrauter! Er lebte noch! Nach all diesen Jahren lebte er noch!

Eumäos schien sein Schweigen falsch zu deuten, denn seine Hand senkte sich auf seinen Gürtel, wo er – wie Odysseus wusste – einen handlichen Knüppel trug wie andere ein Schwert. Er wusste übrigens auch ebenso gut damit umzugehen.

»Was stehst du da rum, Kerl?«, fragte er. Seine Stimme klang nicht mehr so freundlich wie bisher. »Wenn du vorhast, mich auszuplündern, verschwinde lieber. Außer einer blutigen Nase wirst du dir bei mir nichts holen.«

»Ich ... plane nichts Übles«, sagte Odysseus rasch. Der Sauhirte schwieg und Odysseus glaubte schon, er hätte ihn erkannt. Aber dann machte Eumäos eine unwillige Handbewegung. »Warum stehst du dann noch immer da, statt deinen Namen zu nennen, wie es ein ehrlicher Mann täte?«, fragte er. »Komm näher oder verschwinde, Kerl!«

»Ich ... bin verletzt«, antwortete Odysseus stockend.

»Dann komm her«, knurrte Eumäos, »oder bleib stehen und blute noch ein bisschen, wenn es dir Spaß macht.«

Odysseus mußte lächeln. Ja, das war Eumäos, wie er leibt und lebt. Seinen bissigen Humor schien er jedenfalls in all den Jahren nicht eingebüßt zu haben.

»Keine Angst vor dem Hund«, fuhr Eumäos fort, als er sich immer noch nicht rührte. »Der tut dir nichts – solange ich ihn zurückhalte.« Er trat beiseite und machte eine einladende Geste auf die Hütte hin, ohne jedoch die Hand vom Knüppel zu nehmen.

Odysseus ging langsam auf ihn zu. Der Hund folgte ihm, immer im gleichen Abstand und ohne den Blick seiner kleinen, wachsamen Augen von ihm zu wenden, aber wie Eumäos gesagt hatte, machte er keine Anstalten, ihn anzugreifen. Er knurrte nicht einmal. Eumäos hat ihn gut trainiert, dachte Odysseus anerkennend. Aber Eumäos hatte schon immer gut mit Tieren umgehen können.

Mit gesenktem Haupt, so dass Eumäos sein Gesicht zwar sehen, aber sicherlich nicht erkennen konnte, trat er an dem alten Sauhirten vorbei in die Hütte. Eumäos beobachtete ihn aufmerksam, aber das Misstrauen in seinem Blick milderte sich, als er das Blut auf Odysseus' Gesicht und die frische Wunde sah.

»Was ist passiert?«, fragte er.

Odysseus presste die Hand gegen das Gesicht, als hätte er Schmerzen. Er bezweifelte, dass Eumäos ihn erkennen würde; nicht nach zwanzig Jahren, nicht mit all dem Schmutz und Blut im Gesicht und dem schwarzen Vollbart, den er sich hatte wachsen lassen. Aber er hatte Gefallen an dem Spiel gefunden und beschloss, es noch eine kleine Weile fortzusetzen.

»Ich bin gestolpert«, sagte er. »Ein heimtückischer Mensch hat eine Mauer quer über die Wiese gebaut, damit sich arglose Fremde wie ich den Hals brechen.«

»Arglose Fremde, so.« In Eumäos' Augen blitzte es spöttisch auf, während er Odysseus von Kopf bis Fuß musterte. »Ihr tragt ein Schwert«, sagte er. »Und die Kleider eines Kriegers. Ganz so arglos scheint Ihr gar nicht zu sein. Wer seid Ihr und was wollt Ihr hier? «

»Ein Mann mit Kopfschmerzen«, antwortete Odysseus ausweichend. »Und was ich will – ein wenig Wasser, um meine Wunde zu kühlen, noch ein wenig, um meinen Durst zu stillen, und eine kräftige Mahlzeit, wenn Ihr eine habt – ich bezahle dafür«, fügte er rasch hinzu.

Eumäos seufzte. »Wasser und Essen bekommt Ihr umsonst, mein Freund Arglos«, sagte er. »Ihr könnt mit Worten bezahlen. Setzt Euch.« Er deutete mit einer Kopfbewegung auf ein Schaffell, das neben der Feuerstelle ausgerollt war und fast die ganze Einrichtung der kleinen Hütte bildete.

»Aber jetzt hole ich erst einmal das Wasser. Mein Freund wird Euch Gesellschaft leisten – nur damit Euch nicht langweilig wird.« Er deutete auf den Hund, grinste flüchtig und wandte sich rasch zur Tür, um geduckt hindurchzugehen. Der Hund ließ sich nieder, legte den Kopf auf die Vorderpfoten und schloss die Augen zu schmalen Schlitzen. Aber seine Ohren blieben steil aufgerichtet. Odysseus zweifelte keine Sekunde daran, dass er ihn in Stücke reißen würde, wenn er auch nur versuchte, die Hütte zu verlassen.

Eumäos kam schon nach wenigen Augenblicken zurück, stellte eine Schale mit frischem Quellwasser vor Odysseus ab und machte eine auffordernde Geste. »Trinkt, Fremder«, sagte er. »Stillt erst Euren Durst. Aber dann erzählt.«

Odysseus griff gierig nach der Schale, nahm einen großen Schluck und genoß für Sekunden nichts anderes als die Kälte des Wassers, das seine Kehle hinabrann. Er leerte die Schale fast völlig, ohne auch nur einen Tropfen darauf zu verschwenden, sein Gesicht zu säubern, und danach griff er gierig nach dem süßen weißen Brot, das Eumäos ihm reichte, und schlang es hinunter. Der Sauhirte sah ihm kopfschüttelnd zu, sagte aber kein Wort, sondern ging schweigend hinaus, um die Schale erneut zu füllen. Erst als Odysseus nochmals getrunken und das Brot bis auf den letzten Krümel vertilgt hatte, seufzte Eumäos tief, ließ sich mit überkreuzten Beinen auf der anderen Seite der Feuerstelle nieder und maß ihn abermals mit einem langen, nachdenklichen Blick.

»Ihr müsst eine lange Reise hinter Euch haben, Eurem Appetit nach zu schließen«, sagte er lächelnd.

Odysseus überhörte die Frage geflissentlich, die sich hinter diesen Worten verbarg.

»Eine sehr lange«, sagte er. »Viel länger, als Ihr Euch vorstellen könnt, Freund. Ich danke Euch für Eure Gastfreundschaft.«

»Um ein Haar hätte sie darin bestanden, ein Grab für Euch auszuheben, Fremdling«, antwortete Eumäos ernst. Er deutete mit einer Kopfbewegung auf den Hund, der neben ihm lag und jetzt tat, als schliefe er. »Das Tier hätte Euch zerreißen können, wisst Ihr das?«

»Fürchtest du dich so sehr, dass du Hunde zum Töten abrichtest?«, fragte Odysseus spöttisch.

Für einen Moment flammte das alte Misstrauen wieder in Eumäos' Blick auf. Dann seufzte er. »Eine berechtigte Frage«, murmelte er. »Sie zeigt, dass Ihr wirklich von so weit her kommt, wie Ihr behauptet. Tatsächlich habe ich es wohl zwei Freunden zu verdanken, dass ich noch am Leben bin.« Er lächelte, ließ die linke Hand zwischen die Ohren des Hundes sinken und legte die rechte auf seinen Knüttel. »Diesen beiden hier.«

Odysseus erwiderte sein Lächeln, beugte sich vor und tauchte die Hände in die Schale, um sich das Gesicht zu waschen, führte die Bewegung aber nicht zu Ende. »Du hast Feinde?«, fragte er im Tonfall eines Mannes, dem gerade ein wichtiger Gedanke gekommen war.

»So kann man sagen«, erwiderte Eumäos mit einem bitteren Lächeln.

»Ich schulde dir etwas«, erinnerte ihn Odysseus. »Und ich bin ein Krieger. Wenn ich also …«

Eumäos winkte rasch ab. »Unsinn. Ihr wisst nicht, was Ihr sagt. Außerdem würde es nichts nutzen, wenn Ihr ein paar davon erschlagen würdet. Sie trachten mir nicht direkt nach dem Leben. Aber sie würden mir keine Träne nachweinen, wenn mir etwas zustieße … Ihr versteht? «

Odysseus nickte ernst. »Was hast du ihnen getan?«

»Nichts«, antwortete Eumäos. Sein Gesichtsausdruck verdüsterte sich. »Ich gehöre zu den wenigen, die dem legitimen Herrscher dieser Insel noch die Treue halten, das genügt.«

»Dem legitimen Herrscher?«, wiederholte Odysseus. »Ihr meint . . . König Odysseus?«

Eumäos starrte ihn einen Moment verdutzt an. Odysseus wartete darauf, dass Eumäos ihn nun erkennen würde, aber das geschah nicht. Stattdessen senkte er traurig den Blick.

»Odysseus, ja«, seufzte er. »Dem wahren König von Ithaka.«

»Es heißt, er wäre vor langer Zeit fortgesegelt und niemand hätte von seinem Verbleib gehört, seit er Trojas Ruinen hinter sich gelassen hat«, sagte Odysseus vorsichtig.

»Das stimmt«, bestätigte Eumäos leise. Der Ton in seiner Stimme war nun wirklicher Schmerz. »Aber er wird wiederkommen. Ich weiß es!«

Odysseus schwieg. Jetzt, als er den Schmerz in Eumäos' Stimme hörte, kam er sich mit einem Male schäbig vor, sich ein Spielchen mit diesem alten, treuen Mann zu erlauben. Es war nicht richtig. Ohne ein weiteres Wort senkte er die Hände in die Schale, schöpfte Wasser und begann sich das Gesicht zu waschen. Eumäos sah ihn dabei nicht an, sondern starrte weiter vor sich auf den Boden, in dumpfe Trauer versunken, die Odysseus' Worte in ihm ausgelöst hatten.

»Ich habe von deinem König Odysseus gehört auf meinen Reisen«, sagte Odysseus. »Man hat mir erzählt, er wäre tot.«

»Das ist er nicht! «, fuhr Eumäos auf. »Ich weiß es. Sprich nicht so oder du kannst wieder hinausgehen in die Nacht, aus der du gekommen bist. Odysseus lebt! Und eines Tages wird er . . .«

Er brach ab, als Odysseus die Hände vom Gesicht nahm. Seine Augen weiteten sich.

»Eines Tages wird er zurückkehren«, führte Odysseus den Satz zu Ende. Er lächelte, so sanft und warm, wie er nur konnte. »Und was, mein Freund, wenn dieser Tag heute wäre?«

Alle Farbe wich aus Eumäos' Gesicht. Seine Hände hoben sich, erstarrten mitten in der Bewegung und begannen zu zittern. Er wollte etwas sagen, aber er brachte keinen Laut hervor.

»Ich bin es«, sagte Odysseus leise. »Du irrst dich nicht, mein Freund. Ich bin zurück.«

»Aber ... aber das ist ... das ... das ist doch ...«

»Unmöglich?« Odysseus lächelte. »O ja, das habe ich selbst gedacht und mehr als nur einmal. Aber ich bin zurückgekehrt, Eumäos.«

»Ihr ... Ihr seid es ... wirklich?«, stammelte Eumäos. Und plötzlich schrie er auf, warf sich vor und umarmte Odysseus mit solcher Macht, dass diesem der Atem wegblieb. »Ihr seid zurück!«, schrie er. »Die Götter seien gepriesen, Ihr ...« Seine Stimme versagte; die Worte gingen in ein trockenes, krampfhaftes Schluchzen über, während er Odysseus weiterhin an sich presste, ihn abwechselnd drückte und streichelte wie ein kleines Kind.

Odysseus ließ ihn eine Weile gewähren. Unter anderen Umständen hätte er eine solche Behandlung als albern und unwürdig empfunden, aber in diesem Moment taten ihm die Liebe und Freundschaft dieses alten Mannes gut. Und er schämte sich nicht, als er selbst das heiße Brennen von Tränen in den Augen spürte. Erst nach einer Weile löste er sich aus Eumäos' Griff und schob ihn mit sanfter Gewalt von sich.

»Ich bin es wirklich, Eumäos«, sagte er lächelnd. »Aber ich werde es nicht mehr lange sein, wenn du mich aus lauter Liebe erdrückst.«

Eumäos fuhr schuldbewusst zusammen, wischte sich mit dem Handrücken die Tränen aus dem Gesicht und rang mühsam nach Atem. »Verzeiht mein König«, schluchzte er, »aber es war ... zu plötzlich. Ich ... ich habe gehofft, dass Ihr wiederkehrt, ich habe die Götter angefleht, jeden Tag und jede Nacht, aber jetzt ...«

»Schon gut«, unterbrach ihn Odysseus. »Ich verstehe dich ja. Und es tut gut, einen Freund wieder zu sehen, nach so langer Zeit.«

»Nach all diesen Jahren!«, sagte Eumäos und zog die Nase hoch. Tränen liefen über seine Wangen, aber in seinen Augen stand ein strahlendes Lachen. »Ihr seid es wirklich. Jetzt ... jetzt wird alles gut. Jetzt wird wieder alles gut!«

»Was wird wieder gut?«, fragte Odysseus lauernd.

Eumäos blinzelte. »Aber wisst Ihr denn nicht ...?«

»Ich habe so manches gehört auf dem Weg hierher«, antwortete Odysseus. »Aber ich würde es gerne aus deinem Mund hören. In Ithakas Mauern regieren jetzt fremde Herrscher?«

Eumäos' Blick verdüsterte sich. »Wäre es nur das«, sagte er zornig. »Ich weiß nicht, was man Euch erzählt hat, aber gleich was – es ist schlimmer. Ithaka ist nicht mehr, was es war, ehe Ihr fortgegangen seid, Herr.« Er stockte. Auf seinem Gesicht erschien ein betroffener Ausdruck. »Ich Narr!«, rief er aus. »Verzeiht meine Unhöflichkeit, Herr. Da rede ich und rede, und Ihr müsst Wasser und trockenes Brot zu Euch nehmen. Ich werde sofort mein bestes Schwein schlachten und –«

»Das ist nicht nötig«, unterbrach ihn Odysseus rasch. »Essen und Trinken können wir später. Jetzt lass uns reden, Freund. Was geschah, nachdem ich fort war?«

»Nachdem Ihr fort wart?« Eumäos seufzte. Wieder machten sich Trauer und dann Wut auf seinem Gesicht breit. »Viel, Herr«, sagte er. »Und wenig davon war gut. Wir erhielten Nachricht von Euch, wenigstens von Zeit zu Zeit – von Euren Heldentaten, die Ihr im Kampf gegen die Trojaner vollbrachtet, von Eurer List, die Ihr ersonnen hattet, um Trojas Mauern zu brechen, und Eurem endgültigen Sieg über die Trojaner. Doch dann hörten wir nichts mehr. Es hieß, dass die Götter selbst Euch vernichtet hätten mitsamt Eurer Flotte.«

Odysseus nickte betrübt. »Was die Flotte angeht, so ist es wahr, wenn auch nicht sofort. Ich ...« Er zögerte, sah Eumäos einen Moment lang nachdenklich an und lehnte sich dann zurück. Vielleicht war es wirklich besser, wenn zuerst er berichtete; nicht nur allein, um Eumäos' verständliche Neugier zu stillen, sondern auch, um sich selbst Klarheit zu verschaffen. Manchmal hatte er das Gefühl, dass er noch nicht wirklich begriffen hatte, was geschehen war. All seine Abenteuer zusammen schienen ihm eine tiefere Bedeutung zu haben, als er selbst bereits erkannt haben mochte.

»Gut«, sagte er nach einer Weile. »Dann werde als erster ich berichten, was mir widerfahren ist.«

Und damit begann er mit leiser, ruhiger Stimme zu sprechen.

Natürlich war in dieser Nacht nicht mehr an Schlaf zu denken, und auch Odysseus' Erschöpfung wich einer jetzt fast wohltuenden, nur auf seinen Körper beschränkten Mattigkeit, bei der er des Erzählens nicht müde wurde. Er sprach die ganze Nacht, und Eumäos hörte ihm gebannt zu, ohne ihn zu unterbrechen, mit Ausnahme eines einzigen Males, als er den Hund aus dem Haus lassen musste. Als er endlich geendet hatte, färbte sich der Himmel im Osten bereits rot und kündigte das Erwachen des neuen Tages an.

»Ich weiß nicht, warum sie mich gehen ließ«, schloss Odysseus. »Nicht wirklich. Vielleicht war sie meiner einfach überdrüssig.«

»Oder es war wirklich ein Befehl der Götter«, murmelte Eumäos. »Nach allem, was Ihr durchlitten habt, hatten sie vielleicht doch ein Einsehen mit Euch, Herr. Oder mit uns«, fügte er leise und traurig, wie es Odysseus schien, hinzu. Er starrte dumpf vor sich auf den Boden, dann gab er sich einen Ruck, sah auf und lächelte. »Und von Ogygia aus seid Ihr direkt hierher gesegelt?«, fragte er. »Die ganze Strecke, nur mit einem Floß?«

Odysseus schüttelte rasch den Kopf. »O nein«, antwortete er. Er lachte, aber es klang eher traurig. »Ich kam nicht sehr weit mit der Nussschale, die ich mit meinen bescheidenen Mitteln zimmern konnte. Aber ich hatte Glück. Ich traf zum ersten Mal auf Menschen, die es einfach gut mit mir meinten, ohne irgendwelche Hintergedanken oder Heimtücke. Wind und Wellen trugen mich ins Land der Phäaken und König Alkinoos gewährte mir Gastfreundschaft, bis meine Wunden verheilt waren und ich mich kräftig genug fühlte, endgültig nach Hause zurückzukehren. Es war eines seiner Schiffe, das mich nach Ithaka brachte, gestern, als die Sonne unterging.«

»Die Phäaken sind als gastfreundlich und friedfertig bekannt«, stimmte Eumäos zu. »Früher waren sie gute Freunde und Verbündete Ithakas.«

»Früher?«

»Ithaka hat keine Freunde mehr«, sagte Eumäos düster. »Habt Ihr denn nicht gehört, was sich hier zugetragen hat?«

»Doch«, bestätigte Odysseus. »Ich habe viel gehört, mein Freund, und sehr wenig davon war gut. Der Kapitän des Schiffes, das mich herbrachte, weigerte sich, den Hafen anzulaufen.«

»Mit Recht!«, sagte Eumäos heftig. »Denn er hätte um sein Hab und Gut fürchten müssen, wenn nicht um sein Schiff. Im Palast regieren Räuber und Diebe, Herr, und ihre Handlanger sind überall. Jedes Jahr sind es weniger Schiffe, die den Hafen anlaufen. Manche von ihnen segeln nicht wieder nach Hause. Viele«, fuhr er nach einem merklichen Zögern fort und ohne Odysseus bei diesen Worten anzusehen, »munkeln, dass es Krieg geben könnte, wenn sich nichts ändert.«

»Krieg? Zwischen wem?«

»Zwischen Ithaka und den Nachbarländern«, sagte Eumäos ernst. »Die Lumpen, die Euren Thron begehren, werden immer frecher, Herr. Sie breiten sich wie Ungeziefer im Lande aus. Es ist nur eine Frage der Zeit, wann unsere Nachbarn ihrer ständigen Frechheiten und Übergriffe überdrüssig sind.« Plötzlich lächelte er. »Aber nun wird sich alles ändern. Jetzt, wo Ihr zurück seid.«

Odysseus schwieg einen Moment. Er ahnte nur zu gut, was in dem alten Schweinehirten vorging – aber er hatte zu oft erlebt, wie leicht es war, falsche Hoffnungen zu erwecken, und wie bitter die Enttäuschung.

»Wir sind nur zwei«, sagte er vorsichtig. »Ein alter Mann und ein nicht ganz so alter, aber auch nicht mehr junger König.«

Eumäos machte eine wegwerfende Handbewegung. »Ihr seid nicht irgendein Mann, Herr«, sagte er bestimmt. »Ihr seid Odysseus, der legitime Herrscher dieses Landes. Diese Ratten werden vor Angst einfach tot umfallen, wenn Sie Euch sehen.«

Odysseus seufzte. Er hatte seine Zweifel, dass es wirklich so leicht sein würde, wie Eumäos glaubte; und im Grunde seines Herzens wusste Eumäos wohl ebenso gut wie er, dass der Kampf, der ihnen bevorstand, vielleicht der härteste seines Lebens sein würde.

»Vielleicht erzählst du von Anfang an, Eumäos«, sagte er. »Wenn ich erst weiß, mit wem ich es zu tun habe, fällt es uns vielleicht leichter, eine Möglichkeit zu ersinnen, sie zu verjagen.«

»Nehmt Euer Schwert und geht in die Stadt«, sagte Eumäos heftig. »Das Volk von Ithaka wartet auf Eure Rückkehr! Ein Wort und Ihr habt fünfhundert Männer hinter Euch, die diesen Lumpen mit Freude die Kehle durchschneiden.«

Odysseus sah ihn ernst an. Er zweifelte nicht daran, dass es wirklich so war, wie Eumäos behauptete – er hatte genug Erfahrung mit geknechteten und unterdrückten Menschen, um zu wissen, dass es manchmal nur eines Wortes bedurfte, sie zum Aufstand zu bringen – oder eines Mannes.

Aber war es wirklich das, was er wollte?

Odysseus begriff erst in diesem Moment, wie sehr er sich verändert hatte in den letzten zehn Jahren. Der Odysseus, der von Troja fortgesegelt war, hätte keinen Augenblick gezögert, Eumäos' Rat zu folgen, und wäre ganz offen in die Stadt gegangen, um seinen Palast einfach zu stürmen und die fremden Machthaber hinauszuwerfen – oder das, was das aufgebrachte Volk von ihnen übrig gelassen hätte. Aber diesen Odysseus gab es nicht mehr. Er hatte zu viel Blut gesehen. Zu viele Tote. Zu viele Schmerzen erlitten. Er war des Kämpfens müde. Odysseus war nach wie vor entschlossen, seinen rechtmäßigen Besitz zurückzuerlangen, und er war nach wie vor bereit, sein Leben einzusetzen, um Ithaka wieder zu seinem Königreich zu machen – aber nur sein Leben. Und er war sicher, dass die Götter ihn nicht nach Hause geschickt hatten, damit er dort ein Blutbad anrichtete.

»Nein«, sagte er. »Ich werde den Palast zurückerobern, Freund – aber nicht so. Berichte.«

Eumäos sah ihn einen Moment lang verwirrt an. Aber schließlich nickte er, wenn Odysseus ihm auch deutlich ansah, wie wenig einverstanden er mit seinen letzten Worten war.

»Die Geschichte ist rasch erzählt«, sagte er, »auch wenn sie lang ist. Alles war gut, solange die Boten Nachricht von Euch brachten, Herr, und von Eurem Kampf gegen die Trojaner. Doch dann fiel Troja, und es kam der Tag, an dem uns die Nachricht erreichte, Ihr selbst wäret mit zwölf Schiffen auf dem Wege nach Hause. Ihr könnt Euch vorstellen, wie groß die Freude im Volk war und erst im Herzen Eures Weibes Penelope. Doch diese Freude wurde immer weniger mit jedem Tag, der verging, ohne dass Ihr oder auch nur Kunde von Euch gekommen wärt. Und nach und nach verbreitete sich die Sage von Eurem Tode, sicherlich ausgestreut von frechen Verrätern. Doch ihr Gift ging auf, und nachdem ein Jahr vergangen war, ohne dass wir ein Lebenszeichen von Euch erhalten hätten, da fanden sich die ersten Geier ein, um nach Aas Ausschau zu halten, das sie fressen konnten. Bald waren es über hundert, die gekommen waren, zusammen mit ihren Dienern und Sklaven und etliche auch mit ihren Kriegern. Was hätte Euer Weib tun sollen? Sie aus dem Palast werfen?«

»Kaum«, murmelte Odysseus, obwohl Eumäos' Frage nicht von der Art war, die eine Antwort erwartete. Er brauchte nicht viel Fantasie, um sich die Situation vorzustellen. Er hatte sie mehr als einmal selbst erlebt. Eumäos' Vergleich mit den Aasgeiern war zutreffend – Ithaka war eine zu fette Beute, als dass er im Ernst erwarten konnte, niemand wäre gekommen, um sie sich zu nehmen.

»Trotzdem blieb sie standhaft«, fuhr Eumäos fort. »Sie wehrte alle Angebote, ihr Schutz und Sicherheit zu bieten, ab und Euer Sohn Telemach, der mittlerweile selbst zu einem Mann und Helden herangewachsen ist, unterstützte seine Mutter, so gut er konnte. Aber er war nur einer und ein Jüngling dazu.« Er lächelte. »Ihr werdet stolz auf ihn sein, Herr«, sagte er, »wenn Ihr ihn seht. Er ist ein Sohn, der seines Vaters würdig ist.«

»Du kennst ihn?«

»Er war oft bei mir«, antwortete Eumäos. »Und er kommt noch heute. Wir sitzen beisammen und ich erzähle ihm von Euch. Ginge es nach ihm, hätte er längst sein Schwert genommen und all dieses Gesindel aus dem Land geworfen.«

»Und wer hat ihn davon abgehalten?«, fragte Odysseus ruhig, obwohl er die Antwort zu wissen glaubte.

Eumäos zögerte einen Moment. »Ich«, gestand er schließlich. »Und bevor Ihr fragt – aus demselben Grund wie Ihr. Es hätte ein Blutbad gegeben, hätte er es versucht. Diese sogenannten Freier sind jetzt seit vier Jahren im Land. Sie werden kaum freiwillig gehen, nur weil ein Jüngling sie dazu auffordert.«

»Aber von mir erwartest du, dass ich es versuche?«, fragte Odysseus spöttisch.

Eumäos schnaubte. »Das ist etwas anderes, Herr«, behauptete er. »Euch wird das Volk folgen und sicher auch viele von denen, die die Fremden mitgebracht haben.«

Odysseus seufzte. Wie konnte er Eumäos nur begreiflich machen, dass es nicht darum ging, ob das Volk ihm folgte oder nicht, sondern dass er einfach kein weiteres Gemetzel mehr wollte?

»Erzähle weiter«, sagte er.

»Es gibt nicht mehr viel zu erzählen«, fuhr Eumäos fort. »Vor einem Jahr versuchte Euer Sohn, die Freier aus dem Haus zu werfen – mit dem Ergebnis, dass sie ihn fast umgebracht hätten. Daraufhin bestieg er ein Schiff und machte sich selbst auf die Suche nach Euch.«

»Telemach ist nicht in Ithaka?«, fragte Odysseus aufgeregt.

Eumäos machte eine besänftigende Geste. »Doch, das ist er«, antwortete er rasch. »Vor zwei Wochen kehrte er zurück, ohne auch nur eine Spur von Euch gefunden zu haben.« Er schüttelte traurig den Kopf. »Dieses Lumpengesindel hat ihn ausgelacht, vor aller Augen, Herr. Und nicht genug damit, beschlossen sie, Euer Weib Penelope nunmehr zu einer Entscheidung zu zwingen. Beim nächsten Neumond wollen sie, dass sie einen von ihnen erwählt.«

»Und wenn sie es nicht tut?«, fragte Odysseus.

Eumäos schnaubte abermals. »Könnt Ihr Euch das nicht denken?«

Doch, das konnte er. Sie würden sich Ithaka mit Gewalt nehmen. Und wahrscheinlich würde es so oder so zu einem entsetzlichen Blutvergießen kommen, denn Odysseus war nicht naiv genug, sich im Ernst einzubilden, dass neunundneunzig von ihnen tatenlos zusahen, wie einer den goldenen Apfel pflückte, um den sie vier Jahre lang gebuhlt hatten. Einen Moment lang spürte er die heftige Verlockung, einfach abzuwarten, bis sie sich gegenseitig die Köpfe eingeschlagen hatten, um dann in die Stadt zu gehen und sich die Überlebenden vorzuknöpfen.

Aber auch das war etwas, was vielleicht der alte Odysseus getan hätte. Er nicht.

»Bis zum nächsten Neumond«, sagte er nachdenklich. »Nun, das sind noch fast zwei Wochen, nicht wahr?«

Eumäos nickte und nach einer Weile begann Odysseus ganz leicht zu lächeln. »Zeit genug, sich eine meiner berühmten Listen einfallen zu lassen, findest du nicht?«, sagte er.

Die nächsten fünf Tage blieb Odysseus Eumäos' Gast, ohne die Hütte des Sauhirten auch nur einmal zu verlassen. Er schlief viel, aß und trank Eumäos' besten Wein und sein schmackhaftestes Fleisch, und die übrige Zeit verbrachten sie fast nur mit Reden – Eumäos wurde nicht müde, Odysseus' Erzählungen zu lauschen, und je mehr Odysseus seinerseits von allem berichtete, was ihm während seiner Irrfahrt zugestoßen war, desto mehr Einzelheiten fielen ihm ein; Dinge, die er selbst schon vergessen zu haben geglaubt hatte, aber auch solche, die er lieber vergessen hätte und nicht konnte. Vieles von dem, was er erlebt hatte, schien ihm nun in einem neuen Licht. Aus dem sicheren Abstand betrachtet, den die Erinnerung allen Schrecken verleiht, kam ihm immer weniger wie ein Zufall vor oder Willkür. Nein, Odysseus war mittlerweile fast überzeugt, dass all dies eine tiefere Bedeutung hatte und Teil eines großen Planes war, obwohl er noch nicht zu sagen vermochte, wie dieser Plan aussah und was an seinem Ende stand – der Sieg oder der Tod. Oder vielleicht beides. Aber die Zeit schritt unerbittlich dahin und irgendwann begann sich etwas in Eumäos' Blick zu ändern. Der Sauhirte sprach es nie aus, nicht einmal mit einer Andeutung, aber Odysseus begriff sehr gut, was er ihm sagen wollte: dass sich die Lage in Ithaka nicht vom Geschichtenerzählen allein änderte.

Und er hatte Recht. Odysseus war nach Hause zurückgekehrt. Sein Palast, sein Heim, seine Familie, dies alles lag nur mehr wenige Wegstunden von ihm entfernt; und doch würden diese wenigen Stunden vielleicht schwerer werden als alles, was zuvor geschehen war. Vielleicht würde er daran scheitern.

Am Nachmittag des fünften Tages schließlich sah er Telemach wieder. Sie saßen zusammen beim Mahl, als der Hund unruhig wurde und den Kopf hob, und einen Augenblick später erschien auch auf Eumäos' Gesicht ein lauschender Ausdruck.

»Ein Freund kommt«, sagte Odysseus.

Eumäos sah verwirrt auf. »Das ... stimmt«, sagte er. »Aber woher wisst Ihr das? Habt Ihr gelernt, durch Wände zu sehen auf Euren Reisen?«

Odysseus lächelte. »Nein«, erklärte er. »Aber die Augen offen zu halten und wirklich zu sehen.« Er deutete mit einer Kopfbewegung auf den Hund. »Ich habe erlebt, wie er sich benimmt, wenn sich ein Fremder deiner Hütte nähert, Freund.«

Eumäos wollte antworten, aber in diesem Moment hatten die Schritte die Hütte erreicht und der Hund stieß nun doch ein leises, wachsames Knurren aus. Dann wurde die Tür von außen geöffnet, ein hochgewachsener, sehr breitschultriger Schatten trat in die Hütte und richtete sich hinter der Tür wieder auf.

Odysseus unterdrückte im letzten Moment einen Schrei, als er den Neuankömmling erkannte.

Es war Telemach; niemand anderer als sein Sohn Telemach, den er seit so vielen Jahren nicht mehr gesehen hatte. Er war ein Kind gewesen, als er gegangen war, das auf allen vieren gekrochen war und nur ein paar Worte brabbeln konnte.

Jetzt sah sich Odysseus einem Mann gegenüber – und was für einem Mann!

Für einen Moment hatte er das Gefühl, sich selbst gegenüberzustehen, zwanzig Jahre jünger, als er heute war. Dabei ähnelte Telemachs Gesicht dem seinen kein bisschen; vom Äußeren her war der Knabe schon immer mehr nach seiner Mutter geraten, was Odysseus' Freunden früher oft Anlass zu gutmütigen Sticheleien gegeben hatte. Und doch waren sie sich so ähnlich, wie sich nur Vater und Sohn sein konnten: Telemach war ein Riese von Statur, ein wahrer Hüne trotz seiner knapp zwanzig Jahre, mit den Händen eines Schmiedes und den scharfen Augen eines erfahrenen Jägers.

Und auch Telemach schien etwas Ähnliches zu spüren, als er auf Odysseus herabblickte, der bei seinem Eintreten halb in die Höhe gefahren und dann zur Reglosigkeit erstarrt war. Einen Moment kreuzten sich ihre Blicke, und in diesem Augenblick war es, als sprächen ihre Seelen miteinander. Odysseus spürte sich von einem Gefühl der Wärme durchströmt, das mit Worten nicht einmal zu beschreiben war; und er wusste mit unerschütterlicher Sicherheit, dass es seinem Sohn ebenso erging.

Schließlich schüttelte Telemach verwirrt den Kopf, löste sich mit sichtlicher Anstrengung aus seiner Starre und machte eine Handbewegung, die zugleich Eumäos als auch Odysseus galt.

»Du hast Besuch, Freund Eumäos«, sagte er. »Sag ihm, dass er Platz behalten soll – ich finde schon ein Fleckchen, auf das ich mich setzen kann.«

»Warum sagt Ihr mir dies nicht selbst, junger Herr?«, fragte Odysseus. »Ist es unter Eurer Würde, mit einem Fremden zu reden?«

Telemach blickte ihn betroffen an. Einen Moment lang wirkte er verärgert und überrascht, dann schüttelte er hastig den Kopf. Ein Ausdruck tiefer Verwirrung lag auf seinen Zügen. Offensichtlich wusste er beim besten Willen nicht, was er mit diesem sonderbaren Fremden anfangen sollte, den er bei Eumäos angetroffen hatte.

»Natürlich ... nicht«, antwortete er stockend. »Verzeiht, Alter. Ich ... wollte Euch nicht beleidigen.« Er warf Eumäos einen fragenden Blick zu – dem dieser auswich, wie Odysseus registrierte, setzte sich mit untergeschlagenen Beinen auf den Boden und begann geistesabwesend den Kopf des Hundes zu streicheln.

»Wer ist dein ... dein Gast, Eumäos?«, fragte er schließlich stockend.

»Ein alter Freund, Telemach«, antwortete der Sauhirte. »Ein sehr guter, alter Freund. Er war ... lange auf Reisen.«

Wieder blickte Telemach Odysseus nachdenklich und fragend an.

»Eumäos hat mir von Euch erzählt, junger Herr«, begann Odysseus.

»So?« Telemach lächelte verlegen. »Dann hat er mit Sicherheit wieder übertrieben. Er gefällt sich darin, mich als Helden herauszustreichen, der ich nicht bin.«

»Nur als würdigen Sohn Eures Vaters«, verbesserte ihn Odysseus.

Telemachs Augen wurden schmal. »Meines ... Vaters?«, wiederholte er. »Ihr kennt Odysseus, den König von Ithaka?«

»Ich habe von ihm auf meinen Reisen gehört«, antwortete Odysseus rasch. »Und Ihr als sein Sohn scheint mir genau der Mann, den ich jetzt brauche. «

»Brauche?« Telemach beugte sich vor und nahm ein Stück gebratenes Fleisch aus der Schüssel, die ihm Eumäos hinhielt, ohne den Blick von Odysseus zu wenden. »Wozu, Freund?«

»Ich bin hier, um ein Versprechen einzulösen, Telemach. Und du scheinst mir genau der Richtige, mir dabei behilflich zu sein.«

»Ein Versprechen?«, wiederholte Telemach verwirrt. »Was für ein Versprechen? Und was habe ich mit deinen Versprechen zu schaffen, Alter?«

»Nun«, erwiderte Odysseus vorsichtig, »es ist ein Versprechen, das ich deiner Mutter gab, Telemach, vor sehr langer Zeit.«

»Meiner ... Mutter?!« Telemach sah ihn mit großen Augen an.

»Ja, Eurer Mutter, Ihr junger Narr«, sagte Eumäos. »Begreift Ihr denn immer noch nicht? Dieser Mann ist Odysseus.«

»Odysseus?« Telemach hob die Hand, ließ sie wieder sinken, öffnete den Mund, blickte zu Eumäos, dann zu Odysseus, dann wieder zu Eumäos, und schließlich starrte er seinen Vater ungläubig und verwirrt an.

»Das ... das ist ... nicht möglich«, stammelte Telemach schließlich. »Ihr seid ... du kannst nicht ...«

»Ich bin es, Telemach«, unterbrach ihn Odysseus ruhig. »Glaube mir. Ich bin es. Ich bin zurückgekehrt.«

»Un ... unmöglich.« Telemach versuchte sich zu fassen.

»Das kann nicht ... nicht, nicht nach ... nicht nach all diesen Jahren, und ...«

Er sprach nicht weiter. Seine Stimme versagte, und anstelle der Verwirrung und des Unglaubens erschien ein Ausdruck des Schmerzes und des Vorwurfs in seinen Augen. Odysseus traf es wie ein Messerstich, um so tiefer, weil Telemach kein einziges Wort sagte.

»Du bist es wirklich?«, stammelte Telemach. »Vater? Du ... du bist ... heimgekommen? Nach all dieser Zeit?« Und plötzlich war es mit seiner Selbstbeherrschung vorüber; mit einem Schrei warf er sich vor, umschlang Odysseus mit den Armen und presste ihn so heftig an sich, dass diesem die Luft wegblieb.

Und jetzt brach es auch aus Odysseus heraus: Er spürte, wie es heiß in seine Augen stieg, und er erwiderte die Umarmung seines so lange Zeit entbehrten Sohnes und ließ seinen Tränen freien Lauf. Es dauerte lange, bis sie sich beide wieder so weit beruhigt hatten, dass sie in Ruhe miteinander reden konnten. Zum zweiten Male innerhalb weniger Tage berichtete Odysseus von seinen Fahrten und Abenteuern, wenn er auch manches wegließ und auf genauere Schilderungen verzichtete; später – wenn es ein Später für Telemach und ihn gab – war Zeit genug zum Reden. Jetzt galt es zu handeln. »Und jetzt bin ich hier«, schloss er seinen Bericht, »um einen Plan auszuarbeiten, die Ordnung in Ithaka wiederherzustellen.« Er deutete auf Eumäos und lächelte. »Eumäos hat mir berichtet, wie es im Palast und in der Stadt aussieht. Aber Eumäos ist ein Hirte; ein guter Freund und zuverlässiger Verbündeter, doch ein Mann des Friedens. Du bist ein Krieger.«

»Das stimmt«, sagte Telemach ruhig. »Aber was immer er dir gesagt haben mag – es kann höchstens noch schlimmer sein. Du bist allein gekommen? Ohne ein Heer? Ohne Männer – oder wenigstens Gold, sie anzuwerben?«

Odysseus schüttelte entschieden den Kopf »Keinen Krieg mehr«, sagte er. »Was getan werden muss, wird getan – aber von mir, nicht von anderen.«

»Das ist unmöglich«, widersprach Telemach erregt. »Es sind nicht nur zehn oder zwanzig Männer, von denen wir reden, Vater, sondern viel mehr. Allein aus Dulichion mehr als sechzig Mann, aus Samos und Zakynth jeweils zwanzig, zwölf verräterische Hunde selbst aus unserem eigenen Land, dazu das ganze Gesinde, die Diener, Köche, Herolde ...« Er schüttelte den Kopf. »Alles in allem sind es an die hundert Männer, die allein den Palast besetzt halten. Selbst wir beide zusammen können nicht gegen hundert Feinde siegen.«

»Nicht mit Gewalt«, bestätigte Odysseus. »Aber vielleicht mit einer List.«

»Einer List?« Telemach blickte seinen Vater zweifelnd an. »Eine List«, wiederholte er, »mag vielleicht gegen einen Gegner helfen oder zehn – aber hundert?«

»Gerade gegen hundert«, mischte sich Eumäos ein. »Glaubt mir, junger Herr, Euer Vater hat seinen Beinamen nicht umsonst.«

Odysseus warf ihm einen dankbaren Blick zu, ehe er sich wieder an seinen Sohn wandte. »Wir haben einen großen Vorteil auf unserer Seite«, begann er, »nämlich den, dass außer uns dreien hier noch niemand weiß, dass ich zurückgekehrt bin. Und so soll es auch bleiben. Niemand – auch deine Mutter Penelope nicht«, fügte er mit leicht erhobener Stimme hinzu, als Telemach auffahren wollte, »darf erfahren, dass ich noch lebe. Du selbst, Telemach, wirst noch heute in die Stadt zurückkehren, als wäre nichts geschehen. Eumäos und ich folgen dir morgen früh.«

Telemach blickte ihn zweifelnd an. »Und das ist alles?«

»Nein«, antwortete Odysseus rasch. »Du wirst zwei Dinge tun bis morgen früh – zum einen wirst du unter einem Vorwand alle Waffen aus dem Thronsaal entfernen lassen, zum anderen versuchst du herauszufinden, wer von den Dienern und Knechten im Schloss noch auf unserer Seite steht.«

»Fast alle«, antwortete Telemach sofort. »Sie warten nur

darauf, dass du zurückkehrst, um dieses Gesindel endlich aus dem Haus zu werfen.«

Und genau das ist es, was ich verhindern will, mein Sohn, dachte Odysseus traurig. Aber wie sollte er das Telemach erklären? Er versuchte sich vorzustellen, wie er wohl auf solche Worte reagiert hätte, in dem Alter, in dem Telemach jetzt war, und lächelte.

Nein, er konnte Telemach nicht erklären, dass die Götter ihn nach Hause geschickt hatten, um ein Blutbad zu verhindern, nicht, um es anzurichten.

»Morgen, noch vor der Mittagsstunde«, fuhr er nach einer Pause fort, »werden Eumäos und ich in die Stadt kommen. Ich werde das Gewand eines Bettlers tragen, und niemand wird mich erkennen. Auch du nicht, verstehst du?«

»Sie werden dich aus dem Haus werfen«, prophezeite Telemach düster.

»Das bleibt abzuwarten«, sagte Odysseus. »Und selbst wenn, du wirst nichts unternehmen. Versuche meinetwegen, sie mit Worten zu besänftigen, aber stell dich nicht mit Gewalt gegen sie. Nicht, ehe ich dir das Zeichen dazu gebe.«

»Und wann wird das sein?«, fragte Telemach unwillig.

Odysseus lächelte. Dann begann er seinem Sohn mit ruhigen Worten seinen Plan zu erklären.

Die Rache

Obwohl er es von Eumäos und auch aus Telemachs Mund erfahren hatte, war Odysseus überrascht, wie wenig sich Stadt und Palast verändert hatten. Schon als sie den Höhenzug überschritten und sich die Stadt mit der umlaufenden, nur zu vier Fünfteln geschlossenen Wehrmauer unter ihnen erstreckte, verspürte Odysseus ein heftiges Gefühl der Freude, in das sich allerdings Wehmut mischte, denn sogleich überfiel ihn der schmerzhafte Gedanke, dass die wirkliche Veränderung, die mit Ithaka vor sich gegangen war, um so größer war. Trotzdem: Es war dasselbe Gefühl, das er schon an seinem ersten Abend in der Bucht am anderen Ende der Insel gehabt hatte – die Zeit schien hier stehen geblieben zu sein. Nichts hatte sich verändert. Selbst die wilden Blumen, die beiderseits des gewundenen Pfades wucherten, den Eumäos und er hinabgingen, schienen dieselben zu sein.

Dann kamen sie der Stadt näher und er erkannte nun doch gewisse Veränderungen. Das gewaltige eisenbeschlagene Stadttor, das immer offen gestanden hatte, um allen Hungernden und Frierenden und unschuldig Verfolgten Zuflucht zu gewähren, war jetzt verschlossen. Ein doppelter Posten stand davor, Speerträger in den rotgrüngolden gemusterten Waffenröcken Samos', und Krieger in den dunkelblauen Röcken Zakynths patrouillierten oben auf der Mauer. Im Hafen lag nur ein einziges Schiff: ein Kriegsschiff Odysseus' unbekannter Nationalität, dessen Katapulte und Speere drohend auf die Hafeneinfahrt deuteten, und auch auf dem Dach des Palastes, der noch immer das höchste Gebäude der Stadt war, erblickte Odysseus das Blitzen von Waffen. Und die Uniformen der Männer, die sie trugen, waren nicht die seines Heeres.

Odysseus' Miene verdüsterte sich. Ithaka hatte sich in

eine Festung verwandelt und nicht nur äußerlich. Je näher sie der Stadt kamen, desto deutlicher glaubte er die Furcht zu spüren, die sich zwischen ihren Mauern breit gemacht hatte wie übler Gestank.

Eumäos schien seine Gedanken zu erraten, denn er warf ihm einen raschen, warnenden Blick zu, als sie auf das Tor zuschritten. Einer der beiden Posten sah auf, als er den Sauhirten und seinen unbekannten Begleiter kommen sah, und für einen Moment wurden seine Augen schmal, während sich ihr Blick auf Odysseus heftete.

Odysseus seinerseits musste mit aller Macht seine eigene Nervosität niederkämpfen. Er war sicher, dass er nicht erkannt wurde – er trug das schäbigste Gewand, das er bei Eumäos hatte finden können, Bart und Haar hatte er sich mit Schmutz eingerieben und weiterer Schmutz, den er sorgsam auf Gesicht und Hände verteilt hatte, gaben ihm ein grindiges Aussehen; wer immer ihn erblickte, musste ihn für den erbärmlichsten Bettler halten, der jemals Ithakas Mauern durchschritten hatte.

Und genau das sollte er auch. Odysseus' Plan beruhte auf einem einzigen Umstand – nämlich dem, dass niemand wusste, wer er war. Nur solange sich die Aasgeier sicher fühlten, konnte er hoffen, sie ohne überflüssiges Blutvergießen verjagen zu können.

So ging er, mit gesenktem Blick und den kleinen, trippelnden Schritten eines Menschen, dem die Angst zu einem wohlbekannten Weggefährten geworden ist, an Eumäos' Seite auf das Tor zu, das nicht ganz geschlossen war, wie er jetzt sah, sondern nur angelehnt. Der Mann, der ihnen entgegengesehen hatte, bewegte sich nicht, sondern blickte Odysseus nur mit Abscheu an, aber der andere senkte plötzlich seinen Speer und hinderte Eumäos so daran, das Tor zu durchschreiten.

»Nicht so schnell, Freund«, sagte er. »Du bist doch dieser Sauhirte, nicht wahr?«

Natürlich antwortete Eumäos nicht, aber das war auch nicht nötig. Sowohl er als auch Odysseus begriffen wohl im selben Moment, dass der Posten darauf aus war, einen Streit vom Zaun zu brechen. Vielleicht handelt er auf Befehl, überlegte Odysseus – schließlich war es kein Geheimnis, dass Eumäos einer der wenigen war, die immer noch an die Rückkehr des legitimen Herrn dieses Reiches glaubten und die fremden Besatzer ganz offen als das bezeichneten, was sie waren: Diebe und Aasgeier.

»Und du, Kerl?« Der Blick des Postens richtete sich auf Odysseus. Ein böses Glitzern trat in seine Augen. »Wer bist du?«

»Nur ein einfacher Mann, Herr, der hofft, auf großherzige Menschen zu treffen, die ihm zu essen geben und ihm ein Dach über dem Kopf gewähren werden«, antwortete Odysseus sehr leise und sehr höflich – aber ganz und gar nicht in dem unterwürfigen Ton, den der Mann erwartet haben musste, denn in seinem Blick spiegelte sich zuerst Erstaunen, dann kalte Wut. Seine Hand schloss sich fester um den Speer. Odysseus spannte sich. Er war waffenlos, aber das bedeutete nicht, dass er wehrlos gewesen wäre. Wenn der Bursche ihn oder Eumäos angriff, würde er sterben, ehe er auch nur Gelegenheit fand, einen Warnruf auszustoßen.

Aber der gefährliche Moment ging vorüber. Der Griff des Mannes um seine Waffe lockerte sich wieder und plötzlich verzogen sich seine Lippen abfällig. Er spie aus.

»Wirklich, ein Anblick, der das Herz erfreut«, sagte er hämisch. »Ein Taugenichts führt den anderen. Gleich und Gleich gesellt sich gern, wie?« Er lachte laut. »Wohin wollt ihr?«, fragte er dann scharf »Etwa, in den Palast, betteln? Das solltet ihr lieber gar nicht erst versuchen. Sie haben ihren Bettler dort.«

»Lass die beiden Alten doch in Frieden«, mischte sich sein Kamerad ein. »Was kümmert es uns, wenn sie in den Palast gehen und sich dort eine Tracht Prügel einhandeln?« Er trat zwischen Odysseus und seinen Kameraden, drückte das Tor mit der Schulter ein wenig weiter auf und machte eine herrische Kopfbewegung. »Geht!«

Odysseus und der Sauhirte gehorchten. Mit raschen Schritten ließen sie die Stadtmauer hinter sich und näherten sich dem Palast. Erst als sie fast die halbe Wegstrecke zurückgelegt hatten, blieb Odysseus stehen und legte Eumäos die Hand auf den Arm, um auch ihn zum Anhalten zu bewegen. »Was hat der Mann gemeint, Eumäos?«, fragte er. »Er sagte, sie hätten einen Bettler?«

»Den haben sie«, antwortete Eumäos düster. »Iros, Herr. Ein Mann wie ein Berg, keine zwanzig Jahre alt und kerngesund. Er ist stark wie ein Ochse, aber er arbeitet nicht, sondern treibt sich im Palast herum und bettelt.«

»Warum lassen sie das zu?«, fragte Odysseus.

»Weil sie ihn mitgebracht haben«, murmelte Eumäos. Er verzog die Lippen zu einer Grimasse des Ekels. »Es war Antinoos' Idee, Herr. Ihr wisst, dass jeder, der Hunger hatte, im Palast eine Mahlzeit und ein Dach für eine Nacht bekommen konnte. Antinoos aber wurde dies zuviel. Vielleicht fürchtete er, ein Spion könnte sich einschleichen – oder es war einfach nur ein grausamer Scherz. Auf jeden Fall brachte er eines Tages diesen Iros mit und verkündete, er würde von nun an im Palast leben – damit es nicht hieße, im Palast von Ithaka gäbe es keine Barmherzigkeit mehr.«

Odysseus schwieg einen Moment, was nicht zuletzt daran lag, dass es ein paar Augenblicke dauerte, bis ihm wirklich klar wurde, wie perfide diese Idee war. »Antinoos, sagst du«, murmelte er. Eumäos nickte.

»Ich erinnere mich – Telemach nannte seinen Namen ein paarmal. Er scheint ein übler Mann zu sein.«

»Er ist der Schlimmste von allen, Herr«, sagte Eumäos und ballte die Faust. »Der Tod ist noch zu gut für ihn. Ihr –«

»Genug«, unterbrach ihn Odysseus leise, aber sehr bestimmt. Er machte eine warnende Geste. »Und vergiss den Herrn, Eumäos, wenn du nicht willst, dass alles herauskommt.«

Eumäos fuhr schuldbewußt zusammen und schwieg. Sie gingen weiter.

Aber es kam noch einmal ein gefährlicher Moment und noch dazu einer, in dem sich Odysseus um ein Haar selbst verraten hätte: der Augenblick, in dem sie die Stadt durchquert hatten und den Palast betraten.

Odysseus verharrte im Schritt, obwohl er es nicht wollte. Jetzt, jetzt erst kam er nach Hause, und es war, als stürzten zwei Jahrzehnte wie eine steinerne Last über ihm zusammen. Er taumelte, hatte für einen Moment Mühe zu atmen, griff hilfesuchend um sich und wäre wahrscheinlich gestürzt, hätte Eumäos ihn nicht gehalten.

»Was ist?«, fragte Eumäos erschrocken. »Was habt Ihr, Herr?«

»Nichts«, murmelte Odysseus. Mühsam befreite er sich aus Eumäos' Griff, taumelte ein Stück zurück und registrierte voller Schrecken, dass der kurze Zwischenfall bemerkt worden war. Die beiden Torwachen sahen neugierig zu ihnen herüber, und aus dem Palast eilte ein Diener auf ihn und den Sauhirten zu.

»Seid Ihr krank?«, fragte Eumäos erschrocken.

Odysseus schüttelte hastig den Kopf. »Nein«, zischte er. Der Diener war nun fast auf Hörweite heran. »Es war nur alles zu viel auf einmal. Aber vielleicht können wir Kapital aus meiner Schwä –« Er sprach nicht weiter, denn der Diener war jetzt nahe genug herangekommen, dass er seine Worte verstehen konnte. Aber auf seinem Gesicht lag kein Misstrauen, sondern nur ein Ausdruck von Sorge.

»Eumäos, guter Freund, was ist geschehen?«, begann er aufgeregt. »Was ist mit deinem Freund? Ist er krank oder verwundet?«

»Nein«, antwortete Eumäos hastig. »Nur ein kleiner Schwächeanfall, der vorübergehen wird. Mein Freund hier –« Er deutete auf Odysseus. »– war zu lange unterwegs und das ohne rechtes Essen, in seinem Alter.«

»Dann bring ihn herein«, sagte der Palastdiener bestimmt. »Wenn eine Mahlzeit und ein paar Stunden der Ruhe alles sind, was der arme Alte braucht, so soll er sie haben.«

»In den Palast?«, fragte Eumäos zweifelnd und mit einem Blick auf die Wachen. »Aber es ist verboten –«

»Heute nicht«, unterbrach ihn der Diener. »Telemach selbst hat angeordnet, dass heute jedem Einlass gewährt wird, der ihn begehrt, und jede Hilfe, die er braucht, ganz wie es früher Sitte an unserem Hofe war.«

»Telemach?«, vergewisserte sich Eumäos.

»Telemach«, bestätigte der Diener. Er schwieg einen Moment und als er weitersprach, hörte Odysseus einen deutlichen Unterton von Stolz in seiner Stimme. Seine Augen leuchteten. »Etwas ist geschehen mit dem jungen Herrn. Ich weiß nicht, was, aber wenn du in seine Augen blickst, Eumäos, wirst auch du es erkennen. Vielleicht hat er sich endlich darauf besonnen, wer sein Vater war.«

Dieser junge Narr! dachte Odysseus wütend. Er hat der Versuchung also doch nicht widerstehen können! Begriff er denn nicht, dass er damit vielleicht alles zunichte machte? Aber gleichzeitig verspürte er auch einen absurden Stolz. Der Alte hatte es ja selbst gesagt – Telemach war sein Sohn und er hätte nicht anders gehandelt an seiner Stelle und in seinem Alter. Obwohl Telemachs Benehmen eine nicht geringe Gefahr bedeutete, fühlte sich Odysseus plötzlich erheblich sicherer, denn er wusste jetzt, dass er sich auf seinen Sohn verlassen konnte, so sicher wie auf sich selbst.

Mit einem dankbaren Nicken schlossen sie sich dem Diener an und folgten ihm in den Palast. Die beiden Männer, die mit gekreuzten Speeren den Eingang bewachten, zögerten einen Moment, ehe sie den Weg freigaben. Telemachs Befehle mussten wohl sehr eindeutig gewesen sein.

Als sie den Palast betraten, war Odysseus für einen Moment fast blind, denn seine Augen hatten sich an das grelle Sonnenlicht draußen gewöhnt. Trotzdem bewegte er sich mit einer Sicherheit und Selbstverständlichkeit durch die Gänge und Flure des Palastes, die für einen Fremden, der angeblich zum ersten Mal im Leben hier war, auffällig erschien. Als sich seine Augen an die Dunkelheit gewöhnt hatten, fielen ihm die überraschten Blicke auf, die ihm der Diener zuwarf, immer wenn er meinte, Odysseus sähe es nicht. Sofort ging er ein wenig langsamer und stützte sich schwer auf den knorrigen Stab, den Eumäos ihm gegeben hatte, als könne er sich kaum mehr auf den Beinen halten.

Und so falsch war dieser Eindruck nicht einmal, denn mit jedem Schritt, den sie tiefer in den Palast eindrangen, kostete es Odysseus mehr Kraft, sich nach außen hin zu beherrschen. Oh, wie gut konnte er Telemach mit einem Male verstehen! Wie schwer fiel es ihm plötzlich selbst, sich nicht einfach die falschen Kleider vom Leibe zu reißen, den Bettelstab wie eine Waffe zu schwingen und die frechen Eindringlinge kurzerhand aus dem Palast zu werfen! Plötzlich begriff er, dass dies die schwerste Prüfung war, die die Götter ihm auferlegt hatten. Und er war noch immer nicht sicher, ob er sie wirklich bestehen würde.

Schließlich näherten sie sich dem großen Saal, in dem auch Odysseus und seine Freunde früher so gerne und oft gefeiert hatten. Das Lachen und Lärmen der Zecher wies ihnen schon von weitem den Weg und in die Düfte des Morgens mischte sich bald der herbe Geruch von Wein und Gebratenem, von brennenden Fackeln und Schweiß – ein Geruch, der in die Nacht gehörte, nicht in den frühen Morgen, und der Odysseus' Zorn nur noch schürte, denn mehr als alles andere schien er den Frevel zu verdeutlichen, den diese sogenannten Freier in seinem Palast, seinem Zuhause, begangen hatten. Odysseus betete im Stillen zu den Göttern, dass sie ihm die Kraft gaben, sich zu beherrschen und dem Plan zu folgen, den er zusammen mit Telemach ersonnen hatte.

Trotzdem hätte er es beinahe nicht geschafft.

Er hatte Schlimmes erwartet, aber der Anblick, der sich ihm bot, als er hinter Eumäos in gespielter Erschöpfung über die Schwelle wankte, übertraf selbst seine schlimmsten Befürchtungen.

Der große Festsaal, der für ihn immer gleichbedeutend

mit der Erinnerung an Frohsinn und ausgelassene Heiterkeit gewesen war, hatte sich in einen Pfuhl der Sünde verwandelt. Die Fenster waren mit schweren Vorhängen verschlossen, so dass trotz des hellen Tages ein Halbdunkel herrschte, das von dichten Rauchschwaden noch verdüstert wurde. Die Luft war schwer vom Geruch süßen Weines und üppiger Braten, Kleidungsstücke und Kissen lagen in loser Unordnung auf dem Boden und überall lagen Essensreste verstreut und umgestürzte oder zerbrochene Becher und Krüge. Für einen Moment war Odysseus fast froh, dass es so dunkel war und er die Spuren der Ausschweifung nicht ganz so deutlich erkennen konnte.

Die Dunkelheit kam Odysseus überhaupt sehr gelegen – so, wie sie verhinderte, dass er klar sehen konnte, verhinderte sie auch, dass er erkannt wurde, und das wäre wohl, trotz seiner Verkleidung, zweifellos geschehen. Denn zu seiner maßlosen Überraschung gewahrte Odysseus hier im Saale nicht nur Fremde und Feinde, sondern neben seinem Sohn Telemach auch drei seiner vertrautesten Freunde: Mentor, Antiphos und Halitherses, dazu den alten Seher Theoklymenos, der aus seiner Heimat hatte fliehen müssen und in Ithaka ein neues Zuhause gefunden hatte, auch ihn kannte Odysseus, wenn auch nicht so gut wie die drei erstgenannten.

Vor allem der Anblick Mentors erschütterte ihn, denn sie waren einst Freunde gewesen, so gute Freunde, wie man sich nur vorstellen konnte. Aber Mentor war schon damals alt gewesen, so alt, dass Odysseus bis jetzt nicht einmal der Gedanke gekommen war, er könne noch am Leben sein. Aber er war es, ebenso wie Antiphos und Halitherses, die rechts und links von ihm Platz genommen hatten und – auch das entging Odysseus keineswegs – zusammen mit Telemach als einzige im Saal überhaupt Waffen trugen.

Und da begriff er. Telemach hatte alle seine Befehle treulich ausgeführt: Er hatte dafür gesorgt, dass nur ihm und seiner Mutter treu ergebene Diener an diesem Tage im Palast Dienst taten, und ebenso hatte er dafür gesorgt, dass sämtliche Waffen und Rüstungen, die zur Zier an den Wänden gehangen hatten, entfernt worden waren. Aber er hatte noch mehr getan. Offensichtlich hatte er nicht nur den Dienern gegenüber gewisse Äußerungen getan ... Odysseus' Ärger wuchs.

Aber es war zu spät, irgendetwas zu unternehmen, denn in diesem Moment hatte nicht nur Telemach die beiden Neuankömmlinge entdeckt. Das Schlagen der Zimbeln und Schellen, das das Gelage bisher begleitet hatte, verstummte abrupt und auch der Gesang endete mit einem fast kläglichen Laut, so dass man für einen Moment nur noch den wilden Lärm der Gäste hörte, bis auch dieser nach und nach verebbte und sich aller Aufmerksamkeit auf Odysseus und den Sauhirten richtete.

Odysseus warf einen fast flehenden Blick in Telemachs Richtung. Worauf bei Zeus wartete dieser junge Narr noch?

Sein stummes Gebet wurde erhört, denn mit einem Male sprang Telemach auf, eilte auf Eumäos zu und streckte mit einem erfreuten Lächeln beide Arme nach ihm aus, wie nach einem Bruder, den er umarmen wollte. Er übertreibt, dachte Odysseus besorgt. Für Telemach schien dies alles hier nichts als ein großer Spaß zu sein. Er hatte wohl vergessen, dass es sich hier nicht um eine Posse handelte, dass nicht nur sein Leben auf dem Spiel stand, sondern das vieler anderer. Ein einziger Fehler und Ithaka würde in Strömen von Blut ertrinken ...

»Eumäos!«, rief Telemach mit so lauter Stimme, dass auch der Letzte im Saale aufsah und sich verwundert umblickte. Gottlob konzentrierten sich nun fast alle auf den Sauhirten, dessen Namen Telemach gerufen hatte. Alle, dachte Odysseus besorgt, bis auf Mentor, Antiphor und Halitherses. Sie wissen es, dachte er erschrocken. Dieser junge Narr hat es ihnen gesagt! So unauffällig, wie er nur konnte, zog er sich ein Stück weiter in die Schatten der Tür zurück und senkte den Blick.

Telemach hatte Eumäos inzwischen erreicht und umarmte ihn überschwänglich. »Mein alter Freund Eumäos«, rief er, »wie froh bin ich, dich hier zu sehen! Und du hast Besuch mitgebracht, wenn ich es recht erkannt habe?« Er löste sich von Eumäos, drehte sich halbwegs herum und trat nun auf Odysseus zu. »Nicht so schüchtern, Freund«, sagte er. »Warum verbirgst du dich? Tritt nur hervor und zeige dich.«

»Er ... traut sich nicht«, sagte Eumäos rasch. »Er ist ein einfacher Mann, Herr, der sich schämt, Euch hohen Herren entgegenzutreten.«

Telemach wollte antworten, aber sowohl Odysseus als auch Eumäos warfen ihm so beschwörende Blicke zu, dass er wohl begriff, dass er den Bogen zu überspannen drohte; so drehte er sich herum, ging zum Tisch und nahm aus einem Korb einen Laib Brot, dazu eine Handvoll Fleisch und gab beides dem Sauhirten. »Hier, mein Freund«, sagte er, »reiche diese Gaben dem Fremdling. Vielleicht nimmt ihm dies die Angst.«

Eumäos nickte ohne ein weiteres Wort und reichte Odysseus Brot und Fleisch, stellte sich dabei aber wie zufällig so vor ihn, dass sein Gesicht nicht mehr zu sehen war.

»Welcher von ihnen ist Antinoos?«, flüsterte Odysseus, während er Telemachs Geschenke in seinem Beutel verstaute.

»Der Große, der gleich neben Telemach sitzt«, gab Eumäos ebenso leise zurück. »Der Mann mit der Narbe im Gesicht.«

Odysseus nickte, obwohl er ihn nicht klar sehen konnte. Aber er würde sich noch näher mit diesem Mann befassen. Wenn das, was Eumäos und Telemach ihm in den letzten Tagen berichtet hatten, auch nur halbwegs zutraf, war es vielleicht nicht nötig, das letzte Kapitel dieser Geschichte mit Blut zu schreiben. Und wenn doch, so vielleicht nur mit sehr wenig Blut.

Laut sagte er: »Ich danke Euch, edler Telemach. Ihr seid wahrlich ein würdiger Sohn Eures Vaters. Ihr –«

»Und du ein alter Schwätzer«, unterbrach ihn eine

scharfe Stimme. Sie war sehr unangenehm, und als Odysseus aufschaute, sah er, dass sie Antinoos gehörte.

»Du hast dein Brot und sogar ein Stück Fleisch«, fuhr Antinoos fort. »Was willst du also noch? Pack dich gefälligst.«

Odysseus antwortete nicht, aber er bewegte sich auch nicht von der Stelle, so dass Antinoos wütend aufsprang und die Hand auf das Schwert legte – genauer gesagt, auf die Stelle, an der er wohl normalerweise sein Schwert zu tragen pflegte, denn er war wie alle anderen hier waffenlos. Als seine Finger ins Leere griffen, verdüsterte sich seine Miene noch mehr. Aber sein Zorn richtete sich nicht gegen Odysseus, sondern gegen Eumäos. In seinen dunklen Augen blitzte es zornig auf.

»Natürlich warst du es, der dieses Gesindel hierher gebracht hat!«, sagte er wütend. »Wer sonst, außer Eumäos, dem berüchtigten Sauhirten, der behauptet, einem toten König die Treue zu halten und doch nur Unfrieden und Zank verbreitet? Warum hast du diesen Menschen mit in die Stadt genommen? Haben wir nicht Landstreicher genug, dass du uns auch noch diesen nutzlosen Fresser in den Saal schleppst?«

»Harter Mann«, antwortete Eumäos gelassen, »den Seher, den Arzt, den Baumeister, den Sänger, der uns durch seine Lieder erfreut – sie alle beruft man in den Palast und wetteifert um ihre Gunst. Den Bettler aber hat niemand berufen, er kommt von selbst, doch man stößt ihn nicht hinaus! Und das soll auch diesem nicht geschehen, solange Penelope und Telemach dieses Haus bewohnen.«

»Das ist wahr«, stimmte Telemach zu. »Aber deine Worte sind trotzdem vergebens, mein Freund. Bemühe dich nicht – du kennst ja die böse Gewohnheit dieses Mannes, andere zu beleidigen.«

Antinoos blieb erstaunlich ruhig; nur in seinen Augen blitzte es erneut auf, und diesmal war es nicht nur Zorn, den Odysseus darin sah, sondern etwas, was viel tiefer ging und viel heißer brannte. »Große Worte, Telemach«, sagte er kalt. »Schade nur, dass sie nicht auch ein großer Mann zu mir spricht, sondern ein Knabe.« Er lachte hart. »Gestern Abend, als du uns alle zu diesem Festmahl geladen hast, Telemach«, fuhr er fort, wobei er eine weit ausholende Geste machte, »da haben sich die meisten von uns gefragt, warum du darauf bestehst, dass wir ohne Waffen kommen. Jetzt weiß ich es. Vor allem, wo ich sehe, dass du dein Schwert sehr wohl gegürtet hast.«

Telemach erbleichte sichtbar. Seine Hand fuhr zum Gürtel, löste halb die Spange – und hob sich wieder.

»Ich habe nicht vor, mit dir zu streiten, Antinoos«, sagte er gepresst. »Das eine aber merke dir: Du bist nicht mein Vormund, dass du mir gebieten könntest, diesen Fremden aus dem Haus zu treiben – oder irgendeinen anderen Menschen. Noch gehört dieses Haus mir!«

Antinoos lachte, leise und auf eine Art, die nicht nur Odysseus klarmachte, dass er über diesen Punkt durchaus anderer Auffassung war. Seine Hände ballten sich langsam zu Fäusten und Odysseus sah, wie sich auch zahlreiche der anderen Gestalten spannten.

»Aber ihr Herren!«, sagte er rasch. »Ich beschwöre Euch – keinen Streit um meinetwegen! Ich bin es nicht wert!«

Telemach sah ihn verwirrt an; ganz offensichtlich hatte er damit gerechnet, dass Odysseus den willkommenen Anlass ergreifen und Antinoos vor aller Augen herausfordern würde; jetzt schien er beinahe enttäuscht zu sein, dass er es nicht tat.

Antinoos' Reaktion hingegen war sehr viel direkter: Er ergriff einen Fußschemel, holte aus und warf damit nach Odysseus wie nach einem Hund. Odysseus wich dem Wurf im letzten Moment aus, konnte aber nicht verhindern, dass der schwere Schemel ihn an der Schulter streifte und er gegen den Türpfosten fiel.

»Das ist meine Art, mit Bettlergesindel zu reden«, sagte Antinoos kalt. Sein Blick war dabei unverwandt auf Telemach gerichtet. »Und jetzt sage diesem alten Fresser, dass er besser daran täte, freiwillig zu gehen – ehe man ihn aus dem Palast tragen muss.«

Telemach wurde noch bleicher, als er schon war. Seine Hand legte sich um den Schwertgriff. Aber wieder schien er sich im letzten Moment eines Besseren zu besinnen. »Ich will mich nicht streiten, Antinoos«, sagte er. »Weder mit Euch noch mit einem anderen und vor allem nicht heute.«

»Warum nicht heute?«, fragte Antinoos spöttisch. »Die Gelegenheit ist günstig. Wir sind ohne Waffen und –«

»Und das aus gutem Grund«, mischte sich Mentor ein. Er war aufgestanden und neben Telemach getreten. Jetzt legte er dem jungen Prinzen begütigend die Hand auf die Schulter, drückte ihn mit sanfter Gewalt in seinen Sitz zurück und lächelte Antinoos kalt zu.

»Verzeiht Telemachs Worte«, sagte er. »Haltet ihm zugute, dass er jung und ungestüm ist und in seinen Adern das heiße Blut eines Odysseus' fließt.«

»Was hat das mit diesem Bettler zu tun?«, fragte Antinoos erregt.

»Nichts«, antwortete Mentor. »Nichts und alles, lieber Antinoos. Diesen jämmerlichen Alten einzuladen war nicht so sinnlos, wie du glaubst. Erinnerst du dich, dass du selbst Eumäos gefragt hast, warum er ihn herbrachte? Und erinnerst du dich, was er antwortete?«

Antinoos nickte ungeduldig. »Was willst du, alter Narr? Sprich nicht in Rätseln.«

»Ich spreche nicht in Rätseln«, antwortete Mentor ruhig. »Du wirst gleich verstehen, was ich meine. Gastfreundschaft und Schutz, Antinoos, waren es einst, die Ithaka überall in der Welt bekannt und beliebt machten. Und sie sollen es wieder sein, sobald dieses Haus abermals einen Herrn hat. Deswegen hat Telemach Befehl gegeben, den ersten Bettler hereinzurufen, den der Zufall des Weges führt, und deshalb –«

»Hat er den Palast auch deshalb umstellen lassen?«, fiel ihm Antinoos ins Wort. »Von Männern, von denen er meint, dass sie ihm treu ergeben sind? Und hat er uns deshalb entwaffnen lassen?« Er starrte Telemach an. »Du Narr. Glaubst du wirklich, wir würden Waffen brauchen, um mit dir und diesen drei alten Männern fertig zu werden? Wir sind an die hundert.«

»Was Euch wie ein Hinterhalt vorkommt, edler Antinoos«, sagte Mentor ruhig, »geschah zu euer aller Schutz.«

»Schutz?« Antinoos lachte böse. »Vor wem sollte uns Telemach wohl beschützen?«

»Vor euch selbst«, antwortete Mentor gelassen. »Denn noch ehe die Sonne untergeht, wird Ithaka einen neuen Herrn haben.«

Es wurde augenblicklich still. Selbst Odysseus – von dem diese Worte ja ursprünglich stammten – hielt für einen Moment den Atem an, wenn auch aus anderen Gründen als alle anderen Anwesenden. Aller Blicke konzentrierten sich auf Mentor.

Schließlich war es wieder Antinoos, der als erster das Schweigen brach. »Was ... soll ... das heißen?«, fragte er stockend.

»Das soll heißen, dass meine Mutter Penelope und ich des Wartens müde geworden sind«, antwortete nun Telemach an Mentors Stelle. Er stand auf, postierte sich neben dem alt gewordenen Kämpfer und sah ruhig auf Antinoos herab. Erst jetzt, als sich die beiden so ungleichen Männer gegenüberstanden, fiel Odysseus auf, wie groß sein Sohn war. Antinoos war ganz gewiss kein Zwerg, sondern selbst ein Hüne; und doch wirkte er klein neben Telemach.

»Noch heute«, fuhr Telemach mit erhobener Stimme fort, »wird meine Mutter Penelope einen von euch zum Gemahl wählen. Ithaka braucht wieder einen König.« Sein Blick wurde hart. »Ich flehe die Götter an, dass Ihr es nicht seid, Antinoos, doch wenn, so werde ich ihre Wahl akzeptieren. Besser ein schlechter König als gar keiner. Das Reich ginge unter, müssten wir die jetzigen Zustände noch lange ertragen.«

»Einen ... neuen Gemahl?« Antinoos sah Telemach und

Mentor abwechselnd an. Der Ausdruck von Misstrauen auf seinen Zügen hatte sich nicht gelegt. »Und ... wie?«

»Das wird sie euch selbst sagen«, sagte Mentor rasch, ehe Telemach Gelegenheit fand, sehr viel schärfer zu antworten und damit vielleicht doch noch einen Streit mit Antinoos vom Zaun zu brechen.

Odysseus fuhr wie unter einem Hieb zusammen. Wie alle anderen hatte er gebannt die Unterhaltung zwischen Antinoos und Telemach verfolgt und nicht darauf geachtet, was in seinem Rücken vor sich ging. Und so war ihm wie allen anderen entgangen, dass Penelope den Saal betreten hatte.

Odysseus erstarrte. Ein Gefühl eisiger Kälte breitete sich in seinem Inneren aus, eine Mischung aus Schrecken und Freude, wie er sie niemals zuvor in solcher Stärke verspürt hatte. Sein Herz schien mit einem einzigen Satz bis in seinen Hals hinaufzuspringen und dort rasend schnell und hart weiterzuhämmern. Er wankte. Für einen Moment verschwammen der Palast und die Freier vor seinen Augen, wurden unwirklich, unwichtig, alles verblasste, bis die Welt zu einem winzigen Ausschnitt zusammenzuschrumpfen schien, in dem es nur noch sie gab: Penelope!

Penelope! Penelope, seine geliebte Penelope, seine Frau, um derentwillen er all diese entsetzlichen Prüfungen und Abenteuer überstanden hatte, seine Penelope, die ...

Seine Gedanken begannen sich zu verwirren und er spürte, dass er dabei war, vollends die Beherrschung zu verlieren. Er wankte erneut, klammerte sich verzweifelt an den erstbesten Halt, den seine Hände fanden, und spürte erst, als Eumäos schmerzhaft aufstöhnte, dass es der Arm des Sauhirten gewesen war.

»Bei allen Göttern, Herr!«, keuchte Eumäos. »Beherrscht Euch. Sie dürfen es nicht merken! Noch nicht!«

Eumäos' Worte wirkten. Penelopes Gesicht hörte auf, sich vor seinen Augen zu drehen, die Welt wurde wieder real, und ganz plötzlich begriff er, in welcher Gefahr sie sich alle befanden; nicht nur er, Eumäos, Telemach und die wenigen anderen Freunde, sondern auch und vor allem Penelope. Ganz kurz nur war er ihrem Blick begegnet, doch das reichte, ihn begreifen zu lassen, dass Penelope so gut wie Mentor und die beiden anderen wusste, wer da in der Gestalt eines Bettlers ins Haus gekommen war. Odysseus' Verstimmung schlug in jähen Zorn auf Telemach um. Alles hatte er verstehen können, denn Telemach war zu jung, um der Verlockung eines dramatischen Auftrittes zu widerstehen. Aber begriff er denn nicht, dass er nicht nur sich selbst und seinen Vater, sondern auch Penelope dem sicheren Tod auslieferte mit dem, was er getan hatte? Wenn sie jetzt verloren, wenn Odysseus versagte, dann würde auch Penelope den Tod finden. Antinoos und seine Spießgesellen hatten gar keine andere Wahl mehr, als auch sie zu töten!

Wütend fuhr er herum und starrte Telemach an. Aber alles, was er in den Augen seines Sohnes las, war ein siegessicheres Lächeln.

Und plötzlich wurde ihm alles klar.

Was Telemach getan hatte, war so typisch für ihn selbst, dass er es im ersten Moment nicht gemerkt hatte – eine List, die einem Odysseus Ehre gemacht hätte. Odysseus würde auf alle Fälle gewinnen.

Er drehte sich herum und sah wieder auf Penelope. Sie war nicht allein. In ihrer Begleitung befand sich ein halbes Dutzend ihrer Dienerinnen, von denen vier mit offenbar sehr schweren, geflochtenen Körben beladen waren, die sie jetzt vor dem Tisch abstellten, während Telemach den Dienern mit einer Geste zu verstehen gab, die Tafel leer zu räumen. Penelope wich Odysseus' Blick aus, aber sie tat es sehr geschickt, so dass keiner der anderen irgendetwas bemerkte.

Schließlich klatschte sie laut in die Hände und verschaffte sich so Gehör. »Wohlan, ihr Freier«, begann sie. »Ihr alle habt die Worte meines Sohnes Telemach vernommen. Seit vier Jahren seid ihr Gäste in Ithakas Mauern und seit vier Jahren wartet ihr darauf, dass ich mich entscheide. Heute nun soll diese Entscheidung fallen. Durch einen fairen Wettkampf unter euch.«

»Ein Wettkampf?« Antinoos runzelte die Stim. »Wie soll der aussehen? Hofft Euer kluger Sohn Telemach etwa, dass wir uns gegenseitig erschlagen, so dass er nur noch mit –«

»Schweigt!«, unterbrach ihn Penelope wütend. »Was fällt Euch ein, in solchem Ton von meinem Sohn zu reden, Antinoos?« Sie maß Antinoos mit einem Blick, der einen glühenden Eisenblock zu Eis verwandelt hätte, machte eine herrische Handbewegung und trat zu ihren Dienerinnen an den Tisch. »Ich spreche nicht vom Töten«, fuhr sie fort. »Sondern von einem ritterlichen Kräftemessen, in dem der Stärkste unter euch ermittelt werden soll.« Sie bückte sich nach einem der Körbe, öffnete ihn und zog einen fast mannslangen, in saubere weiße Tücher gewickelten Gegenstand hervor, den sie mit beiden Händen hoch über den Kopf hob.

»Dies hier«, fuhr sie mit erhobener, stolzer Stimme fort, »ist der eiserne Bogen meines Gemahls Odysseus. Wem es gelingt, ihn zu spannen und einen Pfeil durch die Löcher von zwölf hintereinander aufgestellten Äxten zu schießen, der soll mich und das Reich bekommen.«

Wieder herrschte für Augenblicke absolute Stille. Jedermann kannte den eisernen Bogen des Odysseus und jedermann hatte die Sagen und Legenden gehört, die sich um diese Waffe rankten – unter anderem die, dass es niemandem außer Odysseus selbst jemals gelungen war, sie auch nur zu spannen. Und wieder war es Antinoos, der als erster das Schweigen brach. »Und wenn es keinem gelingt, Penelope?«, fragte er.

»Einer wird wohl der Sieger werden«, erwiderte Penelope gelassen. »Wenn nicht, so werde ich eine neue Prüfung ersinnen. Sind Euch die Bedingungen zu hart, Antinoos?«

Den letzten Satz brachte sie ganz bewusst spöttisch hervor – und er verfehlte seine Wirkung keineswegs. Antinoos fuhr wie unter einem Hieb zusammen, sagte aber nichts mehr, sondern fuhr herum und fegte Töpfe und Geschirr zu Boden. Wütend riss er den Deckel eines anderen Korbes auf, in dem sich die Hälfte der zwölf Äxte befand, von denen Penelope gesprochen hatte, hämmerte die erste Axt mit einem einzigen zornigen Schlag in die Holzplatte des Tisches und zerrte den Stiel heraus.

Als er nach dem zweiten Beil greifen wollte, fiel ihm Telemach in den Arm. »Nicht so rasch, edler Antinoos«, sagte er, ebenfalls spöttisch. »Ihr wollt uns doch nicht etwa den Spaß verderben, indem Ihr die Äxte ungenau aufstellt. Immerhin«, fügte er mit einer Kopfbewegung auf den Bogen in Penelopes Händen hinzu, »soll noch ein Pfeil durch die Löcher fliegen.«

»Dieser Narr«, flüsterte Odysseus. »Er wird noch alles verderben!«

»Das wird er«, antwortete Eumäos ebenso leise wie er. »Aber ich kann ihn verstehen.« Er sah Odysseus rasch an. »Ich glaube, es ist alles gut vorbereitet. Ich kenne die Wachen, die draußen vor der Tür stehen ... sie gehören zu den wenigen, die Eurem Weib und Eurem Sohn noch treu ergeben sind.« Er seufzte. »Aber uns bleibt nicht viel Zeit, Herr. Wenn der Kampf erst einmal losbricht, werden die Krieger schnell hier sein. Und es sind nur eine Handvoll, auf die wir wirklich zählen können.«

»Es wird keinen Kampf geben, Eumäos«, sagte Odysseus entschlossen. »Nicht, wenn ich es irgendwie verhindern kann.«

Eumäos widersprach nicht, aber seinem Gesichtsausdruck nach zu schließen, glaubte er das nicht. Und auch Odysseus selbst war nicht mehr so sehr davon überzeugt, wirklich alles ohne Blutvergießen erledigen zu können, wie noch vor wenigen Stunden. Es waren so viele, die den Festsaal füllten. An die hundert Männer, von denen Antinoos sicherlich der Schlimmste war, die aber auch ohne ihn noch eine Bande von Aasgeiern und Halsabschneidern bildeten, wie Odysseus kaum einer schlimmeren begegnet war.

Mittlerweile waren Telemach und Penelope mit ihren Vorbereitungen fertig: Aus dem Holz der Tafel ragten zwölf Äxte in schnurgerader Linie, so präzise ausgerichtet, dass der Speerschaft, den Telemach probehalber durch die Löcher stieß, nicht ein einziges Mal auf Widerstand traf, und Penelope hatte den mannshohen Bogen von den Tüchern befreit und vor sich auf den Tisch gelegt. Die goldene Sehne lag daneben. Odysseus wusste, dass neun von zehn der Anwesenden allein an der Aufgabe scheitern würden, die Sehne auf die Waffe aufzuziehen. Es war nicht ganz so unmöglich, wie die Legende behauptete, aber es war sehr schwer. Auch ihn hatte es immer große Anstrengung gekostet.

»Wohlan, ihr Freier!«, rief Telemach spöttisch. »Beginnt! Ihr kämpft um einen Preis, wie es in ganz Griechenland keinen zweiten mehr zu erringen gibt! Wer will der Erste sein?«

Wie Odysseus erwartet hatte, dauerte es eine ganze Weile, ehe sich die ersten Freiwilligen meldeten – der Anblick des Bogens, von dem jedermann gehört, an dessen Existenz aber die meisten wohl insgeheim gezweifelt hatten, nahm vielen wohl den Mut. Aber schließlich trat der Erste hervor, nahm Bogen und Sehne zur Hand und versuchte sein Glück.

Es dauerte länger als zwei Stunden, bis auch der letzte Mann seine Kräfte an dem gewaltigen Bogen gemessen hatte. Zweien – Antinoos und Telemach – wäre es fast gelungen, die Sehne anzulegen, und Odysseus war sogar sicher, dass sein Sohn es geschafft hätte, hätte er wirklich gewollt. Aber er war klug genug, im allerletzten Moment aufzugeben.

»Das ist Betrug!«, fuhr Antinoos auf. »Ihr stellt eine Aufgabe, die nicht zu lösen ist, Penelope!«

»Odysseus hat sie gelöst«, antwortete Penelope ruhig.

»Odysseus, pah!«, fauchte Antinoos. »Das mag stimmen oder auch nicht. Aber Odysseus ist nicht hier. Ihr verlangt Unmögliches.«

Penelope schwieg einen Moment, als müsse sie über Antinoos' Worte nachdenken. Dann nickte sie. »Ich will die Bedingungen ändern«, sagte sie. »Gelingt es Euch und Telemach mit vereinten Kräften, diesen Bogen zu spannen, so mag ein Wettschießen entscheiden – zwischen Euch und einem Mann meiner Wahl.«

»Einem Mann Eurer Wahl?« Antinoos unterdrückte mit Mühe ein Lachen, während sein Blick über Mentor, Antiphos und Halitherses glitt und für einen Moment sogar über Eumäos und Odysseus selbst. Ganz offensichtlich war keiner unter ihnen, dem er ernsthaft zutraute, mit dieser gewaltigen Waffe umzugehen, abgesehen vielleicht von Telemach – aber der war ja Penelopes Sohn und somit kaum in der Lage, sie zur Gemahlin zu nehmen und ihm somit den Thron streitig zu machen.

»Nun gut«, sagte er. »So soll es geschehen! Beginnt!« Fordernd streckte er die Hand aus, ergriff den mächtigen eisernen Bogen und wartete, bis Telemach das andere Ende der Waffe ergriffen hatte. Selbst zu zweit fiel es ihnen schwer, die goldene Sehne einzuspannen, und als sie es geschafft hatten, glänzten ihre beiden Gesichter vor Schweiß. Trotzdem wirkte Antinoos überaus zufrieden.

Penelope deutete kühl auf den Tisch, aus dessen Platte das Dutzend Äxte ragte. »Beginnt. Wer immer glaubt, diese Waffe weit genug spannen zu können, um einen Pfeil damit abzuschießen, mag es versuchen.«

Wieder dauerte es eine Weile, bis der Erste zögernd aus der Reihe der Freier trat. Diesmal erkannte Odysseus den Mann sogar – es war ein junger Grieche namens Leiodes, von dem Eumäos gesagt hatte, er wäre einer der wenigen, der gar nicht hierher gehörte, denn er war weder habgierig noch ein gewissenloser Lump wie viele der anderen. Wahrscheinlich blieb er einfach aus Gewohnheit, vielleicht auch, weil er nicht den Mut hatte, sich von seinen Kumpanen loszusagen und als Feigling vor ihnen zu stehen.

Als er jetzt nach dem Bogen griff, da tat er es ohne wirkliche Begeisterung, wie Odysseus bemerkte. Vielmehr schien er in der berühmten Waffe endlich eine Gelegenheit zu sehen, sich aus der Affäre zu ziehen – er versuchte kaum ernsthaft, sie zu spannen, sondern zerrte nur einmal an der straff gespannten Sehne, zuckte mit den Achseln und reichte die Waffe an Antinoos zurück.

Dieser schenkte ihm einen bösen Blick, sagte aber kein Wort, sondern reichte die Waffe an den nächsten weiter, während Leiodes sich entfernte und nicht nur den Saal, sondern gleich den Palast verließ. So ging es weiter: Mann um Mann versuchte, den Bogen wenigstens weit genug zu spannen, um einen Pfeil abzuschießen, auch wenn er nicht die Wucht hatte, die zwölf Äxte zu durchbohren, aber keinem gelang es. Schließlich waren auf der Seite der Freier nur mehr zwei Männer übrig: Antinoos selbst und Eurymachos, ein Hüne wie er und sein ärgster Konkurrent im Werben um Penelope, auch wenn er nicht ganz so rücksichtslos war.

Eurymachos zögerte, nach der Waffe zu greifen, aber Antinoos schien fest entschlossen, bis ganz zuletzt zu warten – wohl, weil er der Meinung war, als einziger genug Kraft zu haben, den Bogen spannen zu können –, denn er schüttelte nur den Kopf und deutete mit einer halb einladenden, halb befehlenden Geste auf die Waffe. »Mach nur«, sagte er. »Du bist von allen hier vielleicht der Einzige, der außer mir eine Chance hat. Deshalb lasse ich dir den Vortritt.«

Eurymachos zögerte noch immer, aber dann griff er doch entschlossen zu, riss die Waffe mit einem einzigen Ruck in die Höhe – und zog mit aller Kraft an der Sehne.

Odysseus sah, wie sich seine Muskeln unter der Haut spannten. Für einen Augenblick schien es fast, als bewege sich die Pfeilspitze nach hinten.

Aber nur fast. Seine Kräfte versagten, wie die aller anderer zuvor.

»Sinnlos«, sagte er. »Das ist vollkommen unmöglich. Ein Gott könnte diese Waffe spannen, aber kein lebender Mensch.«

»Mein Mann Odysseus konnte es«, sagte Penelope ruhig. »Erwartet ihr von mir, mich einem Schwächeren hinzugeben als dem, dem ich gehörte?«

»Du lügst«, behauptete Antinoos. Er hatte Eurymachos' Versuch sehr genau beobachtet und musste wohl erkannt haben, dass auch seine Kräfte kaum reichten, die Waffe zu spannen, geschweige denn, den Pfeil abzuschießen. Jetzt versuchte er eine andere Taktik. »Du lügst!«, sagte er noch einmal. »Niemand kann diese Waffe spannen! Niemand! Du lässt es uns versuchen, damit wir uns zum Gespött machen! Du –«

»Und wenn einer hier ist, dem es gelänge?«, unterbrach ihn Eumäos.

Antinoos erstarrte. Ungläubig sah er Eumäos an, dann verdüsterte sich sein Gesicht vor Zorn. »Was mischst du dich ein, Schweinehirt?«, schrie er. »Willst du vielleicht behaupten, du könntest es?«

Statt einer Antwort trat Eumäos mit gemessenen Schritten auf ihn zu und streckte die Hand aus und Antinoos war so verblüfft über diese vermeintliche Unverschämtheit, dass er ihm die Waffe tatsächlich aushändigte. Aber als Eumäos sich herumdrehen wollte, packte er ihn grob am Arm und zerrte ihn zurück.

»Was fällt dir ein, Kerl?«, schrie er. »Denkst du, ich messe mich mit einem Sauhirten wie mit einem Gleichgestellten?«

»Nein«, sagte Telemach ruhig. »Gewiss nicht, Antinoos. Der Bogen ist auch nicht für ihn, sondern für den Alten da.« Er deutete auf Odysseus. Antinoos' Augen wurden rund vor Unglauben und Staunen.

»Der Bettler?«, keuchte er. »Bist du verrückt geworden? Dieser alte Hungerleider hat ja nicht einmal die Kraft, sich auf den Beinen zu halten!«

»Warum fürchtest du dich dann vor ihm?«, fragte Telemach gelassen. Gleichzeitig machte er eine Bewegung mit der Linken, die Eumäos galt. Jedenfalls war es das, was alle dachten, auch Antinoos. Niemand außer Telemach,

Eumäos und Odysseus selbst ahnte in diesem Moment, dass Telemachs harmloses Winken weit mehr bewirkte, als dass der Sauhirte sich losriss und weiter auf Odysseus zuging: Es verwandelte den Festsaal in eine Falle.

Unbemerkt legten sich schwere, eisenbeschlagene Riegel vor die Türen, schlossen sich die Tore des Palastes und wurden Läden vor Fenster und Schießscharten gelegt. Die Besatzung des Königspalastes war viel zu klein, einem ernsthaften Angriff länger als eine Stunde standzuhalten. Aber mehr war auch nicht notwendig. Die Entscheidung würde jetzt fallen. Und wenn es wirklich zum Kampf kam, dachte Odysseus bitter, habe ich ihn ohnehin verloren. Selbst wenn er gewann.

Mit bewusst langsamen, umständlichen Bewegungen nahm er den Bogen von Eumäos entgegen, drehte ihn einen Moment scheinbar unschlüssig in den Händen –

und zog die Sehne mit einem einzigen, kraftvollen Ruck bis ans Ohr.

Ein ungläubiges Seufzen lief durch die versammelte Menge, erschrockene Rufe wurden laut und der eine oder andere prallte mit einem kaum mehr unterdrückten Schreckensschrei zurück.

Odysseus nahm von alledem kaum etwas wahr. Er konzentrierte sich völlig auf seine Aufgabe. Es war zwei Jahrzehnte her, dass er diese Waffe das letzte Mal in den Händen gehalten hatte, und er hatte fast vergessen, wie viel Gewalt es brauchte, sie zu spannen. Selbst seine fast übermenschlichen Kräfte versagten um ein Haar. Er spürte, dass ihm nicht viel Zeit blieb zu zielen und so tat er das Einzige, was ihm blieb: Mit einer hastigen Bewegung riss er den Bogen herum und nach oben, richtete die messerscharf gehämmerte Eisenspitze des Pfeiles auf die hintereinander gestaffelten Äxte und ließ die Sehne los.

Ein heller, peitschender Ton erklang. Der Bogen zitterte wie lebendig in Odysseus' Hand und der Pfeil verwandelte sich in einen flirrenden Schatten, der zielsicher durch die Löcher der Beile huschte und klappernd an der gegenüberliegenden Wand des Saales zerbrach. Als das Splittern des Holzes verklang, war es so still im Saal, dass man das Fallen einer Nadel hätte hören können. Aller Augen richteten sich auf Odysseus und manch einer im Saal begann zu ahnen, wer sich hinter dem vermeintlichen Bettler verbarg.

Schließlich war es Telemach, der das Schweigen brach. Rasch trat er neben seinen Vater, schlug den Mantel zurück und zog sein Schwert. Seine Augen blitzten, als sich sein Blick auf Antinoos richtete. »Nun, ehrwürdiger Mann«, sagte er spöttisch, »empfindet Ihr es noch immer als Beleidigung, gegen einen Bettler anzutreten?«

Antinoos schluckte krampfhaft. Seine Hand spielte nervös am Gürtel, suchte das Schwert, irgendeine Waffe, und fand keine. »Das ist ... Betrug«, stammelte er. »Dieser Mann ist ... ist kein ... kein Bettler.«

»Das stimmt«, sagte Mentor ruhig. Auch er trat nun neben Odysseus und Telemach, ebenso wie Antiphor und Halitherses und ebenso wie diese zog auch er nun sein Schwert, so dass sich Antinoos plötzlich gleich fünf Bewaffneten gegenübersah – sechs, denn nach kurzem Zögern gesellte sich nun auch Eumäos zu den Freunden und hob seinen Knüppel. Trotzdem waren sie im Grund ein erbärmlicher Haufen, denn sie standen einer fast zwanzigfachen Übermacht gegenüber, was ihre Bewaffnung mehr als nur wettmachte.

»Wer bist du?«, keuchte Antinoos. Seine Augen quollen fast aus den Höhlen. Er weiß die Antwort, dachte Odysseus. Aber er glaubt es nicht.

Statt einer direkten Erwiderung legte Odysseus den Bogen aus der Hand, riss sich mit einem einzigen Ruck die Lumpen von den Schultern und nahm die Waffe wieder auf. Ein neuer Pfeil sprang beinahe von selbst auf die Sehne.

»Odysseus«, murmelte einer der Anwesenden. »Bei Zeus, das ... das ist Odysseus! Er ist zurück!«

»Odysseus!« Andere Stimmen nahmen den Ruf auf, und nach einem Augenblick erbebte der ganze Saal unter diesem Namen. Aber der Chor verebbte so schnell wieder, wie er aufgekommen war, und abermals breitete sich eine fast unheimliche Stille über den Männern aus.

»Odysseus?«, murmelte Antinoos. »Ihr ... Ihr seid Odysseus ... der ... der König von Ithaka?«

Odysseus nickte stumm.

»Dann seid Ihr gerade zurechtgekommen, um zu sterben!«, sagte Antinoos entschlossen.

Odysseus spannte ganz leicht den Bogen, aber wenn Antinoos die Warnung überhaupt bemerkte, so reagierte er nicht darauf; vielleicht machten ihn Furcht und Enttäuschung auch blind. »Du Hund!«, schrie er. »Verfluchter! Ich werde dich lehren, uns zu narren!« Und damit riss er einen schweren Schemel vom Boden hoch, schwang ihn wie eine Waffe und drang mit einem gellenden Schrei auf Odysseus ein.

Odysseus' Pfeil und der Dolch, den Telemach schleuderte, trafen ihn gleichzeitig. Antinoos keuchte, ließ den Schemel fallen, griff sich mit beiden Händen an die Kehle und brach sterbend zusammen. Er war tot, noch ehe er mit dem Gesicht auf dem Boden aufschlug.

Schon lag der nächste Pfeil auf Odysseus' Bogen. Drohend richtete sich die Spitze auf Eurymachos, der Antinoos' Tod aus ungläubig aufgerissenen Augen verfolgt hatte. Jetzt starrte er Odysseus an, und sein Gesicht wurde grau vor Schrecken.

»Odysseus?«, stammelte er. »Ihr seid ... Odysseus?«

»Der bin ich«, antwortete Odysseus grimmig. »Ich bin zurückgekommen und ich konnte nicht glauben, was man mir über die Zustände in meinem Hause erzählte. Aber jetzt sehe ich, dass es in Wahrheit noch schlimmer ist, als ich hörte. Man berichtete mir, dass fremde Könige und Krieger gekommen wären, um die Hand meiner Gemahlin zu werben, aber ich sehe nur Aasgeier und Schakale.« Die Spitze seines Pfeiles richtete sich drohend auf Eurymachos, bereit, auch ihn zu durchbohren. Seine Muskeln begannen bereits zu schmerzen. Er spürte, dass er dem Zug der gewaltigen Sehne nicht mehr lange standhalten konnte. Aber auch die Spannung hier im Saale würde nur mehr Augenblicke währen. Irgendetwas musste geschehen, das spürte er.

Eurymachos seufzte. Sein Blick war frei von Furcht, aber Odysseus las eine große Entschlossenheit in seinen Augen und einen sonderbaren Ernst. »Und nun bist du hier, um uns –«

»Um euch alle zu töten«, unterbrach ihn Telemach wütend. »Keiner von euch wird diesen Saal lebend verlassen, so wahr ich Telemach heiße!«

Eurymachos sah ihn mit demselben traurigen Ernst an, mit dem er zuvor seinen Vater gemustert hatte. »Das sind wilde Worte, Telemach«, sagte er ruhig. »Du sprichst vom Töten, dabei bist du kaum alt genug, das Leben zu kennen.« Er seufzte. »Wir sind an die hundert, junger Held, und ihr nur sechs.«

»Mehr als genug für Aasgeier wie Euch!«, schrie Telemach aufgebracht. Mit einer wütenden Bewegung riss er sein Schwert in die Höhe und starrte Odysseus an. »Worauf warten wir noch, Vater?«, schrie er. »Lass uns diese Hunde niedermachen!«

Odysseus reagierte nicht. Sein Blick blieb unverwandt auf Eurymachos gerichtet. Er spürte, dass jetzt alles von ihm abhing. Antinoos hatte er töten müssen, denn er war eine große Gefahr gewesen, da er die anderen aus dem einzigen Grund angeführt hatte, weil er der Stärkste war und sie ihn fürchteten. Keiner von ihnen weinte ihm eine Träne nach; niemand würde Odysseus für seinen Tod zur Verantwortung ziehen. Tötete er auch Eurymachos, dann blieb ihm keine andere Wahl, als sie alle zu töten.

Aber weder Eurymachos noch er wollten dieses sinnlose Gemetzel.

»Ist es das, was du willst?«, fragte er leise. »Ihr seid an die hundert, Eurymachos, und wahrscheinlich hast du

Recht, wenn du glaubst, dass ihr uns überwinden könntet.«

»Vater!«, keuchte Telemach. »Was tust du?«

»Schweig!«, donnerte Odysseus. Dann wandte er sich wieder an Eurymachos. »Telemach ist ein Narr, aber er ist jung und hat daher das Recht, so zu reden«, fuhr er fort. »Du und ich aber, Eurymachos, wir sind Männer. Ich frage dich: Willst du den Kampf?«

»Und du?«, gab Eurymachos zurück. Er war nervös. Wie Odysseus spürte er genau, dass mit einem Male alles von ihnen abhing. Sie waren nur zwei, aber auf ihren Schultern lag mit einem Male die Verantwortung für mehr als hundert Menschenleben.

»Ich bin nicht zurückgekommen, um Ithaka in ein Meer von Blut zu verwandeln«, antwortete Odysseus. »Aber ich werde es tun, wenn du mich zwingst.«

Eurymachos lächelte traurig. »Dich zwingen?«, murmelte er. »Wie sollte ich? Wenn du wirklich Odysseus bist, so hast du das gute Recht, auf Rache zu bestehen. Aber der, den die größte Schuld trifft, liegt bereits tot vor dir.« Er deutete mit einer Kopfbewegung auf den Leichnam Antinoos'.

»Das ist wahr, Herr«, sagte Mentor leise. »Er war der Schlimmste von allen. Die wenigsten wären hier ohne seine Anstiftung.«

»Und auch mich trifft Schuld«, fuhr Eurymachos fort. »Denn ich hätte ihn zurückhalten müssen. Nimm mein Leben, wenn du willst. Töte mich, wenn es Blut ist, das du willst, aber lass die anderen gehen. Verwandle den Tag deiner Rückkehr nicht in einen Tag des Blutes.«

»Hör nicht auf ihn!«, rief Telemach zornig. »Vier Jahre, Vater. Vier Jahre! Vier Jahre warte ich auf diesen Tag! Töte ihn! Erschieße sie alle!«

Aber Odysseus schoss nicht. Wenn es etwas gab, was er in den zehn Jahren seiner Irrfahrt gelernt hatte, dann, dass das menschliche Leben heilig war und dass es nur sehr wenige Gründe gab, die den Tod eines Menschen rechtfertigten. Er war sich nicht sicher, ob er das Recht gehabt hatte, Antinoos zu töten. Aber ihm war keine Wahl geblieben.

»Nein«, sagte er leise und senkte den Bogen. »Nicht mehr, Telemach. Nie mehr.«

Und damit legte er die Waffe aus der Hand, drehte sich um und trat langsam auf Penelope zu, die während all der Zeit stumm dagestanden und ihn beobachtet hatte. Telemach sagte irgendetwas, was er nicht mehr hörte, und Mentor antwortete sehr scharf darauf. Rings um sie herum begann sich die Spannung zu lösen; Männer atmeten erleichtert auf, Stühle und Schemel, die als Waffen ergriffen worden waren, senkten sich und ein vielstimmiges, erleichtertes Seufzen drang durch den Raum. Odysseus hörte von alledem kaum etwas.

Er hatte nur noch Augen und Ohren für Penelope. Und als er den Ausdruck in ihren Augen sah, wusste er, dass seine Entscheidung richtig gewesen war.

Inhalt

Die Irrfahrt beginnt   5

Die Lästrygonen   20

Circe   53

Der Hades   92

Die Sonneninsel   115

Skylla und Charybdis   134

Kalypso   147

Die Heimkehr   168

Die Rache   193

Wolfgang Hohlbein

»Er schreibt phantastisch. Und erfolgreich. Wolfgang Hohlbein ist einer der meistgelesenen Autoren Deutschlands.«

HAMBURGER MORGENPOST

01/9536

Das Druidentor
01/9536

Das Netz
01/9684

Azrael
01/9882

Hagen von Tronje
01/10037

Das Siegel
01/10262

Im Netz der Spinnen
-Videokill-
01/10507

Heyne-Taschenbücher

HEYNE
BÜCHER

Colin Falconer

Die Sultanin

*Als das Osmanische Reich
die Blüte seiner Macht
erreicht, kommt das
schöne Tatarenmädchen
Hürrem in den Harem des
Sultans Süleyman. Mit
ihrer Intelligenz und ihrer
Skrupellosigkeit erlangt sie
bald Einfluß und Macht in
einer Welt, die bis dahin
den Männern vorbehalten
war.*

*»Ein großer historischer
Roman voller Details, aus
dem man richtig die
Wohlgerüche des Orients
spüren kann.«*

BRIGITTE

01/9925

Heyne-Taschenbücher

Tariq Ali

Im Schatten
des Granat-
apfelbaums

*Das maurische Spanien
um 1500. »Eine wunder-
volle, sensibel geschriebene
Lebensgeschichte...
Tariq Ali ist ein Meister
leiser Töne, ganz und gar
unaufdringlich und ein
spannender Erzähler.«*
  SÜDDEUTSCHE ZEITUNG

*Gleichzeitig als lesefreundliche
Großdruck-Ausgabe lieferbar:*

21/11

01/9405

Heyne-Taschenbücher